Mouth to Mouth
by Erin McCarthy

きっと甘いくちづけ

エリン・マッカーシー
白木智子［訳］

ライムブックス

MOUTH TO MOUTH
by Erin McCarthy

Published by arrangement with
Kensington Books, an imprint of
Kensington Publishing Corp., New York
through Tuttle-Mori Agency, Inc.,Tokyo

きっと甘いくちづけ

主要登場人物

ローレル・ウィルキンズ……………キャンディ・ストア勤務。耳が不自由
ラス・エヴァンズ…………………クリーヴランド警察の刑事
ショーン・エヴァンズ……………ラスの弟
ジェリー・アンダーズ……………ラスの相棒。クリーヴランド警察の刑事
キャサリン（キャット）・レニー……ローレルの友人
ベヴァリー・ウィルキンズ…………ローレルの母親
トレヴァー・ディーン………………詐欺師
フェリス……………………………ローレルの飼い猫

1

「やつは現れそうにないぞ」

相棒の刑事、ジェリー・アンダーズに話しかけられても、ラス・エヴァンズは振り向きもしなかった。コーヒーショップと、そこにひとりで座る女性に目を向け続けている。「あと一〇分待とう」

ジェリーは反論しなかったものの落ち着きなく体を動かし、踏み固めた雪の上で足踏みしている気配が伝わってきた。寒いのだ。それはラスも同じだった。寒いなんてものじゃない。冷えきって股間《こかん》の感覚すらなくなっている。一月の風がナイロン製のジャケットの内側までしみこみ、双眼鏡を握る指がすっかりこわばっていた。

だが、これも仕事のうちだ。まだしばらく退職するつもりはなかった。それに実際のところ、ラスは特別捜査に携わることに喜びを感じていた。股間が凍えようが、どうしようが、こうして見張りにつき、思索をめぐらせながら待ちかまえていると興奮でぞくぞくしてくる。最後にはゲス野郎どもに手錠をかけて、最高の気分を味わえるとわかっているからだ。

「すっぽかす気かな」

考えこみながら、ラスはほとんど人けのない駐車場にさっと視線を走らせた。不審な車はない。今回の捜査対象である、けちな詐欺師で第一級のろくでなし、トレヴァー・ディーンの姿はどこにも見えなかった。おかしい。警察の待ち伏せに感づいたとは思えないし、やつが女と会うチャンスを無駄にするはずがないのに。

ディーンは女を食いものにして、分不相応に贅沢《ぜいたく》な暮らしを楽しんでいた。

「いつものタイプと違うな。そう思わないか？」ラスは、店内に座っている小柄な女性をもう一度よく見た。彼女は首に分厚いピンク色のスカーフを巻き、片手にコーヒーカップを持っていた。ガラス越しで、しかもコーヒーから湯気がのぼり、豊かなブロンドの髪が頬にかかっているのでよく顔が見えない。けれどもラスの直感は彼の背筋をチクチク刺激していた。何かがおかしいのだ。

「見るに耐えないほど醜くはないってことか？」丸めた両手に息を吹きかけながら、ジェリーが言った。

ラスは声をあげて笑った。「ああ。自分の目で見てみろ」そう言って双眼鏡を手渡す。「ディーンの被害者たちは醜いわけじゃない。ただどちらかというと……平凡なんだ」

「じゃあ、平凡な不細工か」ジェリーがブロンド女性に目を向けた。「うん、悪くない。きれいな髪にぴったりしたセーターか――。俺は気に入った。おい、彼女、唇を舐《な》めたぞ。ちらっと舌が見えた。落ち着かないのかな。さあ、もう一回舐めてくれよ、ハニー」

「楽しそうだな」ラスは脚の血流をよくしようと、小さく足踏みした。

「少なくともズボンの中は温まったぞ」

「彼女だけ見かけが違うのはおかしいと思わないか？　詐欺師が理由もなくパターンを変えるのは気にくわない。平凡な女性たちを追いまわして、彼女らの信用を得るのがやつの手口だ。夢中になっていると相手に思いこませ、持っているものをすべて奪い去る。これまではそれでうまくいっていた。わかっているだけでも、そうやって一〇万ドルは巻きあげてきたんだ。被害額はもっと大きいかもしれない。それなのにどうしてやり口を変える？」

双眼鏡を目に当てたまま、ジェリーがつぶやいた。「仕事じゃないのかも。彼女は純粋にお楽しみの相手なんだろう」

コーヒーショップから通りをはさんで向かいにある本屋の外で、ラスは煉瓦《れんが》造りの壁から身を離し、手に持っていたタバコを雪の吹きだまりに落とした。ジュッという音が響く。誰かに見られた場合のことを考えて、彼はずっとタバコを持ち続けていた。傍目《はため》には、ちょっと一服するために店の外へ出てきたように見えるだろう。ラスはポケットを探って丸いシナモンキャンディをとりだし、包みを剝《は》がして口に放《ほう》りこんだ。

キャンディを嚙《か》み砕きながら、彼は言った。「ガールフレンドってことか？　本物の？」タバコの火が消えたのを確認すると、屈《かが》んで吸殻を拾いあげ、上着のポケットに入れる。

「いいところに気がついたな、アンダーズ」

「当たり前だろ。俺は思慮深いんだ」

「嘘《うそ》つけ」ラスはジェリーの手から双眼鏡を奪い返した。「凍りつく前にその舌をしまっておくんだな」

「ディーンのガールフレンドだとして、それならどうして待ちぼうけをくわせる？」

「ガールフレンドだから待たせてもいいのさ。〝ごめん、手が離せなくて〟とか言って。騙《だま》そうとしてる相手にはそんなことできないだろ」金蔓《かねづる》を怒らせるわけにはいかない。

ジェリーが鼻を鳴らした。「そりゃ、おまえは約束をすっぽかしても切り抜けられるかもしれないが、俺が同じことをしたらパムにひどい目に遭わされる。もちろん、おまえに恋人がいるわけないけどな。そのしかめっ面を我慢できる女はいないよ」

「恋人がいないのは欲しくないからだ。俺は行きずりのセックスのほうがいい。下手に深くかかわったら、くだらない面倒まで背負いこむはめになる」ラスにはそんなことに割く時間はなかった。仕事と、年の離れた弟のショーンの世話で手いっぱいなのだ。それに、女性は誰でも必要以上にことを複雑にしてしまう。

「冷たいやつだな、エヴァンズ。だけどおまえだっていつか、どこかの女にノックアウトされるんだぞ。その姿をなんとしてでも写真に撮ってやるよ」

ラスはジェリーのからかいを半分しか聞いていなかった。ディーンを待ち続けているブロンド女性が気になって仕方がなかったのだ。やつのガールフレンドなら彼女も詐欺にかかわっているのか？　何を知っている？　口を割らせられるだろうか？

タバコの吸殻を入れたポケットに双眼鏡を突っこむと、彼は通りを渡り始めた。

「おい、どこへ行くつもりだ？」

「そこにいてくれ、アンダーズ。店に入ってもっとよく見てくる。どうも気になって……」

「ああ、そりゃあ気になるだろう」ジェリーがぶつぶつ言った。「わかった、わかった、俺をここで凍えさせておいて、おまえはあのブロンドを調べに行けばいい。車の中で待っててやるよ」

ラスは振り返ってにやりとした。「哀れな声を出すなよ。おとなしくしてりゃ、コーヒーにありつけるかもしれないぞ」

「そうしてくれ、エヴァンズ。おまえの膝にこぼしてやる」

コーヒーショップのドアを開けるとたちまち暖かい空気が押し寄せ、コーヒー豆とチョコレートの香りがラスを包みこんだ。カウンターで作業中の、髪を尖《とが》らせた店員が来客を知らせるベルに気づき、顔をあげて会釈した。「いらっしゃい。調子はどうです？」

「いいよ」ラスはブロンドの女性が顔をあげるのを待ったが、彼女は身動きしなかった。指に巻きつけた髪を口もとへ引っぱりながら、雑誌を読みふけっている。

詐欺にかかわるような女にはとても見えなかった。いかにも無邪気で人のよさそうな雰囲気を漂わせ、フリースのスカーフを首に巻いた姿は、休憩中の〈オールド・ネイビー〉の店員のようだ。しかし外見は人を惑わすものだ。美しい顔の裏に邪悪な心を持つ人間を、ラスはこれまでに何人も見てきた。

まだ指がかじかんでいたので、彼はコーヒーを頼むことにした。そしてブロンドの女性の様子をそれとなくうかがい、ディーンの捜査のどこに彼女が当てはまるか探ってみようと思った。フレーバーやブレンドが書き連ねてある黒板のメニューを見たが、アイスだとかホットだとか、モカとかジャバとかラテとか、さっぱり意味がわからない。ラスは読むのをあきらめ、店員に声をかけた。「コーヒーが欲しい。ブラックで」

店員が緑色のエプロンで両手を拭《ふ》いた。「豆はどうします？　ここから選べますよ」彼は一七種類のフレーバーが並ぶケースを指差した。

「かんべんしてくれよ」フレンチなんとかにバニラなんとか、ウィンターロースト――いったいなんのことだ？――にヘーゼルナッツ。ラスは口を開いた。「フレーバーなしがいい。普通のコーヒーの味がするやつだ」

店員が薄ら笑いを浮かべた。「ええと、お客さん、通りの向こうに〈パーキンズ〉がありますよ。あそこじゃおかわり自由のコーヒーを出してる」

生意気な口を利くやつだな。バッジを見せびらかして脅かしてやろうか。ラスがそう考えたとき、ふいに誰かが呼ぶ声が聞こえた。「ラス！」

驚いて振り向くと、そこにはあのブロンド女性がいた。椅子から立ちあがり、満面の笑みを浮かべて彼を見ている。「来てくれて嬉《うれ》しいわ、ラス！　すごく会いたかったのよ」

なんだって……。

いったいどうして彼女が俺の名前を知っているんだ。

女性は近づいてきてラスの両手をとり、ぎゅっと握った。名前を知っているだけじゃない、俺に会えて嬉しそうだ。ディーンのガールフレンドと手をとり合っているというのに、ラスはまったく状況が把握できていなかった。「やあ」彼は言った。

なかなかうまく反応できたぞ。

「彼女に豆を選んでもらえばいい」店員が口をはさんだ。

振り返ったラスに睨《にら》みつけられて肩をすくめる。

「あら、どうぞコーヒーをたのんで、ラス。私は向こうで待ってるから」女性はさっきまで座っていたテーブルを示すと微笑《ほほえ》みを浮かべ、もう一度彼の手をぎゅっと握ってから放した。

どうやって俺のことを知ったんだろう。ラスは女性のうしろ姿を見つめながらいぶかしんだ。それに、どうやってあの黒いパンツに体を押しこんだんだ？　みごとなヒップだ。そうか、それが目的なのか。俺を誘惑して惑わせ、セックスで目をくらませるつもりだな。

そうはいかないぞ。少なくとも、向こうの思いどおりにはならない。気をそらされるとしてもほんのちょっとだけだ。

「どれでもいいからコーヒーをくれ」ラスは店員に言った。

あの女性がディーンの女で、俺のことを警官だと知っているんなら、なぜわざわざ声をかけてきたんだ？　ふいをついて動転させる気なのか。

店員が紙を巻いたカップを差しだし、レジに金額を打ちこんだ。「三ドル二六セントです」

「コーヒー一杯で？」思いをめぐらせていたラスは驚いてわれに返った。「正真正銘のぼったくりじゃないか」

「だから〈パーキンズ〉があるって言ったじゃないですか、お客さん」

ラスはしぶしぶ代金を支払った。ひと口二五セントか。一杯で三ドル二六セントだなんて、アンダーズにはコーヒーをあきらめてもらうしかない。ブロンド女性のほうをうかがうと、雑誌をオートミール色の大きな袋にしまいこむところだった。なんと言って声をかければいい？　彼は考える時間を稼ぐためにゆっくりとテーブルに近づき、カップを置いた。

女性が髪を耳にかけながら言った。「私が時間を間違えたのかしら？　よく混乱しちゃうの。てっきり七時の約束だと思ったんだけど」

では、これがローレルなのか。この女性については、ディーンの新しい被害者が見つけたメモに書かれていたこと以外、まだ何もわかっていなかった。その被害女性はディーンが一万ドルとともに姿を消したことに気づき、彼が残していった荷物を調べてメモを見つけていた。彼女が警察に通報してくれたのは幸運だった。たいていの被害者たちは恥ずかしがって口を閉ざしてしまうのだが、彼女は知っていることを進んで話してくれた。メモには、〝ローレル、水曜七時、一一七丁目の〈スターバックス〉〟と書いてあった。

ラスとアンダーズはその情報をもとに、ディーンが現れれば署まで任意同行を求めるつもりで店の前に張りこんでいたのだ。そこまでこぎ着ければ刑務所にぶちこむのは簡単だ。

ところがやつは現れなかった。この女性はいったい誰なんだ？

しばらくこのまま話を合わせて、情報を引きだせないかどうか見てみよう。本当にディーンの女だとしたら、向こうを優位に立たせてたまるものか。だが、何かがおかしいと思えて仕方ない。どうも腑《ふ》に落ちないところがあった。それがなんなのか、解明してやろうじゃないか。

ラスは用心深く女性の視線を避けて左に顔を向け、赤と紫の立体が描かれた版画を眺めながら顎をこすった。「きみが正しいんだ。約束は七時だった。遅れてすまない」

女性の手が伸びてきてテーブルに置いた彼の手に触れ、そっと撫《な》でてから離れた。「話をするときはこちらを向いてもらえないかしら？　私は耳が聞こえないの、覚えてない？」

耳が聞こえないだって？　もちろん覚えてない。それどころか、知りもしなかった。くそっ。ラスはぽかんと開いた口を慌てて閉じた。一瞬彼女が嘘をついているのではないかと疑ったものの、言われてみれば確かに、彼女の話し方は耳の不自由な人特有の、いくぶん平坦《へいたん》で鼻にかかった口調だった。

女性が顔の横で手を動かした。手話のようだが理解できない。「顔が見えないと唇が読めないわ」

すばやく機転を利かせたおかげで、ラスはほんの二〇秒ほどで立ち直り、何事もなかったような顔をして椅子に座った。会話の行き着く先がさっぱり見えないにもかかわらず、なんとか笑みを浮かべる。「ごめん、気づかなかった。それと、遅くなってすまない」そこで小さく笑ってみたものの、魅力的というにはほど遠く、ばかみたいに響いた。まあ、びっくり仰天しているにしてはよくできたほうだろう。「これじゃ、第一印象がいいとはいえないよな、ローレル？」

ラスはすでに確信していること——彼女がローレルだということ——を裏づけるために、

あえて名前で呼びかけた。驚かないところを見ると、案の定この女性がローレルに違いない。近くで見るとやはり、彼女はほかの被害者のように地味ではなかった。彼の知るかぎり、耳の不自由な被害者もローレルだけだ。そのことに意味があるのか確信は持てないが、はっきりさせておきたい。

彼女が被害者なのかどうかを。

「想像していたより背が高いのね」ローレルが手話を交えながら言った。「それにずっとすてきだわ」

どういうわけか褒め言葉に聞こえなかった。でも、ローレルは長くて濃いまつ毛の下から恥ずかしそうに微笑みかけている。彼女には何かが——無邪気というか世間知らずというか、彼を落ち着かない気分にさせる何かがあった。ばかげている。彼女もディーンと同じ詐欺師の可能性があるのだ。無邪気さは見せかけかもしれなかった。

確かめてやろうと決意を固め、ラスは野球帽のつばをつかんで帽子をかぶり直した。「ありがとう。きみも俺が思っていたよりずっと魅力的だ」

相手の反応をはかるために口にしたとはいえ、それは真実だった。

ローレルは顔を赤らめも口ごもりもせず、媚《こび》を売るような笑みも浮かべず、ただ嬉しそうな顔をした。その様子を見て、ラスは九九パーセント確信を持った。彼女は詐欺師の恋人ではなく犠牲者なのだと。

想定していたよりはるかに悪い状況だ。ローレルは見るに耐えないほど醜いわけではなかった。それどころかものすごくセクシーで、それがさらに事態を悪化させている。新事実を理解するのに意識を集中させようとしても、さっきから軽く触れている彼女の脚にすっかり気をそらされていた。世の中には人目を引く美女やモデルのように華やかな女性もいれば、ローレルみたいなタイプもいる。甘くて柔らかくてセクシーで、ピンク色の肌から無邪気な色気を放つタイプ。くそっ、彼女は美しい。

松材を思わせる色の髪には濃淡の筋が入り、見る人の目を引きつける。瞳は湖水を彷彿《ほうふつ》させるブルーで、チェリーレッドの豊かな唇は、かわいらしく口を尖らせているようにふっくらして見えた。オフホワイトのセーターが形のいい胸をぴったりと包み、コーヒーの芳香があたりに満ちているにもかかわらず、彼女自身の香りがわかった。袋を開けたばかりの綿菓子のように甘い香りだ。

もしラスがディーンと同じ人間のくずだったら、いつまでもローレルにつきまとって、心も体も財産も、彼女が差しだすものすべてを奪い、おまけにその過程をくまなく楽しむだろう。いったい、あのろくでなしはどこにいるんだ？

「メールで私の写真を送りたかったんだけど、勇気がなかったの。私のほうはあなたの外見を知っていたんだから不公平よね。高校のアルバムを見たのよ」

ラスは眉をあげた。どんどんおかしな方向に話が進んでいくぞ。「どこでアルバムを手に入れたんだい？」あのころの俺はどんな感じだったっけ？　ひどい髪形でにきび面だったに違いない。引きのばしたタフィーみたいにひょろ長い腕をしていたはずだ。一三歳になる弟のショーンのように。

「ミシェル・ガノスキーに貸してもらったの。ミシェルを覚えてる？　彼女が同窓生のチャットルームであなたの名前を見つけて、自己紹介するようにすすめてくれたのよ」

「ミシェル？」二週間前にデートした相手の名前すら覚えていないのに、高校の同級生のことなんか思いだせるわけがない。もっともその女性と寝ていれば話はべつだが、まさかローレルに尋ねるわけにはいかなかった。

そのとき、かすかな記憶がよみがえってきた。「ああ、あのミシェル・ガノスキーか。彼女は確か……」〝耳の聞こえない子〟と言いかけて口をつぐむ。ラスは咳払《せきばら》いすると、気まずさを覚えながらジャケットのファスナーをおろした。

「聴覚障害者？　ええ、ミシェルもそうよ。だから私たちは知り合ったの。一緒に大学に通った仲よ。私がこっちへ帰ることになったから、一年だけだけど。ミシェルの知り合いだと言わなかったのは、下心があってあなたに話しかけたと思われたくなくて。でも実際はそうよね。どちらにしろ、もう本当のことを打ち明けちゃったわ」ローレルが声をあげて笑い、肩にかかる髪を払った。

なんとなくわかってきたぞ。ローレルは高校の同窓生が集まるチャットルームでトレヴァー・ディーンに出会ったのだ。ラス・エヴァンズの名を騙《かた》る詐欺師に。いやらしい、くそったれ野郎め……。

「俺が警官だと知ってたのか、ローレル？」

彼女が目を瞬《しばたた》かせた。「警官？　警官って言ったの？」

「ああ。警官なのは知ってた？」

ラスは緊張して答えを待った。これまでのところ、ディーンが警察の捜査に気づいている様子はまったくなかった。

「ええ、あなたが教えてくれたじゃない」

これで明らかになった。ディーンは知っている。ラスの胸に怒りがこみあげてきた。やつは警察を——もっとはっきり言えばラスを——からかい、もてあそんでいるのだ。しかもこの女性を巻きこんで。

「いろんなことを話してくれたわね、ラス」ローレルが含みを持たせた笑みを浮かべた。

いったい何を話したんだ？　ディーンへの腹立ちを抑えきれず身じろぎすると、脚がローレルに当たった。彼女がはっと息をのんだのに気づいて、急いで脚を引く。

「ローレル、きみがチャットしていた相手は俺じゃない。だいいち俺はコンピュータを持ってすらいないんだ」たとえあったとしても、窓から放り投げてしまうに違いなかった。じっと座っているのは苦手だし、ああいう機械は我慢ならない。

ローレルがいぶかしげに眉をひそめた。

「トレヴァー・ディーンを知ってる？」

「誰ですって？」スカーフの端をもてあそびながら彼女がきき返した。ローレルの指は何度も同じ動作を繰り返し、止まることがない。話しているあいだはなめらかに手話を表現し、口を閉ざしているときも常にひらひらと動いている。

あの指をつかんで口に入れたい。

ラスは目をこすった。そそられる考えではあるが不適切きわまりない。いいかげんにしろよ。

「ディーンという名前の人は誰も知らないわ。どういう意味かよくわからないんだけど」

俺にはわかっている。ローレルは巧妙な詐欺師の恋人ではなかった。つまり、ディーンがチャットでいちゃついた個人的なお楽しみの相手か、もしくは次のターゲットということだ。やつの思いどおりにさせてたまるか。

俺の目の前ではだめだ。

この女性には手を出させない。

もしかしたら、ローレルの助けを借りて詐欺師を捕まえられるかもしれない。

2

ローレル・ウィルキンズはコーヒーを少しずつ飲みながら、ラスがいったい何を言っているのか一生懸命理解しようとした。それでもよくわからないので、説明してくれるのを待つあいだ、彼の魅力を堪能《たんのう》することにする。

しばらく見ていても飽きそうにないくらい、ラスにはすてきなところがたっぷりあった。クリームを詰めたキャラメルみたいにおいしそうだ。たくましい顎、明るいブラウンの髪に野球帽をかぶり、瞳の色は溶ける寸前のダークチョコレート。肩幅は濃紺の冬物ジャケットを着ていてもわかるほど広い。ジャージ素材のグレーのTシャツ越しに、引き締まった筋肉がうかがえた。さっきテーブルに近づいてきたときには、ジーンズが腰にぴったり張りついていた。あんなに大きな手では保湿クリームを大量に消費しそうだ。それに、真剣な表情が信じられないくらいセクシー。

まるで熱いシャワーを浴びすぎたときのように、ローレルの全身が熱く火照った。

「残念だが、きみは俺の名を騙る男とメールのやりとりをしていたんだ。トレヴァー・ディーンは詐欺師で、女性から金を巻きあげる。ネットや町中で彼女たちと出会い、自分を信用するように仕向けるのがやつの手口なんだ」ラスが居住まいを正し、ローレルと目を合わせた。「狙《ねら》いを定めた相手と寝ると、やがて家に転がりこみ、最後には有り金をすべて奪う。警察は詐欺と窃盗の疑いで彼を調査しているところだ」

ブルース・スプリングスティーンの曲に合わせて頭の中で一枚ずつラスの服を脱がせていたローレルは、はっとわれに返った。詐欺と窃盗？ 唇を読み間違えたのかしら？「なんて言ったの？」

「詐欺と窃盗、だ」

気持ちを落ち着けるために、三杯目のモカ・ラテをひと口飲む。思いきってはめを外す計画を立てても、所詮《しょせん》こんな結末になるのね。「私のチャット相手がその人だと、どうしてわかったの？」ただのおしゃべりだけでなく、かなり個人的な話もした。照れくさいことに、ちょっとセクシーな雰囲気になってふざけ合ったこともある。

そのディーンという詐欺師に、六年間セックスしていないと打ち明けていた。さっさと家に帰って、メールアドレスを〝ばかなブロンド娘〟に変えたほうがよさそうだわ。

「やつが被害者の家に残していった荷物の中に、きみの名前と待ち合わせについて書かれたメモがあった」

詐欺師のいいカモになるところだったと知ってきまりが悪いのか、それともチャット相手が詐欺師だと知ってがっかりしてるのか、私はどっちなのかしら？ どうやら落胆のほうが大きいみたい。でも、このすてきな刑事さんにそんなことは言えないわ。「すごく恥ずかしい」

「恥ずかしがることはないよ。被害に遭う前にわかってよかったと思えばいいんだ」

あなたが言うのは簡単よ。期待をふくらませてピンク色の下着をつけてきたわけじゃないんだから。

最悪なのは、私がディーンを本気で気に入っていたことだ。彼はおもしろくて思いやり深く、メールにはいつもふんだんに笑顔の顔文字をつけてくれた。思いだすと顔が熱くなる。きっとスカーフと同じくらい濃いピンク色に染まっているに違いない。母は常々、私は誰にでも親切すぎて、連続殺人犯に対してさえ、もっと上手にロープで縛る方法を教えかねないと言っている。

いくらなんでもそれは大げさだけど、確かにちょっと人を信用しすぎるかもしれない。あのラス・エヴァンズが本当のラス・エヴァンズじゃないなんて、疑いもしなかったもの。目の前にいるラス・エヴァンズが、まるで父親のようないかめしい顔つきで視線を向けてきた。「きみも、ネットで個人情報を公開しちゃだめだ。世の中には悪党や異常者がうようよしているんだぞ。もう二度とこんなふうに誰かと会う約束をするんじゃない」

自分でも同じ結論に達していたにもかかわらず、先に言われると、ローレルは反抗的な子供のように言い返したくなった。保護者ぶられるのは耐えられない。とくに、保護者とはほど遠い行為を期待してしまう相手には。「ここは公共の場よ。何も起こるはずがないわ」

ラスがあきれたようにくるりと目をまわし、口もとをゆがめた。「かんべんしてくれよ。

店員はたったひとりで、それも脳みそより髪の毛のほうが多そうなやつなんだぞ。誰かがきみに銃を突きつけるかもしれない。店員に銃口を向けながらきみを外へ引きずりだすのに、ものの三〇秒もかからないぞ。誰ひとり助けてくれるもんか」

まあ。気分が浮きたつことを言ってくれるわね。

「他人を信用しすぎちゃいけない、ローレル。きみは俺の身分を確かめようともしなかったじゃないか。警官というのは嘘かもしれないのに」

あら、それもそうね。彼が本物の警官かどうか私にはわからない。実際のところ、何もわかっていないわ。もしかしたらこの人こそ詐欺師で、自分を警官だと信じこませようとしている可能性だってある。混乱を隠しつつ、ローレルはとり澄まして手を差しだした。「身分証明書《ID》を見せて」

それでいい、というようにラスがうなずき、ズボンのポケットからIDをとりだして彼女に渡した。「誰も信用するんじゃない」

そんな生き方って寂しいんじゃないかしら。ローレルはそう思いながらも口には出さず、二つ折りのケースを開いてクリーヴランド警察のバッジを調べた。免許証によると、住まいは西一三五丁目三五〇番地。高校の卒業アルバム同様、自動車管理局が撮った顔写真も彼を実物どおりに写しだしていなかった。

母親とラスの警告が頭の中で鳴り響いた。「あなたの話が本当かどうか、どうやって判断すればいいの?」指先でバッジの表面をなぞりながらローレルはきいた。

ラスがぽかんと口を開けたかと思うと、声をあげて笑いだした。「きみには判断できないだろうな。でも警察署に電話をかけて俺を呼びだせば、本物の刑事かどうか確かめられる。上司にきいてもいい。俺のことも捜査のことも裏づけてくれるだろう」

「ひとつだけ問題があるわ。私には答えが聞こえないの」

ラスは愕然《がくぜん》とした。「ごめん、気づかなくて……」

あまりにも申し訳なさそうな彼を安心させようとして、ローレルは急いで笑みを浮かべた。耳が聞こえないことで他人が気詰まりな思いをすると、彼女まで落ち着かなくなってしまうのだ。「責めているわけじゃないし、謝ってほしいわけでもないの。事実を言ったまでよ」

それでもラスの顔はこわばったままだった。椅子の背にもたれて大きな指でテーブルのナプキンをもてあそびながら、じっとローレルの顔をうかがっている。ふいに落胆を覚え、彼女は笑うのをやめた。魅力的でとても慎重なこの男性は、私がチャットしていた人とは別人なんだわ。

彼に会えると思ってわくわくして駆けつけ、すっぽかさずに来てくれたと思ったときにはすごく嬉しかった。それなのにすべて嘘だったなんて。

もっと残念なのは、もはやラス・エヴァンズはドキドキする秘密ではなくなり、返事を期待してこっそりメールをチェックする理由もなくなってしまったことだ。彼女がチャットしていた男性は優しくてセクシーで、彼女に関心を寄せてくれていた。少なくともローレルはそう感じていた。しかし、そのどれもが偽りだったのだ。

あの男性は私からお金を盗もうとたくらむ詐欺師で、本物のラス・エヴァンズのほうはちっとも私に興味を抱いてない。

ああ、もう、さっさと家に帰ってブラウニーでも食べよう。

「ええと、そういうことなら、そろそろ失礼するわ」ローレルは言った。「気遣ってくれてありがとう。その人が捕まって、すべてうまくいくといいわね」返事をするラスの口もとが見えないように、わざとうつむいたまま屈んでバッグをとりあげる。

これは子供のころからときどき使う手だった。目を閉じておけば、怒られていても小言が読みとれない。結局、最後には母にぱちんとお尻を叩《たた》かれ、目を開けさせられたものだけれど。だがラス・エヴァンズはローレルのことを知らないのだから、彼女が意図的に視線をそらして、これ以上彼に怒られる前に店を出ていきたがっているとはわからないはずだ。

ところがローレルが体を起こして椅子にかけておいた黒いピーコートをとろうとすると、ラスの手が腕に触れてきて動きを止められた。彼女は警戒しながら視線をあげた。

「ディーンはきみに、素性や居場所について手がかりを残していないかな？　やつは何に興味を抱いていた？」

ローレルは彼の手から腕を引き抜き、コートに片袖《そで》を通した。ディーンの言ったことは何も考えたくない。彼への返事に書いた、感傷的でうぶで個人的なことがらを思いだしてしまうからだ。「わからないわ。ディーンから知らされていたのはあなたのことだと思うけど。警官で、レイクウッド高校の出身で、船に乗るのが好きだって」

「俺は好きじゃない。キャンプのほうが好みだ」ラスが真剣な表情で決然と前に身をのりだした。顎を引き締め、濃い色の瞳に自信をみなぎらせている。「やつのメールに手がかりが残されているかもしれない。保存してないのか？　どれくらいやりとりを続けてる？」

「二カ月くらいかしら。でも保存はしてないの。そういえば、トレモントに住んでいると言ってたけど、詳しい住所まではわからないわ」

「それで、いつもどんな会話を交わしているんだ？」

「べつに。たいしたことは何も」セックスよ。ちょうどメールをごみ箱に捨てたところで助かったわ。

ローレルは反対の腕もコートに通すと、バッグをかきまわして車のキーを探した。今すぐここから、ラス・エヴァンズの前から去らなくちゃ。まんまと騙され、これからもホットな刺激とは無縁の人生だと思い知らされるのはもういや。私はどうせドライフルーツのようにしなびて、誰の手にも触れられないまま化石になる運命にあるんだわ。

ラス・エヴァンズの関心は詐欺師を捕まえることだけなのよ。ローレルは部屋に閉じこもって、お粗末な詩でも書きたい気分だった。

「たとえば？　詳しく教えてくれないかな？」彼にはローレルがいやがっているのがわからないらしい。ラスは間違いに気づきもせず彼女のコーヒーカップをとりあげ、口に運んだ。

まさに自分の唇が触れたところに彼が口をつけるのを見て、ローレルの中で何かが弾《はじ》けた。ラスにショックを与えたい。詐欺師の甘い言葉に騙された耳の不自由な女性というだけでなく、ちゃんと私自身を見てほしい。一度でいいから、これほどすてきな男性に本気で見つめられたかった。

「セックスよ。私たち、セックスの話をしてたの」

思わずラスはむせた。泡たっぷりの甘いコーヒーが鼻に入って粘膜に襲いかかる。ローレルがそんなことを言うとは想像もしなかった。かわいらしくて世間知らずでお上品な彼女が、きわどい話をするとは思えなかったのだ。ローレルが耳もとに唇を寄せ、彼にしてほしいことをささやく。そんな光景が目に浮かび、それだけで下半身が硬く張りつめてくる。

おまえは警官なんだぞ。

ラスは正気をとり戻した。少なくとも、テーブルから上に出ている部分だけは。「わかった。それならメールに手がかりはなさそうだ」

「彼のセックスの空想を知りたいならべつだけど」

冗談じゃない、撃たれて死ぬほうがましだ。「やめておくよ」

ローレルの空想なら喜んで聞こう。

少しのあいだ、ふたりとも黙りこんだまま座っていた。ラスはよからぬことを想像しながらも、ディーンの目的が見えずにとまどっていた。

「彼が詐欺師というのは確かなの？」ローレルがきいた。

あきらめがつかないようなその表情に、ラスは厳しい口調で答えた。これ以上ディーンとかかわって愚かなまねをしてほしくない。「ああ。今のところ被害者は四人で、みんなディーンと親密になったすぐあとに盗まれている。被害総額は一〇万ドル以上だ。きみには財産があるのか、ローレル？」

「多少は。いくらか信託財産があるわ。それに、母と同居してるけど、厳密に言えば家は私のものなの」

「どこにある？」

「エッジウォーター・ドライブよ」

「湖に面した一帯だな」なるほど。大金になる。ディーンは大物を狙い始めたに違いない。

「ええ」ローレルが首のスカーフを巻き直した。「さて、海にはほかにも魚がいるはずだわ。インターネットもあるし」

ラスはさっと彼女に目を向けた。口調が気に入らない。「待てよ。どういう意味だ？」けれどもローレルは彼のほうを見ておらず、コートのボタンを留めていた。苛立《いらだ》ったラスが軽く腕を叩くと、驚いた様子で顔をあげる。

「ネットで男と知り合っちゃいけない、ローレル。危険なんだぞ。向こうは正体を隠して好き勝手なことが言えるんだから」

「それは直接会って知り合った場合でも同じじゃないかしら」

くそっ、彼女の言うとおりだ。だが、ことの重要性を理解させないままローレルを帰すわけにはいかない。相手を探すためにネットで男に話しかけるなんて、ウサギに八車線のハイウェイを渡らせるようなものだ。

ラスはどちらかといえばウサギが好きだった。

とくにこのウサギちゃんが。ローレルがラスに微笑みかけた。ふう。ため息が出る。彼女にも、彼女が求めているものにも、なんであれかかわりたくなかった。ショーンがトラブルに巻きこまれないよう目を配るだけでも大変なのだ。この女性の面倒まで見ていられない。だが、せめてこれ以上ばかなことをしないと約束させなければ。この先、警察の調書で彼女の名前を見つけるのはごめんだ。

「いいかい、出会いを求めているならもっとましな方法がある。職場とか友達の紹介とか、教会でもいい。真剣なつき合いを望むいい男がいっぱいいるはずだ。賢くなれ。いつも用心深く、避妊具を忘れるんじゃないぞ」ちくしょう、これじゃあまるで、ティーンエイジャーの娘に車のキーを渡す神経質な父親じゃないか。

ローレルの顔がこわばり、頬がピンク色に染まった。コートを着て暑くなったせいだけとは思えない。ラスに腹を立てているのだ。

「真剣なつき合いは求めていないわ。ただセックスしたいだけ」

かんべんしてくれ。聞きたかったのはこんなせりふじゃない。「ローレル！」自分のものとは思えない、ショックに打ちひしがれた声が出た。

「なあに？　本当のことよ」彼女がうつむいてテーブルを見つめると、コートの襟に顔が埋もれてしまった。「私はこれまでずっと、まわりの人たちの望むとおりにしてきたわ。善良で礼儀正しく、思慮深く行動して、ほとんどの場合はそれで気にならなかった。でも、もういやなの。一度だけでいいから思いどおりにしたい。はめを外したいの」

ローレルにはめを外すという言葉はそぐわない。彼女はフリースのスカーフにぬくぬくと包まれていてかわいらしく、いかにも実家に連れていって母親に引き合わせたいタイプだ。理想の女性像として台座にのせ、遠くから崇《あが》めはしても、みだらな楽しみにふける相手にはできなかった。

それならなぜ俺の体は興奮しているんだ？

「ええと」ラスは話をはぐらかした。「きみはいくつだ？ 二〇歳？」

彼の口もとをローレルが一心に見つめている。唇の動きを読むだけで何を話しているか理解できるとは驚きだ。彼女の視線がたびたびラスの目ではなく口もとに向けられるため、彼はひそかにローレルをじっくり観察できた。彼女のほうは見られているとは思ってもいないだろう。

ローレルを見ているのは楽しかった。どこもかしこもピンク色で愛らしく、ラスがこれまでつき合ってきた女性たちとはかなり違う。彼のデート相手はいつも大胆で物怖《ものお》じせず、もってまわった言い方をする必要がない相手ばかりだった。彼女たちはラスの言わんとすることを理解し、おもしろいとさえ感じて、彼を自由にさせてくれた。ラスにとってはまずショーンが第一で、その次が仕事なのだ。つき合う初日に女性がそのことを受け入れられないようなら、相手がこちらに気があるセクシーな体の持ち主でも、どれほど心惹《ひ》かれていても、彼は決して手を触れなかった。

ラスの問いかけに対し、ローレルが鼻に皺《しわ》を寄せて憤慨した。「二五歳よ！　もうすぐ二六だわ。それなのに大学に通った一年を除いて、ずっと両親と同居しているのよ」興奮がつのってきたのか、声がだんだん高くなってきた。先ほどの店員と地味なブルネットの女性が何事かとこちらをうかがっている。「全然デートしてないの。わくわくすることなんてこれっぽっちもない。セックスだってしてないの」

落ち着け、落ち着くんだ。メガホンでみんなに発表するつもりか。「あの、ローレル……声が少し大きいようだ」

「え？　ああ、ごめんなさい」彼女はあたりを見まわして顔を赤らめた。

「だけど、しばらく誰ともデートしてないからといって、会ったばかりの男とつき合っていいことにはならない。確かに行きずりのセックスには利点もあるが」俺はまさにその恩恵にあずかっているんだから。「だが、慎重にならなければいけないよ」

「わかっているわ。お人よしかもしれないけど、ばかじゃないもの」

「きみがばかだなんて言ってない……」いつのまにか尋問口調になって、ローレルの反感を買ってしまったようだ。うまくやらなきゃだめじゃないか、エヴァンズ。

ラスの懸念を裏づけるように、ローレルが立ちあがって車のキーに手を伸ばした。「気遣ってくれてありがとう。もう行くわ」

「ちょっと待ってくれ、ローレル」問題は何ひとつ解決していない。彼女はまだ、誰にも危害を加えられないよう自宅に閉じこもっていると約束したわけではなかった。「トレヴァー・ディーンからまたメールが来たら、必ず連絡してほしい」

「なんていう名前ですって？　よくわからなかったわ」

ラスはジャケットのポケットからペンをとりだし、ナプキンに〝トレヴァー・ディーン〟と書いた。その下に自分の名前と、仕事場と自宅の電話番号を記してローレルに渡す。「やつに返信しちゃいけない。きみが気づいていることも知られないようにするんだ。何よりもまず俺に連絡すること、いいね？」

「わかったわ」彼女が小さくため息をついた。今の状況にわくわくしていないのは明らかだが、それでも礼儀は崩さない。「さようなら、ラス」

「待った」ラスは立ちあがってもう一度ローレルの手をつかんだ。思ったより彼女は小柄で、彼の鼻のあたりまでしかなかった。華奢《きゃしゃ》な手首を急いで放す。「つかんでばかりでごめん。ほかにどうやってきみの注意を引いたらいいかわからなくて」

「私の腕に触れるか、足を踏み鳴らしてくれてもいいわ。手を振ってもいいけど、顔のすぐ前にてのひらを突きだされるのは苦手なの」怒っている様子はなく、ラスの正直な言葉をかえって喜んでいるようだ。

またしてもラスは、何か漠然とした感情が胸にうずまくのを感じた。この女性をひとりで帰してはならない気がする。警官ゆえに無防備なローレルが気になり、彼女に害が及ぶのを防ぎたいからそういう気持ちになるのだと思いたいが、実際はそれだけではない複雑な感情が存在していた。無視していれば、そのうち消えてなくなるに違いない。歯痛と同じだ。

「わかった。聞いてくれ……。俺の相棒のジェリーが外にいる。通りを渡ったところに車を停《と》めてるんだ。きみの無事を確かめるために、家までうしろをついていかせてもらえたら安心できるんだが。どうしてディーンが約束をすっぽかしたのかわからない。どうも気になるんだよ」

ローレルが唇を噛んでバッグを持ち直した。「どうしても、というならいいわ。だけど私の家はここからほんの五分なのよ」

「その五分であらゆることが起こり得る」

そうね、五分間この人を見ているだけでもオーガズムに達しそう。ローレルは無表情を保ったままそう思った。

「ローレル、もう二度と知らない男とは会わないと約束してくれ。真剣な話なんだ。よく知りもしないやつとはセックスなんてしないと約束してほしい」

優しい気遣いだが、いい子の殻を破ろうとしている彼女には逆効果だった。ローレルはかっとなって口走った。「じゃあ、あなたとセックスすればいいのかしら」

言っちゃったわ。いざ口にするといい気持ち。解放された気がする。それにアルコールの力を借りなくてもちゃんと言えた。

ラスのほうは突然口が利けなくなったようだった。

ローレルは世慣れて軽い女を装いながら——正直なところ、かなり無理があったが——彼を見つめた。

「どういうつもりだ？」ようやく口を開いたラスが、落ち着かない様子で野球帽のつばに手をやった。

ショックを受けた彼の顔を見て、ローレルの高ぶりは急速に冷めた。大胆で度胸のある女はすっかりどこかに行ってしまった。

いったい何を考えていたの？　短縮ダイヤルでストリッパーを呼びだせる時代に、私とセックスしたいなんて思うはずがない。たとえ半分本気だったとしても、あんなことを口走るべきじゃなかった。

「冗談よ」ローレルは嘘をついた。それらしく見えるように、くるりと目をまわしてみせる。「つまり、あなたが私と寝たいと思わないかぎり、私が誰と何をしようとあなたには関係ないって言いたかったの」

「心配してるんだぞ！　きみが傷ついて、殺されるのは見たくないんだ、ちくしょう」

ますます親に説教されているみたいだわ。ラスの心配を嬉しく感じる一方で、それはローレルが求めているものではないとも思った。彼女の父親はすでに亡くなっているものの、そのかわりが欲しいわけではない。それに父親がわりを探すなら、服を脱がせたくなるような男性は絶対に対象外だ。

「警告してくれてありがとう。でも、あなたは驚くかもしれないけど、私は自分の面倒くらい自分で見られるの。道だってひとりで渡れるわ」そう言うとローレルは向きを変え、まだ何か言い続けているラスを残して歩み去った。

3

トレヴァー・ディーンは、コーヒーショップを出て車に乗りこむローレル・ウィルキンズを目で追った。彼女が予想より長く店内に留《とど》まっていたのはいい兆候だ。それだけ彼に、つまりラス・エヴァンズに会いたがっているということなのだから。

声を出さずにトレヴァーは笑った。警官の名前を利用して女を引っかけていると思うと、いまだに笑いがこみあげてくる。彼が刑事をリストアップして順番に名前を借用していることに、本人たちはまったく気づいていなかった。身分詐称というほどではなくただ名前を名のっているだけだが、それでもトレヴァーにはおかしくてたまらない。間抜けどもに中指を突きたてながら、彼らのおかげで好きなように動きまわり、次から次に盗みを成功させているのだ。今日は誰になりすましているか把握しておくにも便利なやり方だった。

今ごろべつのコーヒーショップでは、ジルが、なぜこんなに遅いのかやきもきしながらトレヴァーを待っていることだろう。彼はタバコの吸殻を歩道に投げ捨て、早足で歩き始めた。レザーコートを着ていても役に立たないほど寒い。アラスカより寒いんじゃなかろうか。今年は南のフロリダ・キーズへでも行ったほうがいいかもしれない。

だがそうなれば、何もかも一からやり直しだ。トレヴァーはかれこれ五年以上もクリーヴランドを根城にして、彼なりのシステムを確立していた。警察にはまったく気づかれていない。彼はいつも引っかける対象の女を三人選ぶことにしていた。競馬で言えば、ひとり目はスターティング・ゲート、ふたり目でレースをして、最後のひとりでゴールを駆け抜けるというわけだ。

みごとな仕事ぶりだ。

ジルが店内に入ってきたトレヴァーを見てコーヒーをこぼし、口ごもりながら慌ててテーブルを拭いた。濡《ぬ》れたナプキンを集めて脇《わき》に寄せ、青いスエットシャツで指をぬぐう。

「やあ、スイートハート」トレヴァーはジルの額にキスをして向かいの椅子に腰かけた。

「コーヒーをこぼしたのかい?」

「ええ、私ったらほんとにどうしようもないわ」

「だけどかわいいよ」彼はジルが顔を赤らめるのを承知のうえでウインクした。思ったとおり、ジルの頬が赤く染まった。わかりやすい女だ。初めて会ったのはガソリンスタンドだった。ニット帽のせいで髪はぺしゃんこ、鼻を真っ赤にして給油キャップと格闘している姿を目にしたとたん、この女こそ次のターゲットだと確信した。

トレヴァーは魅力に欠ける女が好きだった。そういう女は必死で彼を喜ばせたがる。彼に触れてほしくてたまらず、今にも彼がいなくなってしまうと信じこんでいた。セックスもよかった。誰も彼女たちに与えたことのないものを与えているのだと思うと、自分に力が満ちあふれてくるのが感じられた。ベッドの中でも外でも、主導権を握るのは常にトレヴァーだった。いつのまにか最後には思いどおりになるので、したいことはなんでもできた。

「心配し始めていたの。あなたはもっと早く来ると思っていたから」ジルがくすんだ茶色の髪をかきあげた。「べつにいいのよ。あなたを責めているわけじゃないの。ただ、事故で昏《こん》睡《すい》状態にでもなってるんじゃないかと心配で」

緊張と不安のにじむ笑い声を聞いてトレヴァーの頬が緩んだ。もうこっちのものだ。

土曜日にレイチェルのもとを逃げだして以来ずっとホテル暮らしだったので、タイミングは完璧《かんぺき》だ。「ごめん、ベイブ、遅れることを電話で伝えるべきだった。じつは大家と揉《も》めて、必死で彼を説得してたんだ。家賃を月二〇〇ドルも値上げすると言ってきてね」

「なんですって？　まあ、ピート、それはひどいわ！」

「そんな金額、どうやって払ったらいいかわからないよ」トレヴァーは肩を落として椅子にもたれ、打ちひしがれたため息をついた。

そして、ジルがスターティング・ゲートから一歩踏みだすのを待つ。

「会社の勤務時間も減らされたばかりよね」ジルは言った。ピートが頭を悩ませ、すてきな青い目の縁に皺を寄せる姿は見たくなかった。いつも陽気な人だけに、彼のこんな様子は耐えられない。

ピート・トレヴァーほどハンサムな男性が、一日たったオートミールのようにおもしろ味に欠ける自分に目を留めてくれたことが、いまだに彼女は信じられなかった。髪も顔も体も月並み。ただ胸だけは不釣合いに大きくて、そのせいで高校時代にはからかわれたものだ。

そんな私なのにピートはとても優しく、よくしてくれる。ジルはすっかり彼に心を奪われていた。

「大丈夫。なんとかなるだろう。わずかだけど蓄えもあるし」ピートが目をそらして指で髪をすいた。

私を安心させるために嘘をついているんだわ。ジルははっと気づいた。心配をかけまいとしているのよ。胸がいっぱいになった彼女は、よく考えもせずに口走っていた。

「うちに引っ越してきたらどうかしら？」自分の厚かましさに頬が赤くなる。ピートの顔に驚きの色が浮かんだが、かまわず続けた。「だって、どうせあなたは週に二、三回うちに泊まっていくでしょ。家賃を二重に払う必要があるかしら？　私たちが一緒に住めば、月に四〇〇ドルも節約できるわ」

ジルは固唾《かたず》をのんでピートの反応を待った。

「それは僕も考えてみた」彼が言った。「だけど、きみにたかっていると思われたくなかったんだ」

「もちろん違うわよ！　家賃は折半すればいいし」

ピートに笑みを向けられると、ジルは胸がどきりとして体が熱くなった。「でも、一緒に暮らしたせいで僕の欠点が目につきだしたらどうする？　きみを失いたくないんだ」

これは愛よ。愛に違いない。「私を失うなんてあり得ないわ。あなたの望むかぎり、私はあなたのものよ」

ピートがジルの手をとり、甲にキスをして言った。「信じているよ」

ラスはコーヒーショップの外に出ると、ジャケットのファスナーをあげた。わき起こる緊張が理性と感情の両方に襲いかかり、彼を苛立たせる。ローレルの首根っこをつかんで部屋に閉じこめ、犯罪現場の写真を突きつけてやりたかった。

〝自分の面倒くらい自分で見られるの〟だって？　ふん。ローレルは狐《きつね》だらけの町に放たれたウサギだ。優しくてお人よしのウサギちゃんがクローバーを探してぴょんぴょん跳ねていれば……。間違いなく、そのうち殺されてしまう。

俺には仕事がある。だがそれには、自分から危険に飛びこむ世間知らずのお守りは含まれていない。ローレルはまったく周囲を気にすることなく、うつむきかげんで通りを西へ歩いていた。ちくしょう、誰かが物陰から飛びだしてきて、襲いかかるかもしれないんだぞ。気づいたときにはもう手遅れだ。彼女は音が聞こえないんだから。

自分の面倒を見る？　いいかげんにしてくれ。ローレルときたら、〝私はリッチでか弱くてひとりぼっちなの、どうぞ騙して〟と叫んでいるようなものだ。魅力的な彼女を見ていると、俺のほうこそ便乗してつけこみたくなる。

白のレクサスSUVのロックを外すローレルを見つめながら、ラスは悪態をついた。彼女から目を離さないで本屋までの三メートルを小走りで戻り、ジェリーの黒いピックアップトラックの助手席に滑りこむ。「あのレクサスを追ってくれ」

ジェリーは素直にギアを入れながらも、ふくれっ面でラスを睨んだ。「いったいどこへ行ってたのよ？　三〇分もかかったじゃない。まさか浮気じゃないでしょうね？　陰でこそこそほかの刑事と組んでたんじゃないの？」

ラスは吹きだした。ジェリーと組むのは楽しい。いやな事件にどっぷりつかっているときも、もっと厄介なデスクワークをしているときでさえ、彼はいつも笑わせてくれた。「よせよ、ジェリー、俺がおまえにそんな仕打ちをするわけないだろ。互いに信頼してこそいい関係なんだぞ」

「あなたは四六時中出かけてるし、最近じゃあたしに話しかけてもくれない。どう考えろっていうのよ？」信号でローレルのレクサスのうしろに停まると、ジェリーがにやりとしてラスを見た。「やっと帰ってきたと思ったら、タバコとコーヒーのにおいをぷんぷんさせてる。お酒はもともと飲まないもんね。ねえ、あたしたち、カウンセリングが必要だわ。でなきゃ、もう終わりよ。終わり」

「黙れ、アンダーズ。俺の相棒がおまえしかいないのはわかってるはずだ」

「わかってるってば」ジェリーがローレルに続いてレイク・アヴェニューからエッジウォーター・ドライブに車を進め、二〇世紀に富裕層が郊外の保養地として造成した、煉瓦と石造りの重厚な家々をきょろきょろ眺めた。「あのブロンド、いい身分じゃないか」

「持ち家だ。ただし母親と同居してる。たぶん相続したんだろう」ラスは片目でレクサスのテールランプを追いながら、反対の目で近隣の様子をチェックした。「彼女はディーンの正体を知らなかった。聞いたこともないそうだ。なあ、彼女はチャット相手がラス・エヴァンズだと信じてたんだ。友達の、高校時代の同級生だと思っていたらしい」

ジェリーがひゅうっと口笛を吹いた。「ディーンはこざかしい野郎だな」

「それは俺たちがいちばんよくわかってる」ラスが見ていると、ローレルは煉瓦造りの巨大な三階建ての家に車を乗り入れた。前面が平らになったその家は二〇を超える数の窓が目を引き、それぞれの窓に月の光がきらめいていた。「驚いたな。こういう家のことをなんて言うんだっけ？」

「ばか高い家」

家族が一ダースいたって充分暮らせそうだ。「俺の家ならひと部屋におさまるな」

ジェリーが歩道の縁に車を寄せ、眉をあげて言った。「裏庭には湖、足もとには世界がひれ伏している。金持ちってのはいいもんなんだろうな」

ローレルの車はすでに裏手のガレージに入ったらしく、一階の明かりが一斉についた。窓にはブラインドがない。家は通りから離れた奥にあり、一五センチほど雪の積もった広々とした庭が通りとのあいだにあるとはいえ、家具やランプの輪郭が外からでもはっきりわかった。ローレルのブロンドの頭がひょいと現れ、ソファのそばを通りすぎた。

ラスは、ふたりがセックスすればいいと言った彼女の言葉を思い返した。ローレルにすれば自分が正しいことを証明するための当てこすりだったのかもしれないが、彼の体は聞き逃さなかった。誰かほかの男にも彼女が同じ提案をしている光景が脳裏に浮かんで消えてくれない。それだけでなく、その男を八つ裂きにしている自分の姿も。

「ここで待っていてくれ」車のドアを開けて、ラスは言った。

「おいおい、またかよ。〝待ってろ、ジェリー、ちょいと容疑者といちゃついてくる〟か」

「彼女は容疑者じゃない。説明したはずだ」車を降りる。「寂しけりゃ、携帯でパムに電話しろよ。なんでまた彼女がおまえとつき合う気になったのか、思いだしてもらえるように頑張るんだな」

ジェリーがうしろから声をかけた。「ブロンドを口説くのもいいが、少しは仕事のことも考えて、ディーンを捕まえる餌《えさ》に彼女を使えないか探ってみろよ」

ラスは閉じかけていたドアを足で止めた。ジェリーが正しいのはわかっているが、ローレルに協力を求めるのは、彼がこれからしようとしていることとまったく矛盾する。ラスは彼女にかかわってほしくなかった。立派な家にぬくぬくと閉じこもり、醜い現実とは無縁のまま、無垢《むく》でいてほしかった。

「彼女はだめだ、アンダーズ。おとりにしたら、ほぼ間違いなくとって食われる」

「ディーンにか？　それともおまえに？」ジェリーがにやにやして言った。

「ばか言ってろ」ラスは相棒の目の前で思いきりドアを閉め、笑い声をさえぎった。

両手をポケットに突っこんでドライブウェイを歩きながら、いったい何をしているんだ、と自分に問いかける。ローレルの無事を確かめたいという理由のほかに、彼女の家の前をうろうろする口実は見当たらなかった。ラスはただ、彼女がすべての窓を調べて鍵《かぎ》をかけ、しっかり戸締まりをしているかどうか確認したいだけだ。

強烈な不安が彼を悩ませ、神経を苛立たせていた。コンドームを忘れずに携帯するのが最高の思いやりと考えるような男にしては、大げさに反応しすぎている。何年も警官をしているうちに、助けや理解、同情を求めて目で訴えかける人々――とくに女性や子供たち――に数多く出会ってきた。そのたびに彼は心をわしづかみにされ、何かしなければという気持ちになった。それでも懸命に距離を置いて頭を冷静に保ち、気配りをしつつも自分の仕事に徹してきたのだ。ときには厳しく超然としていなければ、正気を失うか、斜にかまえたものの見方しかできなくなっていただろう。

ローレルの家の玄関のベルを鳴らすのが、距離を保つうちに入るとは思えなかった。だがどうせ境界線を越えるなら、とことんまで行ってしまうほうがいい。

前庭は敷地に沿って目の粗い麻布で囲まれ、一月の冷気や雪から植物を保護していた。ラスは控えめな明かりが照らす煉瓦敷きの歩道を急ぎ足で歩いた。彼女になんと言うべきかまだ心は決まらないものの、頭の中ではいつのまにか、自らセックスの生《い》け贄《にえ》になることを考え始めていた。

本気でローレルが情事を望んでいるのなら、相手が俺でどこが悪い？　少なくとも彼女の安全は確保できる。

結果的に自分が楽しんだとしても、それは役得のうちじゃないか。重要なのはローレルを危険な目に遭わせないことだ。

俺は困っている人を助ける、心優しいよきサマリヤ人にすぎない。そうだろう？　ただし性的に興奮してはいるが。

ラスが玄関ポーチまでたどり着かないうちに、ドアが勢いよく開いた。「いったい何をしているの？」戸口に現れたローレルはスリッパ姿で、まだあのぴったりした黒いパンツをはき、白いセーターを着て首にピンク色のスカーフを巻いていた。髪をポニーテールにしているので、さっきよりさらに何歳か若く見える。

「きみが無事に家に帰れたかどうか、確かめているだけだ」

「なんて言ったの？」ローレルが身をのりだして目を凝らした。「そこは暗すぎてあなたの口もとが見えないわ」

ラスは玄関ポーチの階段に踏みこんで、両側からドアを照らす光の下に立った。はっきりともう一度同じ言葉を繰り返し、彼女の機嫌が直ることを願いながら笑みを浮かべる。

だが、うまくいかなかったようだ。ローレルは唇をすぼめて言った。「おわかりでしょうけど、とっくに私は家に帰っているわ」さっさといなくなって、と言わんばかりにラスを睨みつけた。

薄ら笑いを浮かべる頭のおかしな男になった気分だ。それでも何かが引っかかって、彼はためらっていた。「中に入れてくれないのか？」

ローレルが、どう見てもわざとらしいとしか思えない無邪気な様子で目を見開いた。「よく知らない人なのに？　それは賢明とは言えないんじゃないかしら？」

思わずにやりとした。くそっ、彼女はセクシーだ。「いい応対だ」

「おやすみなさい、ラス」あきれたように目をまわすと、ローレルはうしろにさがってドアを閉めてしまった。

ラスはその場に留まったまま、耳を澄ませて鍵がかかる音を待ちかまえた。なんの音もしない。彼はさらに待った。もう少し。そのとき突然ドアが開いた。

「なんなの？」ローレルが苛立ちもあらわにラスを睨む。

「ドアに鍵をかけなかっただろ。音が聞こえるまで待ってたんだ」

「あら、そう」そう言うと、彼女は真鍮《しんちゅう》のドアノッカーがガタガタ鳴るほど思いきりドアを閉めた。

だが、今度は鍵のまわる音がはっきりと聞こえてきた。

閉じられたドアに向かってラスは微笑んだ。仕方ないな。

距離を置くなんてくそくらえだ。いつまでもこんなことはしてられない。ローレルが望むというなら、相手は俺だ。彼女の安全を守り、そのうえ満足させてやる。

彼は心を決めた。こうなったら前に進むのみだ。

ローレルは決して怒りっぽいタイプではない。癇癪《かんしゃく》を起こしたことは一度もなく、他人に腹を立てることすら滅多になかった。ひどい振る舞いをする人に対しても、きっと何か理由があるのだろうと考える。だが今この瞬間は、ラス・エヴァンズに好意を抱いているとは言いがたかった。もっとも激怒にはほど遠く、苛立ちを感じているというのが言い得ているだろう。彼、本物のラス・エヴァンズに。詐欺師だとしても、偽者のほうがもっと感じがよかった。少なくとも彼女を一人前の大人として扱ってくれたのだから。

本物のラスは、ローレルのみだらな空想が実現したかのような格好で、玄関の向こうに立っていた。ところがそんなセックスアピールあふれるジーンズ姿の彼が、ものわかりの悪い一二歳児を諭すような態度で彼女を扱ったのだ。頭をぽんぽんと軽く叩かれていれば、それこそ完璧な子供扱いだった。

確かにコーヒーショップではきかれもしないことまでしゃべり、かなり愚かな振る舞いをした。自分の言い分を主張しようと必死だったのだが、今思えばひどく哀れに見えただろう。

ローレルは恥ずかしくて困惑して、がっかりもしていたが、心の奥深くではラスに魅了されていた。母は正しかったのかもしれないわ。男の人とつき合うのは危険すぎる。母親に加え、つき合いたいと思った男性までもが、私は自分の部屋に引きこもっているべきだと考えるとは、なんて皮肉なのかしら。

三杯のモカ・ラテが引き起こした生理的欲求を満たしてから、キッチンに入ってマフィンをとり、階段をのぼって三階の自室へ向かった。ベッドの上に放りだされたいくつものセーターは、何を着ようか迷いに迷った証拠だ。思わず声に出して笑いそうになった。

紙袋を着ていったとしても、どうせラスは気づかなかったはずだわ。彼の目に私は、世間知らずで騙されやすい、性的に未熟な子供としか映っていなかった。未熟という点では彼が正しいかもしれないけど、それ以外は違うわ。まったく、完璧に間違っている。私だって世の中に悪い人がいるのはわかっているもの。それほどばかじゃないのよ。

　私が会うつもりだったのは、友達のミシェルが一五年も前から知っている男性なのに、ラスはそれをわかっていない。友人の知り合いの警官と、人目のあるコーヒーショップで待ち合わせをすること以上に安全な状況は考えられない。もっと気をつけなきゃいけないなら、家中をビニールで覆って、マスク越しに呼吸するしかないわ。私は活発な女性になりたいの。ちゃんと人生を生きたいのよ。

　ローレルはこれまでの二五年を、エアクッションに包まれて過ごしてきたようなものだった。ひとつには母親が心配性だったせいもあるが、彼女自身も内気で、外の世界が怖かったのだ。だが、これ以上そんなふうに生きていきたくない。

　父なら、ローレルが自立を必要としていることを理解してくれただろう。ロチェスターにある聾《ろう》大学に通う後押しをしてくれたのも、口頭とアメリカ手話《ASL》の両方で会話をするように励ましてくれたのも父だった。けれども父はローレルが大学一年の終わりに心臓発作で亡くなり、悲しみに暮れる母のために家に帰った彼女は、結局二度とロチェスターへは戻らなかった。

　そもそも大学行きに反対していた母をひとり残していくのは、あまりにも非情すぎる気がしたのだ。とりあえずローレルは〈スウィート・スタッフ〉というキャンディ・ストアで働くことに決め、いつのまにか五年の月日が過ぎた。大学で満喫していた聾者社会での暮らしから切り離され、健聴者からも孤立して。

スーザンおばさんが母に手伝いを頼んできたとき、これは現実の世界に出ていろいろな人と出会い、人生を楽しむチャンスだとローレルは考えた。ラス・エヴァンズが不吉な警告をしようがしまいが、計画を実行に移す決心は今も揺らいでいない。

パソコンのマウスを動かすと、バスケットに入った子猫のスクリーンセーバーが消えた。ローレルは紙ナプキンの上に置いたマフィンをつまんで口に放りこみながら、メールボックスを開いた。

ミシェルから一通、さらに、ラス・エヴァンズを名のるトレヴァー・ディーンからもメールが届いている。まさか大胆にも、〝ごめん〟という件名で送ってくるとは。どういうわけかローレルは、二度と彼から連絡はないものと思いこんでいた。約束をすっぽかされたので、こちらにはもう関心がないだろうと考えたのだ。

メールをクリックして開く。飼い猫のフェリスが膝に飛びのってきて、オレンジ色の巨体を丸めた。猫の背中に〝ハロー〟と綴《つづ》って豊かな毛に指を埋めると、喉をゴロゴロ鳴らす振動が伝わってきた。まわりに誰もいないとき、彼女は声を出さなかった。ほかの人と一緒にいるときには決して味わえない、ゆったりとリラックスできる静けさを楽しむのだ。他人の言うことを理解し、自分の言いたいことを理解してもらうには、かなりの緊張を強いられたからだ。

ディーンのメールは午後六時四七分に送信されていた。ローレルがコーヒーショップへ向かっている最中だ。

やあ、ローレル。きみがまだ家を出てないといいんだが。仕事でちょっと問題が持ちあがった。僕が担当している事件なので、今日の待ち合わせには行けそうにないんだ。きみにはどうしても会いたいから、日を改めてもらえないかな？ お願いだ、どうか僕を許してほしい☺

ラス

本物のラス・エヴァンズと会う前にこのメールを読んでいたら、おそらくディーンの言い訳に納得していただろう。わざわざ知らせてくれたことに感謝さえして、警察の仕事はきっと刺激的だろうと思ったに違いない。ディーンのことを格好よくて優しい、いい人だと考えたはずだ。

彼が泥棒で嘘つきだと知り、本当のラス・エヴァンズと会った今では、このメールは警官が書いたにしては弱く、女々しく感じられた。

私はなんて間抜けなのかしら。自分の愚かさを嘆く一方で、ローレルは制限された生き方から絶対に抜けだそうと決意した。ありのままの自分は気に入っているし、母親と一緒の生活も悪くはないけれど、外界から遮断された暮らしの中では何もかもがむなしく感じられた。

世の中に影響を及ぼすような、重要なことがしたい。

たとえば、トレヴァー・ディーンからほかの女性たちを守るとか。

私は運がよかったわ。心もお金も無傷のままだもの。プライドと自信は少しばかり損なわれたけど、そのうち回復する。愛されていると信じていた男性にすべてを奪われ、何もかも嘘だとわかったらどんな気持ちになるかしら?

ひどい気分というだけではすまないでしょうね。

ラスはまだ警察署に戻っていないだろう。彼の自宅に電話をかけるわけにもいかない。留守番電話が作動しているかどうか、ローレルにはわかりようがないからだ。朝になったら警察にかけて、結果を報告することにしよう。ほぼ二六年の、とりたてて刺激のない人生で初めて、彼女は決定的な行動を起こそうとしていた。

こんばんは、ラス
会えなくて残念だったわ! お仕事は順調かしら。警察が次々に事件を解決していくのは、本当に驚くばかりだわ。私もぜひあなたに会いたいの。時間と場所を決めてね。
またあとで話しましょう。
ローレル

送信ボタンをクリックして、満足げにフェリスの毛を撫でる。こんなに興奮しているのは、モカ・ラテを三杯も飲んでカフェインをとりすぎたせいかしら。なんにしろ、ものすごくいい気持ち。嘘をついちゃったわ。それも上手に。母だってきっと誇りに思ってくれるはずよ。

もちろん、メールだからできたことだ。面と向かっていたらきっと、本当のことを全部打ち明けたあげく、ディーンにカウンセリングをすすめて、何もかも台無しにしていただろう。ローレルは、次にミシェルのメールをクリックした。それは短くて的を射た内容だった。

それで???　ラスはどうだった?　彼の心をものにしちゃった?（笑）

とんでもない。ローレルはくるりと目をまわした。私が〝あなたとセックスすればいいのかしら〟と言ったとき、ラスの顔には、まぎれもない恐怖の表情が浮かんだ。今でもはっきり覚えている。あれには傷ついた。ラスも傷ついたのだろうか。

ローレルは、ここから一時間半ほど離れたペンシルヴェニア州エリーに住むミシェルと毎日メールのやりとりをして、大学に通っていたときよりもっと親しくなっていた。ミシェルはすでに結婚しているが、クリーヴランドの高校に通っていたころの仲間たちとつながっていたくて、よくチャットルームに参加している。そこで彼女がラスの名前を見つけたのだ。

彼は現れなかったの。

ローレルはすばやく文字を打ちこんだ。さらにつけ加える。

でも、一時間後に本物のラス・エヴァンズが来たわ。あなたのアルバムに載ってた人よ。私は偽者の詐欺師とチャットしてたみたい。ひどい話だと思わない？

メッセージを送信すると、椅子の背にもたれて首のスカーフをほどいた。セーターを広げたままのベッドにそれを放り投げる。その動きで押されたのか、フェリスが非難するようにグリーンの瞳を向けてきた。

「ごめんね」猫の背中を撫でる。フェリスを床に落としたくなかったので、ローレルはじっと座ったまま考えこんだ。いつもは自己憐憫《れんびん》にふけったりしないのだが、このまま一生独身かもしれないと思ったり、二〇代の半分をジェリービーンズの仕分けに費やしていることにふと気づいたときには、幸せな顔をし続けるのが難しかった。

だが、それもローレル自身のせいだ。母を責めることはできない。童話の登場人物のように家に閉じこめられているわけではないのだから。彼女の部屋はみじめな塔の部屋とはほど遠く、明るく、白で統一した家具に囲まれ、いたるところにドライフラワーや家族や友人の写真が飾られていた。ベッドルームとバスルームとリビングルームからなるこの続き部屋は、一六歳のころからローレルのものだった。だが、彼女にとっては母の家だ。父の遺言にどう書かれていようと、それ以外には考えられなかった。子供時代を過ごした家であっても、自分の家とは違う。自力で築き、手間をかけて飾り、住宅ローンの初めての支払い請求書を見て息をのむ、そんな家ではなかった。

ローレルは青春期を、女性版ピーター・パンのようにこの家の中で過ごした。違いは緑のタイツをはいていなかったことくらいだ。

そのとき、ミシェルからインスタント・メッセージが届いた。

何それ???　詐欺師?　最悪じゃない!!!　そいつはどんな詐欺を働いたの?

私のように男女関係に飢えた女を狙うのよ、とローレルは心の中で答えた。

女性につき合っていると信じこませて、お金を騙しとるの :-/

ひどいやつね。警察はもう捕まえたの??

まだよ。本物のラス・エヴァンズは本当に警官で、その詐欺師が姿を現すのを期待してやってきたの。でも、すっぽかされてよかったわ。偽物の顔を見なくてすんだもの。なんだか辱められた気分よ、ミシェル。彼には個人的な話をしたから……。

なぜこれほど気になるのか、ローレルにはわからなかった。たいした話はしていない。今でも子供向けの缶入りスパゲッティを食べているとか、ブリトニー・スピアーズのCDを持っているとか。人に言えない秘密を打ち明けたわけではなかった。

ラスの偽者とチャットしているあいだにオーガズムに達したことはある？

冗談でしょ。慌てて椅子に座り直したローレルは、もう少しでフェリスを膝から落とすところだった。

なんてこと言うのよ。あるわけないでしょ！（恥）

それなら辱められてないわよ。:-) 全部忘れて、あとは警察に任せなさい。本物のラスのことを聞かせてよ。彼、今でもホットだった？　高校のとき、私、彼に夢中だったの。だけど向こうはブロンドとしかデートしなくて。

彼がホットだったかですって？　赤道のあたりはホットじゃないと思う？　沸騰したお湯はホット？

ええ、今でもホットよ。

ローレルはためらいを無視して返事を入力した。

あなたはブロンドよね（爆）

ミシェルのからかいは〝子犬はかわいい〟というのと一緒だわ。べつに意味はないのよ。

ローレルはマフィンの大きなかたまりを口に放りこんだ。

ホットだけど癪に障る人だったわ。みんなが熱をあげているのにまったく気づかない、ハンサムな国語の先生みたいなものね。こっちを子供としか見てないのよ。よく知らない男と会う約束をするなんて愚かで世間知らずだって、彼、ずっと怒っていたわ。

セックスの話を持ちだすと顔面蒼白《そうはく》になった事実以外にも、ラス・エヴァンズにはいらいらさせられた。確かに彼は、ローレルに示した気遣いから察するに、礼儀正しく思いやりがあって仕事熱心な男性だということがわかる。けれども、彼女は幼稚園児のための安全講習会を開いてほしいわけではないのだ。

私自身を見て、求めてほしいの。女として興味を持ってほしい。暗がりに引きずりこんで服を剝《は》ぎとりたいと思ってほしい。私に不足しているのはそういうことなの。

それなら彼を誘惑すれば？

ミシェルったら。

ローレルは指についたマフィンのかけらを舐めとり、喉の奥でうめいた。そこが問題なんだわ。私も本気でそうしたいと思っているんだから。

これ以上体が熱くなっても困るので、フェリスを膝からおろして立ちあがった。興奮を覚えながらポニーテールをほどく。はめを外すのよ。みだらな女になりなさい。

自分の人生なんだから、そろそろ主導権を握ってもいいころだわ。楽しまなくちゃ。

それで、こんなとき奔放な女ならどうすると思う？　ラスに私を女として意識させるのよ。

そうしてみようかな。

ローレルはミシェルに返事を書き、最後におまけとして、小さな悪魔の顔文字をつけた。

いい子でいるのはもうたくさん。ずっとそういうふうに生きてきて手に入ったものといえば、退屈な服のコレクションだけ。天国ではいい場所がもらえるかもしれないけれど。

このへんで大改造に着手するべきだわ。

4

トレヴァーはローレル・ウィルキンズに照準を合わせ始めていた。住所はほんの少しつついただけですぐに判明した。そして彼女の家の前を車で通ってみて、コーヒーショップで待ちぼうけをくわせたのは間違いだったと思うようになった。幸運なことに、彼の言い訳はローレルに受け入れられたらしく、ふたりはふたたび気楽にチャットをする関係に戻っていた。それでも初めはこのまま連絡をとり続ける気も、彼女の誘いに応じてまた会う約束をするつもりもなかった。

ところが数日たって、我慢できずにローレルの立派な家の前を三度ほどドライブした結果、どうしても彼女にまたメールせずにいられなくなったのだ。魅力たっぷりな甘い言葉を随所に振りまいて。〝今度は絶対に行くよ。ぜひ会いたいんだ。きみが時間と場所を決めてくれればいい〟

今のところローレルから返事はなく、トレヴァーはいつになくもどかしさを感じていた。土曜日にジルのところへ移ってからも、まだローレルのことが頭から離れなかった。ケイマン諸島に開いた銀行口座を賭《か》けてもいいが、あの家には少なくとも七〇万ドルの価値があるだろう。つまり彼の資産がさらに増える可能性があるということだ。

トレヴァーは、ジルの模造オーク材のコーヒーテーブルに置いた金属製の灰皿でタバコの火を消した。窓から隙間風《すきまかぜ》が入るうえに、ジルが暖房をケチるせいで部屋の中は寒かった。彼女は今、小さなキッチンで彼のために夕食の準備をしている。鍋《なべ》がぶつかる音や、小声で悪態をつく声が頻繁に聞こえてきた。あたりに漂う焦げたスパゲッティ・ソースのにおいが鼻につく。

こんなところは俺にふさわしくない。もっとましな場所にいるべきだ。ポケットにたっぷり金を詰めこみ、凍《い》てつく町とおさらばして、フロリダあたりでのんびり休暇をとろう。新しい服と薄型テレビを買うんだ。女から女へと渡り歩く合間に車で寝泊まりするような暮らしはもうやめよう。

トレヴァーは立ちあがってジャケットに手を伸ばした。

ローレル・ウィルキンズのことをもう少し調べてみるか。

「ジル、ハニー、タバコを買いに行ってくる。何かいるかい？」


「車から降りろ」

ラスは、彼の膝の上に倒れかからんばかりにして、助手席側のドアを開けようとする相棒のジェリーを凝視した。「いったいなんだっていうんだ？　離れろよ」

「出ろ」ジェリーがラスの腿のあたりに手を伸ばしてきた。

その手を払いのけながら、ラスは少し動揺してドアのほうへにじり寄った。「アンダーズ、俺にさわったらぶっとばすぞ」

ふんと鼻を鳴らし、ジェリーがラスのシートベルトを外した。「勝手にほざいてろ。さあ、雪の上に突き飛ばされたくなかったら、さっさと車から降りてくれ」

何が起こっているのか、ラスにはさっぱりわからなかった。もの思いにふけりながら窓の外を眺め、男だけの独身お別れパーティ《パチェラー》に参加したせいで恋人と揉めているらしいジェリーの愚痴にぼんやり耳を傾けていたら、突然車を降りろと言われたのだ。「理由ぐらい教えてくれる気はないのか？」

「おまえといると頭がおかしくなる。それが理由だ。一日に三回も四回もあのブロンドの家の前を通らされているんだぞ。そのあいだ、おまえはただよだれを垂らして窓の外を見ているだけなのに。さあ、車を降りてあのドアをノックしろ。彼女をデートに誘うんだ。俺に叩きのめされる前に彼女と寝ちまえ」

ジェリーが怖い顔でラスを睨みつけた。今日は髭剃《ひげそ》りを忘れたのか、顎と上唇に黒く濃い髭が生え、目が血走っている。どうやら揉めごとの原因になったバチェラーパーティでお楽しみだったようだ。ジェリーは特別ハンサムでも醜くもないが、がっしりとした体つきをしていて目立った傷痕《きずあと》もなく、後退しかけた生え際から相手の注意をそらすことのできるユーモアの持ち主だった。

「冗談だろう？　まさか、本気であのドアをノックしろと言うんじゃないよな」じつはラスはここ数日、気がつくといつのまにかそのことを考えていた。一度頭に浮かぶと振り払うのは至難のわざで、まるで糸くずのようにまとわりついて消えてくれない。

だが、自分を捧《ささ》げる決心がいったん揺らぐと、ローレルの前をうろついて〝きみは俺とセックスするんだ。そのほうがきみのためになる〟と言い放つのがいい考えとはとたんに思えなくなった。ちくしょう。

「本気だ。さもないと、そのうち救急治療室《ER》に駆けこむはめになる」

ラスは鼻先で笑った。「そうだろうとも。俺に叩きのめされたら、おまえは蘇生《そせい》してもらわなきゃならないからな」

「勝つのは俺だ」

「ばか言え」ラスは煉瓦造りのローレルの家にもう一度目を向けた。その家はまるで裕福な老人のような雰囲気で、静かに彼を見おろしている。警官ごときが孫娘を口説くのは認めないぞと言わんばかりだ。彼女が家にいるかどうか、外からはわからなかった。勤め先の場所も知らない。結局、ローレルはどうするつもりなんだろう。

「ほらな。またそういううっとうしい顔でぼんやりしてるじゃないか。いったい何を待ってるんだ？　断られるのが怖いのか？　ほかでもないおまえのことだから、本気で心配してるんだぞ」

「ほっといてくれ」そう返したものの、ラスはジェリーと喧嘩《けんか》をするつもりはなかった。ローレルの家を訪ねたいのは本当だ。彼女が無事かどうか確かめたい。家を飛びでて、また知らない男と会うようなばかなまねをしていないかどうか、確認したかった。

それにローレルと話がしたい。彼女のことを知り、からかってくすくす笑わせたい。あのピンク色のスカーフをつかんで顔を引き寄せ、優しくキスしたい。

ちくしょう、無意識にローレルのことを考えている。こういう状態にはなじみがないため、自分がどうなっているのか彼は気づいていなかった。苛立ちを覚えながら車のドアを細く開けると、感傷的な気分さえ麻痺《まひ》させるほど冷たい風が音をたてて吹きこんできた。

「彼女が気がかりなんだ。それだけだ。あまりにもお人よしだから」

「お優しいことで」ジェリーが頭を振った。「さあ、降りるんだ、エヴァンズ。まったくもう、おまえがこれほど腰抜けだとはな」

そうだ、俺は腰抜けだ。くそっ、むかつく。相手ディフェンスのタックルをかわすのに、ひらひらと優雅に踊り続けているランニングバックのようなものだ。

何よりも望んでいるのは、ローレルが無事でいてくれること。ただし、俺のベッドに一糸まとわぬ姿で横たわって。

「ちぇっ、わかったよ」ラスは車から通りへ降りたった。

「俺は〈バーガーキング〉に行ってくる。一時間後に会おう」

「アンダーズ！」慌ててドアをつかもうとしたが、ジェリーはすでにアクセルを踏んでいた。あとには、とんでもない大ばか者の気分で歩道に立ちつくすラスがひとり残された。

重い足どりで玄関に向かい、指の関節でドアをノックしたとたん、自分の愚かさにあきれて顔がゆがむ。ローレルは耳が不自由なんだぞ。ノックしても聞こえるわけがないんだ。アンダーズが巨大バーガーのワッパーにトッピングを追加したやつのにおいをぷんぷんさせて帰ってくるまで、一時間も玄関先に立っていなくちゃならないのか。

ドアノッカーに指を走らせたラスは、そこに刻まれた文字に気づいた。〝ウィルキンズ家一九五七年〟

もしかしたらローレルの母親が家にいるかもしれないと思い、彼は続けて三回ドアベルを鳴らした。振り返って静けさに包まれたあたり一帯をうかがいながら、隣家のドアを叩いて電話を貸してくれるよう頼もうかと考える。携帯電話はアンダーズのピックアップトラックの座席に忘れてきた。いまいましいやつめ。高価なカーテンがかかった格子窓の向こうに人のいる気配はなかった。凍った湖を渡る風が頰を打つ。

女性とかかわりを持った結果がこれだ。凍えかけている。

もう理解してもよさそうなものだぞ。頭を除く全身がローレルに惹かれてしまう前に、一目散に逃げだせ。そのとき、ラスの背後でドアが開いた。きっとミセス・ウィルキンズだ。〝お嬢さんに危害を加えるつもりは毛頭ありません。私利私欲しか頭にない自分勝手なろくでなしから、お嬢さんを救おうとしているんです〟そう説明するつもりで、彼はうしろを振り向いた。

そこにいたのはローレルだった。

股上の浅いジーンズに、体に張りつくセーター——今日は赤だ——を身につけていた。飾り気がなくシンプルなのがかえって人目を引く。ローレルの服装は、その下に女らしい曲線を描く刺激的な体があると宣伝しているようなものだ。ラスは正しかった。こんなにぴったりして思わせぶりな服を着ておきながら、彼女を見た男がセックスを連想しないと思っているなら、やはりローレルはまったくの世間知らずに間違いない。

その服装は大声で叫んでいた。〝私を奪って、ラス〟と。

「ラス」彼女が笑みを浮かべ、例のごとくまたちらりと舌をのぞかせて下唇を舐めた。長いまつ毛の下からベビーブルーの瞳がのぞく。

くそ、くそ、くそっ。死にそうだ。ほかの男に触れさせてたまるか。純真で優しいローレルにつけこむやつは許さない。これ以上人生に難題を増やしたくないから、彼女にはかかわらないつもりでいた。でも、わざわざトラブルを探しに行くローレルを放ってはおけないだろう?

良心なんてくそくらえ。

ホルモンもだ。

「仕事中のあなたをつかまえようとしたんだけど、耳が不自由な人向けのテレタイプサービスに対応した連絡方法が見つからなかったの。警察署の代表電話にかけて頼んでも、あなたのボイスメールに伝言を残すしかないだろうと思って」

「すまなかった」ちくしょう、俺はなんて間抜けなんだ。耳の聞こえない彼女に電話番号を渡すなんて。知性のおかげで刑事になれたわけではなさそうだ。「どうして俺に連絡しようとしてたんだ？」

ローレルのほうから俺を探していたのなら、彼女の服を脱がせるのはそれほど難しくないかもしれない。

「彼がメールを送ってきたの。ディーンが」興奮した口調でローレルは言うと、ラスの手をとって自分のほうへ引っぱった。「ねえ、来て。見せるわ」

「ところで」急に手を握られ、妙にそそられるその感覚に気をとられているラスに、ローレルが肩越しに振り向いてつけ加えた。「警察のウェブサイトを見たけど、警察学校時代のあなたの写真はすごくすてきね」

ラスはローレルのヒップから視線を引き剝がし、ドアのすぐ内側に敷かれたベージュのラグの上に立った。「きみとセックスしたい」彼女の背中に向かって言う。「きみが快感に身をよじるまで触れていたい」

ローレルがぱっとうしろを向いた。「なんて言ったの？」

くそっ、しまった。彼女が実際どれくらい聞こえるのかわからないのに。ラスは懸命になんでもないふりを装って肩をすくめた。「なぜ俺が何か言ったと思うんだ？」

困惑した様子でローレルが首を振った。「わからないわ。でもそんな気がしたの。感じたのよ」

ラスの緊張が少し和らいだ。「聞こえる音はある？　たとえば玄関のベルとか？」

「補聴器をつければ飛行機の離陸や雷の音は聞こえるけど、それが限界ね。でも、誰かが玄関ドアの前に立てば、ライトが光って教えてくれるようになっているの」

ラスはローレルに続いて螺旋《らせん》階段をのぼった。高級なマホガニー材の感触が手になめらかだ。彼は恥も外聞もなくぽかんと口を開けて、各部屋へと続く通路を見渡した。そこだけでラスの家のリビングルームぐらいありそうだ。いや、もっと広いに違いない。ふたり掛けのソファでいっぱいの彼の家と比べて、ここには廊下だけでソファが三つも置いてある。

こういう家はどうも緊張する。何かに触れたらべたべた指紋を残しそうで、両手をポケットに突っこんだ。首を伸ばしてきょろきょろとあたりを確認する。ドアのまわりの木造部分には凝った彫刻が施され、天井は蛇腹状のクラウンモールディング仕上げ、階段の真ん中あたりには鉛枠の巨大な窓があった。家具は警官の給料の二年分くらいはするだろう。それなのに不思議とばかばかしくて高圧的な印象はなく、ハリウッド風のやりすぎ感もなかった。高価な家に高級なものを揃《そろ》えただけの、シンプルで上品な雰囲気だ。

この通りにはここと似たような家が並び、どれも湖岸に面している。住人は『フォーブズ』誌の長者番付に載るほどの金持ちとまではいかないが、ラスの母親が言うところのいわゆる富裕層だ。父親ならきっと、運のいいやつらと評しただろう。

ともかく、ベッドルームふたつとキッチン――修理が必要なのに、時間がなくてほったらかしている金属製キャビネットつき――というラスのバンガローとは世界が違うのだ。

ローレルが向きを変えて廊下を進み、六つのドアを通りすぎた。さらに曲がって、べつの階段をまたのぼる。やれやれ、朝食にシリアルを食べてきてよかった。

それからドアの開いた部屋の前でようやく彼女は足を止め、にっこりして言った。「パソコンはここにあるの」

「いい運動になったな」

「あら、エレベーターを使ってもよかったのに」

ラスは声をあげて笑った。

ローレルが続ける。「いつもは使わないから、すっかり忘れてたわ」

「エレベーターがあるのか？」本気で言っているのだろうか？

彼女はうなずいて廊下の先を指差した。黒い錬鉄製の門は、間違いなくエレベーターの扉だ。「この家にはちょっと変わったものがあるのよ。クラレンス・マックだから」

意味のある名前なのだろうが、ラスには心あたりがなかった。

「地元の建築家よ。二〇世紀にアッパー・ミドルクラス向けの贅沢な家を建てたの。この家のもとの持ち主は銀行家で、きっと財力を証明したかったのね。設備がかなりハイグレードなのよ」

「まあ、三階建てなんだから、エレベーターがあると便利なんだろう」怠け者向きだ。

「ただ三階は使用人用だったので、エレベーターは使ってなかったと思うわ。今はこの階が私専用なの。ここが私の部屋よ」

室内に足を踏み入れたとたん、ラスは家中が急に静まり返ったような気がした。

5

とうとうラスをベッドルームへおびき寄せたわ。一糸まとわぬ姿で彼の足もとに身を投げだす方法を考えつかないうちに、本人が訪ねてくるとは思わなかったけど、それにしては結構うまくいったんじゃないかしら。もちろん、一糸まとわぬ姿で身を投げだすというのは比《ひ》喩《ゆ》だ。

詐欺師からまたメールが来たおかげで、セックスの探求にのりだす機会がふたたびめぐってきた。今度はもっとうまくやらなくちゃ。本当の私は水中で飛ぼうとする目の見えないコウモリ並みで、誘惑は得意分野ではない。

それなら何が得意なのかしら。お客さんを〈グーバーズ〉が並べてあるチョコレート陳列棚に案内することなら自信があるけど。

だけどそういうことでは、いつかもの足りなくなりそうだ。

ローレルはコンピュータに屈みこみ、メールソフトをクリックした。フリルとレースで飾られた女の子っぽい部屋の中では、ジーンズ姿で背後に立つラスがとても大きく感じられる。ちらっとうしろを見たところ、蜂蜜《はちみつ》色の松材の床の上で彼がブーツを脱ごうとしていた。まあ、この部屋でくつろぐつもりかしら。ふたりのあいだにいまだ漂う、ビジネスライクな雰囲気が消えてくれるかもしれない。ローレルはごくりと唾《つば》をのみこんだ。

「ごめん、カーペットに雪の跡をつけてしまった」

「いいのよ」彼が何かを脱ぎたいというなら、私はちっともかまわないわ。

ラスは薄茶色のソックスをはいていた。爪先に赤い線が入っているタイプだ。狩猟やハイキング向きの、男っぽいソックス。中心がレモン色になった白いデイジー形の小さなラグの上に、そのソックスに包まれた足がのっていた。

「これが最初のメールよ」

ローレルの肩越しにラスがのぞきこんできた。うなじに息がかかり、彼がメッセージを声に出して読んでいるのがわかった。もう一度メールに目を通しながら男らしいアフターシェイブローションのにおいを吸いこむと、彼女の体に小さな震えが走った。

「心から謝っているみたいでしょ？」ローレルは言った。ラスから本当のことを聞かされていなければ、ディーンの言葉を信用していただろうか。遅かれ早かれ、身に備わった本能が、どこかがおかしいと気づかせてくれたはずだと信じたい。画面に言葉が並んでいるだけのメールは、どうしても読み手が好きなように解釈しがちだ。でも直接会っていれば、彼の目が嘘をついているとわかったかもしれない。

ローレルの顎にラスの指が触れた。もの思いにふけっていた彼女は、はっと驚いて振り返った。すぐそばに彼の顔がある。左下にほんの少し先が欠けている歯が一本あった。ラスは緊張して苛立ち、冷静になろうと必死で努力しているように見えた。

ローレルは鋭く息をのんだ。彼にキスしたいなんて考えちゃだめ。けれどもすでに脚は揺らぎ、肩が震えて呼吸も乱れている。ラスを求めていないふりをするのは難しかった。

残念なことに、彼の頭に真っ先に浮かんだのはセックスではなさそうだ。

「やつを信用しちゃいけない。返信もするな。アドレスを変えて、チャットルームには近づくんじゃない。俺の言うことがわかるか？」

それどころか、ラスはセックスのことなんか考えてもいなかったんだわ。〝この鈍いブロンド娘をどうにかしてくれ〟と思っているに違いない。また説教されるのはもうたくさん。しかも自分のベッドルームでなんて。私はただ、ディーンが相手を丸めこむ術に長《た》けていると指摘しただけなのに。母は信じないかもしれないけど、この期に及んで騙されるほど間抜けじゃないわ。それにトレヴァー・ディーンが何をしようとこれっぽっちも気にならない。すぐそばにラス・エヴァンズがいるんだから。彼が顎に触れたのなら、今度は私が行動に出なければ。

ここから前に踏みだせばいいのよ。ローレルは勇気をかき集めて親指でラスの唇にさわった。「どうして歯が欠けたの？」

「きみは話をそらそうとしてる」

そのとおり。「そうね……ただ、ちょっと気になったから」

ラスの瞳が溶けたチョコレートのような濃い色に変わった。彼はためらいを見せたものの、結局口を開いた。「ビール瓶をくわえていたときに、相棒がぶつかってきたんだ」

「痛かった？」いい子にふさわしく膝におさまるかわりに、ローレルの手はラスの肩を滑って二の腕にたどり着いた。

バランスをとるためよ。彼の顔に欲望が見えた気がして、このままでは床に倒れこんでしまいそうだから。

性的関心を読みとる名人ではないけれど、今にも男性が女性の服を歯で引き裂きそうな顔をしているときては、なんでもない状況だとは思えない。ラスは間違いなくそういう表情になりつつあった。その証拠に、私の胸は硬く張りつめている。

「ああ、痛かった」ラスはローレルの顎に手を置いたまま、頭を傾けてしげしげと彼女を見つめた。「きみはまだ、はめを外して行きずりのセックスをするつもりでいるのか？」

そうよ。これでセックスのほうへ会話を持っていく必要がなくなった。彼が自分から言いだしてくれてよかったわ。あとは私がちゃんと返事をすればいい。

ローレルは言葉を絞りだした。うまく発音できているかしら。「そのつもりよ。でも、相手が誰でもいいわけじゃないの」ラスのせいだわ。彼以外の男性には興味がなくなってしまった。「まったく知らない人もだめ。そうなると、条件に合う人にはなかなか出会えない。私はキャンディ・ストアで働いているから、独身男性と知り合う機会が少ないの」ああ、つまらないことばかりしゃべってる。さっさと要点を言いなさい。「信頼できる人がいい」

ラスがローレルの手をとってまっすぐ立たせ、彼女の頬にかかった髪を払った。たこのできた手が肌をかすめると、全身が震える。「どうして行きずりの関係なんだ、ローレル？　そこがよく理解できないんだ」

　ときどき自分でもよくわからなくなるのだから説明は難しい。ローレルは深呼吸してラスのもう一方の手をとった。さあ、いよいよだわ。「自分の人生には満足しているわ、ラス。でも寂しいの。それが理由よ。男の人に触れてほしいだけ」

　ラスが目を細めた。瞳が陰り、激しい炎が燃えている。深く豊かな色の瞳を見つめているだけで彼の思いが聞こえてきそうで、思わず唇の動きを読むのを忘れかけた。

「きみに触れたい、ローレル」

　そうよ、気持ちが合ってきたわ。「あなたがそう言ってくれないかと思っていたの」

「今すぐきみに触れたい。その上品なベッドに押し倒して、隅々まできみを探りたい」

　あら、まあ。ローレルはベッドに視線を向けた。今すぐと言われても、心の準備ができているかどうか自信がない。だって、平日のお昼すぎなのよ。

「だけど勤務中なんだ。今は無理だ」

　落胆と安堵《あんど》がシンバルのようにぶつかり合った。

「今夜また来てもいいかな？　一緒に出かけて……そのあとは、成り行きに任せよう」

「母は町にいないの」おとなしく言われるがままではいけないと、ローレルも口を開く。

「そうか」ラスが彼女の髪に指をくぐらせながら頭を傾けてきた。

　彼がキスするつもりだと気づいたときには、唇はすぐそこまで接近していた。

礼儀正しく探るような、ためらいがちなキスではない。自分のものだと言わんばかりに激しく、乱暴にさえ感じられる。ローレルはただデスクの端をつかみ、必死でラスを受け止めた。彼の唇から伝わる飢えととまどいは、彼女自身の胸の内でもあった。

だが、それでもすごいキスだ。ようやくラスが身を引いたときには、ローレルは息を切らして驚きに目を見開いていた。胸がドキドキして脚のあいだが燃えるように熱い。

彼がローレルの震える唇を親指でなぞった。「こんなことをして、後悔しそうだな」

「そうでないことを祈るわ」心からの気持ちだ。ラスを歓《よろこ》ばせたい。この体を楽しんでほしい。もちろん、私も同じように楽しむつもりだ。

「決心は変わらないのか？　後悔するとしても？」

何ひとつ後悔する気はない。「ええ」

心を決めたかのように、ラスがわずかに厳しい顔になった。「わかった。それならふたりで一緒にとりかかろう。道をかき分けて進むんだ」

これで話は決まりだというふうに、彼が両手を前に差しだした。ローレルの顔から血の気が引く。いったん胸にさがった血はすぐさま上昇し、頬が燃えるように熱くなった。「かき分けて進む？　かき分けるって言ったの？　それじゃあまるで、私が雪かきの必要な道みたいじゃないの！」

悔しい。しかもラスは自分が言われたようにむっとした顔をしている。信じられないわ。道を切り開くでも開拓するでもいいから、どうしてすぐにとりかかってくれないの？

「それはちょっと乱暴なたとえじゃないか、ローレル」

こらえようとするまもなくぽかんと口が開いてしまい、ローレルは思わず声をあげて笑いだした。なんておかしな会話をしているのかしら。ベッドルームでよ。「かき分けるって言いだしたのはあなたよ」

ラスが一瞬にやりとしてから、指で彼女の鼻のてっぺんをつついた。「くそっ、言葉が悪かったよ。セックスの話をするのに慣れてないんだ。いつもは行動するだけだから」

それこそ私が望んでいることよ。私たちには共通の目的ができた。それは始まりでもある。「ラス、私の身を守るべきだと思ったから協力してくれるの？　それとも私に興味があるから？　いくらあなたがいい人でも、哀れみのセックスはいやだわ」

欲求不満かもしれないけど、私にもプライドはある。

「ローレル」ラスが彼女の手をとり、有無を言わせぬ力強い動きで引き寄せた。「俺は〝いい人〟だからという理由では誰ともセックスしない。きみの話にのったのは、自分の中のどうしようもない部分に届したからだ。あのコーヒーショップで、俺の前から去っていくホットでかわいいヒップを初めて見たときから、きみが欲しくてたまらなかった」

ええ。それならいいわ。〝ホットでかわいいヒップ〟の部分が気に入った。ローレルはラスのスエットシャツの前をつかんで、彼のジーンズのふくらみにぴったり合わさるように脚の位置を調整した。

「テストじゃないでしょうね？　知らない人と口を利かないで、私がちゃんと正しい行動をとれるかどうか、確かめているわけじゃないわよね？」

「テストのつもりはないが、ひとつ言っておくことがある。俺といるあいだはほかのやつと会おうなんて思うな。そういうのは気に入らない。いったん俺のものになったら、俺だけのものだ。たとえひと晩でもだめだ」

そういうふうに言われるのはいい感じだわ。「わかったわ。ほかの男の人とは会わない」

「俺も同じことを約束する。ほかの女とはかかわらない」ラスはローレルの背中のくぼみに手を当て、彼女をぴったりと引き寄せた。軽く揺さぶって言う。「ディーンにメールを送るのもなしだ。約束してくれ、ローレル」

ローレルが唇を噛んだ。「でも、もう送っちゃったわ」

くそっ、俺を殺すつもりか。ラスはため息をつきたい衝動をこらえた。なんと形容すればいいのかわからない何かに、ぐいぐい巻きこまれていくような気分だ。かわいそうだからローレルと寝るわけじゃないと言ったのは本心だった。だが、同時に保護本能をかきたてられ、彼女を傷つけようとするやつは全員ぶちのめしたいとも思っている。

ディーンを捕まえたいという思いはこれまでより一〇倍も強くなった。ローレルを、この先一〇年はほかの男に目を向ける必要がないくらい、完璧に満足させてやりたい気持ちも。

「どんな内容だ？」

うしろにさがったローレルがパソコンを手で示し、大きなブルーの目を瞬かせてラスを見た。「彼がこの謝罪のメールを送ってきたでしょ。だから仲よくチャットする関係を保っておけば、警察の手助けができると思ったの。それで、その、また会おうと提案したわ」

きっと頭が爆発するんだ。そうでなけりゃ、こめかみを押しつぶされるようなこの感覚の説明がつかない。

「やっぱり気が変わったとメールを送るんだ」ローレルをおとりにするなんてとんでもない。俺だって二四時間ずっと一緒にはいられないんだ。彼女が傷つくはめになるのはわかっている。

これまでの事件でディーンが暴力を振るったことは一度もなかったが、追いつめられればネズミだって反撃するだろう。

「どうして？」反発というより、ただ困惑した様子でローレルがきいてきた。

「たいていの場合、ディーンが狙うのは小さな獲物だ。こちらで二〇〇〇ドル、あちらで三〇〇〇ドルという具合に。きみに狙いを定めたら、どこでどんなふうに暮らしているか探りだすはずだ。きみに財産があるとわかれば、目の色を変えて迫ってくるぞ」

「それならなおのこと連絡をとり続けるべきだわ。彼が姿を現さなくちゃ始まらないんだから。居場所さえわかれば、これまでにつかんだ証拠で逮捕できるんでしょう？」

「そうだ」尋問のために連行して指紋をとれる。

「違う名前を使っていることは、どうやって知ったの？」

「被害に遭った女性たちがまったく同じ男の話をしていると気づいてからは、やつが残していった持ち物から指紋をとった。ディーンは一八歳のときに文書偽造で捕まっていて、警察の記録に指紋が残っているんだ。最終的にわれわれは、五つの偽名とやつを結びつけることができた。ただ、詐欺を働くときに本名は使わないから、事件が起こる前に見つけだすのは難しいんだ」

それにディーンは身を隠すのがうまいのだ。それはラスも認めざるを得なかった。

「やっぱり私が必要よ」

彼がローレルを必要とする理由はたくさんあるが、どれも犯罪捜査とは関係なく、今この瞬間も誇らしげに自己主張しておさまろうとしない、脚のあいだの興奮とかかわりがあった。

「申し出はありがたいが、ハニー、きみを巻きこみたくない」

「私にはできないと思っているのね。何もかも台無しにしてしまうか、パニックを起こして正体を明かすと思ってるんでしょ」

ああ、ちくしょう、ローレルが睨んでいる。だから特定の相手とはつき合わないことにしているんだ。女性を理解するのは難しい。機嫌を損ねないためにはどうすればいいか、さっぱりわからなかった。

「きみに傷ついてほしくないんだ」

「メールを送るくらいで傷つかないわ」

ふたりは互いに睨み合った。くそっ。先に目をそらしたのはラスのほうだった。

にっこりするローレルを見て、彼は自分の負けを悟った。

「やつからメールが来たら、すべて保存しておくんだぞ」

「わかったわ」

ラスは彼女に背を向けて足もとのブーツに手を伸ばした。「六時に迎えに来る。今夜だ」

ローレルが彼の肩を叩いた。「唇が見えないわ」

彼女にしてみればどんなにいらいらすることだろう。それでも決して不機嫌な顔をしない。ただ我慢強く、好奇心を優先させている。ラスはローレルの耳が聞こえないことをすぐ忘れてしまう自分が恥ずかしかった。

「ごめん。六時にきみを迎えにくると言ったんだ。いいかな？」

「いいわ」ローレルが身を寄せると、砂糖のような甘い香りが漂ってきた。いつもこの香りなんだな。「楽しみだわ、ラス」

ああ、俺もだ。きみが想像もつかないくらい、楽しみにしている。

6

ラスの上機嫌は自宅の玄関ドアを入ったとたん吹き飛んだ。クッションにポテトチップスをこぼしながら、ショーンが壁に足をかけてソファに逆さまに寝そべっていたのだ。大音量のテレビに合わせて歌っているらしいが、オーディション番組の『アメリカン・アイドル』に出場するには下手すぎる。

最近は、ショーンの姿を目にするだけで神経がピリピリした。親がわりという大変な仕事を担っていることを、思いださずにいられないからだ。一年前に車の事故で両親が亡くなり、突然の悲しみに突き落とされたラスはただ愕然とするばかりだった。当時一二歳だったショーンをすぐさま引きとり、両親と同じように愛情と安定を与えようとした。

ところがどうやら大失敗してしまったらしい。

ショーンはすべてのクラスで落第点をとり、ＤＪのハワード・スターンばりに口が悪い。ラスの命令にはひとつ残らず、たてつかれている本人でさえなければ思わず感心してしまうくらい、きっぱりと逆らった。

「おい、ショーン」ラスは雪まみれのブーツを蹴《け》って脱ぎ、見るたびにとりかえようと思っている、くすんだ茶色いカーペットの上を歩いた。

返事はない。

「宿題はもう終わったのか?」それはふたりが日課にしているゲームのようなものだった。ラスが尋ね、ショーンが嘘をつき、いずれ通知表が真実を教えてくれるというわけだ。

「ない」

ショーンがテレビの音量をさらにあげたので、ラスは声を張りあげなければならなかった。

「宿題ノートを見せてみろ」ショーンの担任からの提案で、弟がその日の宿題をすませ、すべてやり終えたらラスが確認してサインすることになっていた。

肩が片方だけ床に向かってすくめられた。「宿題がなかったから、宿題ノートを持って帰らなかった」

ラスのこめかみがズキズキ痛みだした。ショーンが嘘をついているのはわかっていたが、どうすればいいのかラスには見当もつかなかった。自分の一三歳のころを思いだしても、これほど生意気で大胆に反抗した覚えはなかった。もちろん、そのときは両親も生きていたのだけれど。

ショーンがひどい目に遭ったのは疑問の余地がないのだ。

成績の話は明日にしよう。ラスは配達口の下の床に散らばった郵便物を拾いあげ、さっと目を通した。「夕食はピザを頼む。そのあとおまえは隣に行くんだ。俺は今晩予定があるから」

そのひと言がようやくショーンの注意を引いたらしい。彼は起きあがり、油でベトベトの指をバスケットシャツの前で拭いた。「なんだって？　いやだ、行くもんか」

「だめだ。この話はこれで終わりだ」ショーンの面倒を見てもらう必要ができると、隣家のマリア・ロドリゲスとその娘のジョジョがたびたびラスを助けてくれた。ジョジョには二歳になる息子がいて、臨時収入があると彼女たちも助かるのだ。おかげでラスは、とんでもない時間に仕事が入っても弟をひとりにしなくてすむので、安心して出かけられた。

「ベビーシッターなんかいらない。あそこへ行くのはまっぴらだ。いつだっておむつのにおいがしてるし、俺が悪態をつくとマリアが手を叩きやがるんだ」ショーンが憤慨してポテトチップスを握りつぶし、かけらを紙吹雪のようにソファにまき散らした。

「掃除機をかけるのはおまえだぞ」ラスは血圧があがるのを意識しながらソファを指差した。「それにマリアには、彼女の判断でいつでもおまえの手を叩いてかまわないと言ってある。生意気な口を利くのをやめれば、叩かれる心配だってないんだ」

「そんなの、くそったれの児童虐待だよ」ラスを睨みつけたショーンはわざともう一枚ポテトチップスをつぶすと、忠告を無視して床にまいた。「警察を呼んでやる」

「俺がその警察だよ、ばか」ラスは大きくため息をつき、これ以上カーペットに被害が及ぶ前にポテトチップスの袋をひったくった。

「返せよ！」とり返そうとしたショーンが袋の端をつかみ、結局ふたりはバーベキュー味のポテトチップスで綱引きをするはめになった。

ラスは思いきり袋を引っぱって奪い、着ていたスエットシャツの下に突っこんだ。ショーンに無理やり宿題をさせたり、酔っ払いのトラック運転手みたいな悪態をつくのをやめさせたりはできないが、せめてポテトチップスを粉々にするのだけは阻止してやる。こんちくしょう。

負けを悟ったショーンがソファに沈みこんだ。「それで、今夜はなんの用？　事件？」

交通事故がショーンの人生をめちゃくちゃにするまでは、一七歳の年の差があって一度も一緒に暮らしたことがないにしては、ラスは弟とかなりいい関係を築けていた。一緒に出かけ、テレビゲームをして、スポーツや映画や、ショーンがある程度の年齢に達してからは女の子の話もした。お互い楽しくやっていたのだ。

どうしてもあのころをとり戻したい。ショーンには兄を看守のように見なすのをやめ、すべてを失う前の楽しかったころのことを思いだしてほしかった。「いや、仕事じゃない。友達と食事に行くんだ」できればそれ以上のことも。

ショーンの反応は予測できた。「へえ？　友達だって？　嘘ばっかり、冗談きついぜ。俺を預けておいて、兄貴は家から逃げだしてセックスするんだろ？」彼は勢いをつけて体を起こした。「最低だ」

ラスには反論できなかった。広い意味で考えれば、両親が死んだことも最低なのだ。ラスの子育ての能力も。

「おまえに何がわかる、ショーン？　あきらめろ。俺だってときどきデートくらいする権利があるんだ」

ショーンが立ちあがって廊下のほうへ歩きだした。「兄貴は好きにするのに、俺は学校へ行かされて、ばあさんたちと赤ん坊のところに押しやられる。こんなのフェアじゃないよ」

「人生がフェアだなんて誰が言った？」ラスは遠ざかるショーンの背中に向かって言った。「それに、学校が大変なわけないぞ。おまえは何もしてないんだから！」

返事のかわりに、思いきりドアを叩きつける音が響いた。

ラスはビールをとりにキッチンへ向かった。罪悪感を覚える必要はないと自分に言い聞かせる。

それならどうしてこんなに胸が痛んで頭がズキズキするんだ？

彼は郵便物とポテトチップスの袋をカウンターに放りだした。冷蔵庫を開けてミルク瓶《びん》に話しかける。「大人でいるのも楽じゃないぞ」


玄関のベルと連動したライトが光り、ローレルはパニックに襲われた。ラスが来たわ。それなのにまだパンツをはいていない。威厳を保って彼に飛びつくのをこらえるにしても、彼があきらめて帰ってしまう前にドアを開けるにしても、ふさわしい格好とはいえなかった。

それもこれも、どこで食事をするつもりか確認しておかなかったせいだ。何を着ようか一時間も迷ったあげく、今はグレーのアンサンブルのセーターと黒いパンティ姿だった。

ローレルは、地味だと判断してベッドに放り投げておいた黒いスカートをとってはき、床に置いた膝丈の黒いロングブーツをつかんで走った。階段のてっぺんでブーツに足を入れてファスナーをあげる。尖ったヒールで階段を駆けおりようとして、あと少しで命を落とすところだった。ようやく玄関が見えてきたので思わず最後の段を飛ばし、着地でつまずいてよろけた。

ものすごい興奮に息を切らしながらついに玄関ドアを開け、おずおずとラスに微笑みかけた。「いらっしゃい」

「やあ」彼の顔に笑みはなかった。過去に二度会ったとき同様、カジュアルな格好でセクシーだが、野球帽だけは家に置いてきたようだ。シャワーを浴びたあとでとかしたのか、ついさっきまで帽子をかぶっていたのか、豊かな髪が平たくなっている。

しまった、私もジーンズにすればよかったわ。

「きみは……すごくきれいだ」ローレルの全身に視線を這《は》わせながら、ラスが言った。

「ありがとう」むさぼるように見つめられて、服装の心配が少し和らいだ。所有欲剝《む》きだしの熱いまなざしに自然と体が反応する。硬く張りつめた胸の頂に彼も気づいているはずだ。

視線がしばらくそこで止まっていた。彼がゆっくりとうなずく。

「料理の宅配を頼んでここで食べたらどうかと思っていたんだが、きみのその姿を見たら、出かけないのはもったいなくなった」ラスは家の中に入り、うしろ手にドアを閉めた。「だけど、また気が変わった。ここにいるほうがよさそうだ」

ラスの大きな体が空間をふさぎ、彼がジャケットを脱ぎ始めても、ローレルはうしろにさがらなかった。「どうして？」彼の口から答えが聞きたくて尋ねた。胸がドキドキして、てのひらが汗ばみ、体がうずいている。

「ふたりとも三階へ行きたいと思っているから。そうだろう？」

控えめな表現だ。「ええ、そうよ」ローレルは興奮に頬を染めながら正直に言った。大胆な自分にびっくりする。

「よかった。俺も同じ気持ちなんだ」ラスが階段のほうへ投げたジャケットが滑って床に落ちた。

せめて手すりにかけておこうと思い、彼女はジャケットを拾うために身を屈《かが》めた。とたんに悲鳴をあげる。ラスの手が触れたのだ。ヒップに。

軽く触れるのでも、親しげに叩くのでも、ぴしゃりとぶつのでもない。意図的な愛撫《あいぶ》だった。手はゆっくりとスカートの上を動き、親指がウールの生地越しにパンティラインをなぞる。

ローレルはジャケットを手に体を起こしたものの、とても平静な顔をしていられなかった。

「どうかした？」片方の眉をあげてラスがきいた。口もとがにやけるのをこらえているらしい。「きみの注意を引こうとしただけだよ。ジャケットはそのままでかまわないと伝えたかったんだ」

「腕を叩けばいいでしょ」怒っているわけじゃないけど、せめて警告してくれていれば、と思わずにいられない。そうすれば尻尾《しっぽ》を踏まれた猫みたいに飛びあがらなくてすんだのに。

ラスが肩をすくめた。「腕より近かったから」そう言ってローレルのほうに一歩踏みだす。あとずさった彼女の背中に手すりがぶつかった。「そのブーツとスカートで屈んだら、無視できるわけがないだろ」

返事をしようとすれば、口ごもるかすすり泣きをもらしてしまうに違いない。

すぐ目の前まで来てラスが止まった。「中華は好きかい?」

「なんて言ったの?」読唇術は物理や化学とは違うので、読みとれた内容に自信がない場合もあった。

「中華料理。きみさえかまわなければ、出かけるのはやめて料理を届けてもらったらどうだろう」

ちっともかまわないわ。なんなら食事を飛ばしてまっすぐ部屋へ行って、彼のシャツを引き裂いてもいい。その下に隠された筋肉を確かめたい。一箇所ずつ順番に。

「いいわね。でも、電話はあなたがしてね。キッチンに母が宅配のメニューを置いてるわ」

キッチンの方角に手を振って言うと、ローレルは唇を舐めた。母がきちんとまとめて保管しているメニューを不純な目的で使うと知ったら、母はどう思うかしら。喜ぶ? それとも愕然とする?

ラスがうなずいた。「わかった。案内してくれ」

先に立ってキッチンへ向かうあいだ、ローレルはずっと彼の視線を感じていた。ヒールが気になってゆっくりとしか歩けない。普段あまりロングブーツを履かないので、つまずかないよう、小鳥みたいなちょこまかした足どりにならないよう、気を配らなければならなかった。キッチンに備えつけのデスクの引き出しには、ペンやクリップ、スペアキー、そして宅配メニューが入れてあった。ローレルは中華料理店のメニューを選ぶと、うしろを向いてラスに渡した。

強烈に男っぽい彼がキッチンにいるのは、とても奇妙な感じがした。ラスは緑のクルーシャツを、裾《すそ》を外に出して着ている。はきこんで柔らかそうなジーンズは色褪《あ》せ、左膝が擦りきれかけていた。ハイキングブーツもかなり年季が入っているみたいだ。

父が亡くなって六年が過ぎ、その間、少しずつ母が模様がえを施してだんだん男性的な雰囲気が薄れてきたことに。初めて彼女は気づいた。この家が建てられた時代に合わせて以前は白黒だったキッチンの床は、今は温かみのあるテラコッタのタイル張りになっている。キャビネットは父が生きていたころより色合が明るく、カウンターには花を入れたミルク瓶や香料入りのキャンドルがたくさん並んでいた。

ラスはひどく場違いに見える。でも、すごく、すごく魅力的だわ。

「何が食べたい、ローレル？」メニューをパラパラめくりながら彼が言った。「酢豚？　鶏《とり》肉《にく》のカシューナッツ炒《いた》め？」

「七番をお願い」ローレルは鶏肉とインゲン豆の炒め物を指差した。「飲み物は？　ワインにする？　それともビール？」冷蔵庫の奥に、母がクリスマス・パーティを開いたときのビールが残っていたはずだわ。ビールなら劣化しないわよね。ラスはワインよりビール派の気がする。

「ビールがいいな」彼はあたりを見まわし、オーブンの隣の電話に気づいて手を伸ばした。

冷蔵庫に頭を突っこんでいたローレルは、いちばん奥からハイネケンの瓶を引っぱりだした。グラスはいるかしら？　そう考えをめぐらせたものの、どちらでもいいことだと思い直す。栓を開けてラスのそばのカウンターに瓶を置き、電話で話す彼の様子を見つめた。受話器で隠れていて唇は読めないが、セクシーな口もとのカーブや意志の強そうな顎のライン、言葉を発するときのなめらかな動きに引き寄せられた。

ラスの唇の動きはとても読みとりやすかった。ときには読むのに苦労する人や、ひと言も理解できない人もいた。けれども、ラスの唇が形づくる言葉はほぼすべてわかった。彼は早口になることなく、一定の速さで、落ち着いた確実な話し方をした。おそらく彼の人柄もそうなのだろう。

思いが個人的な領域をさまよっていることに動揺して、ローレルは自分用に赤ワインをグラスに注《つ》ぎ、いっきに半分飲んだ。そのとき、ラスが振り返った。

「五分で届けてくれるそうだ」

「よかった」目と目が合う。

「ビールをどうぞ」慌てて瓶を持ったせいで中身がこぼれ、琥珀《こはく》色の泡が手についた。

「ありがとう」ラスがローレルの手ごと瓶を引き寄せる。異を唱えるまもなく、彼の唇が彼女の手首からビールのしずくを吸い、舌が湿った肌の上を這った。

ローレルは震えながら目を閉じた。温かく濡れた感触が、脚のあいだに鋭い興奮を呼び覚ます。舌が親指と人差し指のあいだをさまよい始めると、震えは激しくなり、身をよじりたくてたまらなくなった。ラスは強く吸ったかと思うと引き返し、脈打つ血管の上で唇を止めた。ローレルは自分の心臓が激しく打ち、感じやすくなった全身が粟立《あわだ》つのがわかった。

最後に男性と過ごしたのは、かなり昔のことだった。男性というよりは少年で――ふたりとも一九歳で――どうしていいかわからずにぎこちなく探り合い、高ぶるあまり情熱が空まわりしていた。けれどもラスは大人の男性だ。たくましくて荒削りで、擦りきれたジーンズと伸びかけの髭が似合う男。

彼は急がず、成り行き任せに舌を這わせてローレルを悩ませた。こちらかと思えばあちら、どこへ行くのか予想もつかない。突然なんの前触れもなく離れたかと思うと、次の瞬間には彼女の唇をふさぎ、じらすように優しくキスをしてきた。ローレルがぱっと目を見開くと、そこには何もかも知りつくした、ラスの大胆な瞳が待ちかまえていた。彼の口もとに笑みが浮かぶ。

「もう一度してもいいかな?」そう尋ねると、返事を待たずに彼女のうなじに手をまわしてきた。

ローレルはうなずくしかなかった。だが、うなずき終わらないうちに早くも彼のほうへ引き寄せられ、唇が重なる。今度のキスは軽く探るような甘いキスではなかった。熱く、差し迫った情熱に満ちたキス。じっとしていられない手の助けを借りながら、入口を捜し求めてラスの舌が下唇を滑る。

欲望をこらえて瞳を閉じる彼を目にし、ローレルの喉からうめき声がもれた。体の内側がうずき、燃えている。彼女はラスの首に両手をまわし、厚く盛りあがった筋肉に指をくいこませた。彼の体に押しつけられた胸が重く張り、先端が尖るのを感じて、まっすぐ立っていられなくなる。ラスが与えてくれるものすべてが、今すぐこの場で欲しかった。熱い舌と舌が触れ合うと、手をおろして彼のジーンズのベルトループをつかみ、体をぴったりくっつけた。

デニム越しに、張りつめた熱い高まりを感じる。

うなじをつかむラスの手に力が入り、さらに深く味わおうとするふたりの唇が、熱に浮かされたようにこすれ合った。彼はローレルの手から舐めとったビールの味がした。動くたびに、髭を剃っていない顎に頬をこすられひりひり痛む。ローレルはラスの豊かな髪に指を走らせた。遠慮のない彼の手が強引にヒップを包んだとたん、予期せぬ歓びに驚いて思わず髪を引っぱる。

これは現実よ。本物なのよ。半狂乱で、呪文《じゅもん》を唱えるように何度も自分に言い聞かせた。彼がわれに返ってやめてしまうのではないかと心配で、指に力をこめてしがみつく。

ラスがローレルをとらえたままうしろにさがり、カウンターにビールを置いた。自由になった両手が彼女のセーターを押しあげて中に滑りこむと、たちまち全身がかっと熱くなり、ローレルは欲望に溺《おぼ》れた。母のキッチンでこれほどあっというまに簡単に燃えあがるなんて、とても信じられない。

彼女の肌に口を押し当てたままラスが何事かつぶやいて、息と唇でくすぐった。彼が胸を覆うレース地をくわえる。ローレルはラスにもたれかかってキャビネットまでさがらせた。ラスのジーンズから手を離してスカートを持ちあげ、膝のあいだに彼の脚をはさむ。それから、どうしても我慢できずに腰を押しつけた。ラスはいやがらなかったはずだ。その手はローレルのヒップを強くつかみ、さらに彼女を引き寄せたのだから。

口からすすり泣きがもれているのはわかっていた。でも、もうどうでもいい。

そのとき、ラスの手がスカートの内側にもぐりこみ、同時に彼の舌が乳首のまわりで渦を描いた。突然の快感に襲われたローレルは、ラスのシャツをつかんでしがみついた。胸に軽く歯を立てられ、膝から力が抜けていく。彼女をぎゅっと抱きしめながら、彼はパンティの前に手を這わせた。

中に入りこんだ指が、熱く燃えるその部分に触れた瞬間、ローレルはもうあと戻りできないと悟った。今にも達してしまいそうだ。

ラスはあえぎ声がもれないように歯をくいしばった。ちくしょう、ローレルが俺の腕の中で崩れていく。こんなにセクシーな光景は見たことがない。自分がうなるような小さな声をたてていることに、彼女は気づいてないに違いなかった。その声がラスを刺激して痛いほど高ぶらせる。彼女を抱き、欲望にもだえる姿を目にして興奮の香りを吸いこみ、なめらかな腿のあいだに手を埋めていると、途方もなく心地よかった。

指を入れるつもりなどなかったのだが、スカートがずりあがっているのを見て我慢できなくなった。サテンの下着の中はすでに潤い、準備が整っているのはわかっていた。ラスはそれを感じて確かめ、自分のものにしたかった。

ローレルは夢中になっている。そのことがラスをものすごく興奮させていた。彼女にすべてを与えたい。彼女が歩けなくなるまで、何度も繰り返し愛したい。二本の指を動かすと、張りつめた筋肉が彼を締めつけてきた。

次の瞬間、ローレルが頂点に達した。焦点の合わない視線をさまよわせ、全身を小さく震わせている。彼女を抱えながら、思わずラスは微笑んでいた。くしゃくしゃに乱れたブロンドの髪に、きゅっと結んだ腫《は》れた唇。押しあげたセーターの下には、ブラからこぼれんばかりの、クリームのように白い肌があらわになっていた。セクシーな黒いブーツに包まれた脚を開き、スカートはほとんどウエストまであがっている。

「くそっ、ローレル、すごかった」

彼女は声にならないらしく、目を大きく見開いてラスにしがみついてきた。頬がピンク色に染まっている。「こんなことになるなんて、思ってもみなかったわ」

「俺はわかってたよ」今夜ここへ来たのはこれを見るためだ。動画で撮っておけばよかったけれど、そこまで頭がまわらなかった。なんとしても、もう一度しなければ。

急にローレルがうしろを振り向き、さっとラスから離れようとしてよろめいた。「まあ、どうしよう、配達の人が来たわ」

そう言って電話の隣で光るライトを指差すと同時に、かすかに鳴る玄関ベルの音がラスにも聞こえた。「俺が行ってくる」少なくとも彼のほうはまだ服を着ている。ラスはローレルのセーターをおろし、すばやくキスをした。玄関があると思われる方向へ向かいながらちらりと見ると、彼女は放心状態で目をぱちぱちさせ、てのひらをスカートにこすりつけていた。

玄関まで行くのに危うく迷いかけた。ダイニングルームで曲がる方向を間違えたせいでパントリーに入ってしまい、引き返さなければならなかったのだ。「くそっ、まるで博物館だな」つぶやきはしたが、腹を立てているわけではなかった。

欲情している、という表現のほうがふさわしい。

必要以上に高額のチップを渡してさっさと配達人を帰すと、急いで戻った。ローレルがキッチンで食事をするつもりでいることを願う。ダイニングルームをちらりとのぞいただけで、ラスはペルシャ絨毯《じゅうたん》に春巻きを落としてしまわないか心配になった。実際は、キッチンもダイニングルームとたいして違わないのだが。キッチンは何もかも女性的で、高価そうなステンレスの設備が輝き、通販の球根カタログからそっくり持ってきたのかと思うほど花があふれていた。

花が嫌いなわけではなく、すべてがあまりにも完璧すぎて居心地が悪かった。もちろん、悲惨な状態のラスの自宅のキッチンは褒められたものではない。だが、そこへ彼女を連れていくことは当分ないはずだ。

すでにローレルはテーブルに着いていた。天井から床まである大きな窓越しに裏庭が見渡せた。今は暗くてわからないけれど、きっと湖まで見えるのだろう。テーブルには皿と一緒にナプキンが添えられ、ローレル用のワインも置いてあった。ビールはグラスに移しかえられている。紙袋を開けながらラスが向かいに座ると、彼女が不安そうに微笑んだ。

恥ずかしいのだ。ローレルは明らかに困惑しながらも、組んだ両手を澄まして膝に置き、脚は一度も開いたことなどないかのように、ぴったり閉じている。このまま料理を冷蔵庫に放りこんで、彼女のベッドルームの大きなベッドを目指そうか。しかしラスは慎重にことを進めなければならないとわかっていた。

全女性の理想の男性のように。

彼は袋からライスの容器をとりだして開けた。「さあ、きみが空腹だといいんだが。こういうのはたいてい量が多すぎるんだ。こんな小さな箱なのに、開けると一二人前くらい入ってる。驚きだよ」

ローレルが声をあげて笑ったが、まだまだぎこちなかった。

「この家のことを聞かせてくれ、ローレル。ウィルキンズ家は一九五七年にここへ移ってきたんだろう？　どういう経緯で今はきみとお母さんが住むようになったんだい？　ご両親は離婚したのか？」

彼女をリラックスさせるための質問だった。

ローレルは大きく息を吸うと、ラスが差しだすライスの箱に皿を近づけた。「いいえ。父の両親がここを買って、私が赤ん坊のころに引退してフロリダに移ることになったの。それで、この家を受け継いだ父は私が一九歳のときに亡くなったわ」

ラスの胸がぐっと痛んだ。「なんてことだ。どんな気持ちかよくわかるよ」

「あなたが？」彼女はその言葉で充分というように手をあげ、料理をとり分けていたラスを制した。

「俺の両親は去年亡くなったんだ。車の事故だった」まだ口にするのがつらい。

「まあ！」ローレルの手がさっと動き、ラスの指をつかんで握りしめた。「お気の毒に、ラス。とてもつらかったでしょうね」

「ああ。今でもそうだ」彼は言い直した。「だけど、なんとかのり越えるだろう。俺ももう三〇だから。でも弟のショーンはあまりにも多くのものを失ってしまった。三月で一四歳になるんだが、俺と一緒に暮らすはめになった。親がわりにしてはひどすぎる兄貴なんだ」

ローレルは、初めてのデート開始一五分でスカートの中に手を入れさせ、ばつの悪い思いをしていたことなどすっかり忘れてしまった。ラスのつらそうな顔に心を揺さぶられたのだ。彼を慰めて目に浮かんでいる落胆を消し、彼がしてくれたように自信をとり戻させてあげたい。

「弟さんは幸運だわ。あなたがいなければ、もっとつらい思いをしていたはずよ」

ラスの笑い声は少しもおかしそうではなかった。「どうかな。子供のことは何ひとつわからないんだ、ローレル。ショーンはいつもひどく腹を立ててる。生意気で頑固なんだ」

「一〇代のときって、そういうものじゃない？」

ラスが自分の皿に麵《めん》をとり分けた。「そうかもしれない。それにしても、俺にはどうすればいいのかまったくわからないんだ」

「今は何もしないほうがいいのかも。弟さんは悲しんでいる最中なのよ。子供は大人とは違うやり方で死を受け止めるわ。父が亡くなったとき、私は引きこもったの。ずっと家にいて、食べて、映画を見る以外何もしなかったわ」

「それをのり越え、自分らしく振る舞えるようになったのはいつだい？」

「五日前だと思うわ。勇気を振り絞って、ラス・エヴァンズに会いにコーヒーショップへ行ったとき」

ラスが割り箸《ばし》を皿に落とした。

「ローレル、三階へあがる前に聞いておきたいことがある」心の奥まで射抜くような親密な視線に釘づけにされて、彼女は頰が熱くなるのがわかった。

すぐ顔が赤くなるのをなんとかしなくちゃ。新しい私のイメージにそぐわないわ。

「なあに？」

「きみはヴァージンなのか？」

7

せっかく忘れていた恥ずかしさが、屈辱という名のいとこまで連れて戻ってきた。「違うわよ！　ヴァージンじゃないわ」厳密に言うと確かに違うが、だからといってローレルを性教育ビデオの主役にしようとする人はいないだろう。

ラスは明らかにほっとした様子だ。「そうか、よかった」

いったいどれだけ初心者に見えているのかしら。ローレルはインゲン豆を食べながら、彼を安心させようとしてつけ加えた。「セックスは六回……いえ、七回したことがあるわ」本当は、七回目は数の内に入らないのだが。大学時代の恋人は途中でバランスを失い、騎乗を終えないうちに落馬してしまったのだから。

ふと皿から目をあげると、ラスがぽかんと口を開けていた。

「なんだって？　そりゃ大変だ」顎をこする彼は狼狽《ろうばい》しているように見える。

ラスと過ごしているうちに生まれたくつろいだ雰囲気が、一瞬にして消えた。「そう、がっかりさせてしまったのならごめんなさい。男の人ってヴァージンが好きなんだと思ってたわ。男性の夢なんでしょ」

「俺は違う」彼が簡潔に言った。「じっくり教えている時間も忍耐力もないんだ。わかるかな？」

なるほど。お尻の軽い女が好きなのね。「それほど驚くことでもないはずよ。長いあいだ遠ざかってるって話したじゃない」食欲がすっかりなくなり、ローレルはライスをつついた。

「ごめん。くそっ、悪かったよ。ひどい言い方だった」ラスは立ちあがるとテーブルをまわって彼女のそばに来た。「きみを不愉快にさせるつもりはなかったんだ」

ばかにしているのも同然だったわ。ローレルは彼を避けて窓に身を寄せた。

ラスが椅子の肘掛けに手をかけて彼女の動きを止める。男らしい香りがローレルを包んだ。彼は彼女の顎に触れて、無理に自分のほうを向かせた。「これが本当にきみの望みなのかどうか、確かめておきたい」

私の話を聞いてなかったの？　これこそ私の願いなのに。「間違いないわ」

ラスの顔によぎったのは後悔かしら。目の錯覚とは思えない。

「俺がきみにあげられるのはそれだけだ。歓びだけで、ほかには何も約束できない。俺の時間のすべて、いや、それ以上をショーンにとられてしまうんだ」

ローレルのプライドが、目をそらすことを許さなかった。彼女は顎をあげ、肩をこわばらせて言った。「ほかには何も頼んでないわ」

信じていいかどうか決めかねているように、ラスが彼女の顔をじっと見つめた。「わかった、それならいい。きみの気持ちが確かで、何も問題ないというのなら」

「ねえ、ラス、迷っているのはあなたのほうみたいよ」ローレルは彼から離れようと、窓のそばへ椅子を引いた。ラスがやっぱり帰ることにしたのなら、こんなふうに近くにいたくない。彼の香りを吸いこみ、姿を目にして、触れたい衝動をこらえるのはつらすぎる。「あなたの気分を害したとしたら、申し訳なかったわ。私はべつに……」〝とびきりのオーガズムが欲しかっただけなの〟なんて叫ぶわけにはいかない。「ただ、前にも言ったように、しばらくぶりなのよ。経験の少ない私の相手をするのがいやなら、それはそれで仕方ないわ。理解できる」

ローレルは、場がぎこちなくなったときのために母から伝授された礼儀正しい笑みを浮かべた。「すてきな夜だったわ。ありがとう」

ラスが体を起こした。前髪に届くほど眉をあげる。腰に手を当てて、口を開いた。「もう決まったみたいに言うけど、俺はまだ帰らないぞ」

ローレルははっと息をのんだ。脚をぎゅっと閉じていないと、そのあいだのうずきを鎮められない。「違うの？」

「ああ。きみの部屋に行って、今夜をもっとすてきな夜にしたい」

あら、まあ。「あなたが本当にそれでいいなら」

ラスがにやりとした。「よし、こうしよう。次に〝それでいいなら〟と口にしたほうがキスされるんだ。俺たちはふたりとも一緒にいたい。そうだね？　ふたりともきみの部屋へ行きたがってる。そうだろう？」

「そうよ」

「それなら決まりだ」解決してよかった。これで前進できるぞ。ラスは料理の箱を閉じて重ね、冷蔵庫を開けた。中は驚くほどきれいで、スキムミルクや小さなヨーグルト、それにベビーキャロットが入っていた。彼は代用卵の前に箱を置き、心の中のチェックリストに〝冷蔵庫を掃除すること〟とつけ加えた。ラスの冷蔵庫にはクリスマスのハムがまだ入っていた。

片づけ終えた彼が振り向くと、ローレルが食器洗浄機に皿を入れていた。彼女は思わずよだれの垂れそうな曲線の持ち主ではあるが、どちらかといえば小柄で細かった。自然な動作がかわいらしく、わざとらしいところはまったくない。ラスは先に進むのが待ち遠しくもあり、怖くもあった。

ローレルにはどうやら大学時代の恋人がたったひとりいただけで、ある意味隔離された人生を送ってきたようだ。もしも俺が怖がらせてしまったらどうする？　乱暴にして彼女が叫ぶとかそういうことはあり得ないが、ラスが慣れているのは、与えられるのと同じくらい差しだすのが得意な女たち、どこをどうすれば歓びを引きだせるか知りつくしているような女たちで、心配など無用だった。彼女たちが相手なら、ただ服を脱いで激しく絡み合えばいい。ローレルとではそうはいかないだろう。自分が労働者階級の無骨な男に感じられるのが、余計に腹立たしかった。

ゆっくりと、彼女が大丈夫かどうかひとつひとつ確認しながら進めるのだ。ローレルには情熱があふれている。さっき俺の腕の中で弾け飛んだ様子を見れば、それは明らかだった。

かといって、どんなことでも彼女がのり気になるとはかぎらない。そのためラスは、ローレルの小さな体を持ちあげてこの場で目的を叶《かな》えたい衝動に駆られても耐えた。

かわりに彼女の髪を持ちあげてうなじにキスする。

ローレルが柔らかい降伏のため息をついた。ラスは彼女の耳に歯を立て、彼女自身の香りに違いない、甘いにおいを吸いこんだ。彼女の髪が鼻をくすぐり、指が彼の脚をつかむ。

そのときローレルがさっとうしろを向き、ラスをわれに返らせた。「階上《うえ》に行きたいの、ラス。すぐに」

くそっ、なんてセクシーなんだ。俺をむさぼりつくすのが待ちきれないという顔をしている。「案内してくれ」

ローレルが、今ではラスも気に入りかけているやり方で彼の手をとり、キッチンの奥の階段へ引っぱっていった。おそらく使用人専用の階段だったのだろう。エレベーターを使うことがさっと頭をよぎる。上昇するエレベーターの中でいちゃつくのは最高に楽しいに違いない。けれどもそれを思いついたときにはすでに二階まで駆けあがったあとで、三階はすぐそこだった。

そのため計画を変更して、彼女のヒップに意識を集中した。スカートを上にあげ、パンティと、あのセクシーなブーツだけになった姿を想像する。あのブーツを見るたびに、昼間はビジネスウーマン、夜は娼婦《しょうふ》というイメージが浮かんで仕方がなかった。

ローレルの部屋に入ると彼女が振り返り、恥ずかしそうにさっと目を伏せた。片足を足首のところでぐらぐら揺らして両手を握りしめ、どうしたらいいかわからない様子だった。ラスは頭からシャツを脱いだ。雰囲気を盛りあげたほうがよさそうだ。

ローレルが息をのんだ。ぽかんと口を開けている。ちらりと舌がのぞいて唇を舐めた。飢えたようなその表情を楽しみながら、彼はシャツを床に落とした。靴を蹴って脱ぎ、ふたりの距離を詰める。ゆっくりやるんだぞ。ラスは彼女の両手をとって自分の胸に押し当てた。

ローレルがうめいて、つかのまぎゅっと目を閉じた。それから指がそっと動き始め、一瞬止まって胸毛を軽く引っぱってから腹部へさがり始める。今度はラスがうめく番だった。無邪気な手はウエストを過ぎてその下をかすめたかと思うと、さっと両脇の筋肉をたどった。手が両方の乳首の上を同時に通りすぎるのを感じて、彼は歯をくいしばった。

彼女の背中に手をまわし、柔らかいまぶたに口づける。唇の下でまつ毛が震えた。ラスは反対側のまぶたにも同じことを繰り返した。ローレルはしっとりとしていて、メイクをしていないところがよかった。これなら唇がピンクやグレーやブラウンの粉だらけになる心配をせずに、どこにでもキスできる。

魅入られたように胸に触れてくるローレルの手のせいで、ラスはおかしくなりそうだった。そろそろ彼女のセーターを脱がせてもいいころだ。だがそのとき、彼は誰かに見られているような奇妙な感覚を覚えた。長年警官を務めて身についた直感に突き動かされ、顔をあげてあたりを見まわす。

そして見たこともないほど太った猫の、憎しみのこもった目にぶつかった。

「ええと……ローレル？」ラスは彼女の肩を叩いて指差した。ドレッサーの上から睨みつけてくる猫は、ふたりからほんの数センチしか離れていなかった。前足が白く、両脇からふさふさの毛に覆われた肉が垂れさがっている。餌を与えすぎなのは明らかだ。

信じがたいことに、ローレルがぱっと顔を輝かせた。「まあ！　フェリス、そこにいたのね、ぼうや」彼女は手を伸ばし、毛に埋もれた耳をかいた。「お昼寝中かと思ってたのよ」

この猫が憤慨して見えるのも無理はない。少しでも自尊心がある猫なら、フェリスとかぼうやとか呼ばれて喜ぶとは思えなかった。

ローレルは声に出して話すのをやめて手話で猫に語りかけ始めた。流れるような手の動きや彼女の表情を見ているのは楽しかったが、ラスにはなんのことかさっぱりわからなかった。こんな複雑な動きを覚えられる人がいるとは驚きだ。

何を言われたのか、猫はドレッサーから飛びおりてうしろ足を伸ばし、腹の肉を左右に揺らしながらソファに向かった。

もしも人間が四つ足で歩かなければならない日が来たら、中年男たちはこぞってポークラインズをつまみにビールを飲むのを我慢するだろう。それくらい醜い眺めだった。

フェリスはなんとかソファにのぼり、居心地のいい場所を探して丸くなった。目はまだ侮《ぶ》蔑《べつ》をこめてラスを睨みつけ、クッションに顎を置いている。

「俺は嫌われているようだ」

「私の部屋に半裸の男性がいることに慣れていないだけなのよ」ローレルがにっこりして言った。

「それなら全裸の男は？」

息をのんで彼女は首を振った。「それにも」

「彼には慣れてもらわなくちゃな」自分に向けられた軽蔑は無視しようと決め、ラスはローレルのセーターの袖を引っぱって右肩を抜いた。

左も同じように脱がせてセーターを床に落とすと、今度はノースリーブの、揃いのグレーのセーターが姿を現した。ちぇっ、重ね着してたのか。ブラだけを身につけた彼女とくっつけるかと期待してたのに。

苛立ちを感じたラスは、二枚目のセーターを頭から脱がせた。思わず口笛を吹く。乱暴に脱がせたためにブロンドの髪が乱れたローレルがみずみずしい唇を大きく開け、黒いブラに包まれた胸を上下させて立っていた。

彼女を怯《おび》えさせないようにしようと誓ったことを思いだし、長く優しく、切実ではあるけれどしつこすぎないキスをする。緊張を解いたローレルが二の腕にしがみついてきたのを確認し、スカートのうしろに手をまわしてファスナーをおろした。彼女が身震いすると、スカートがヒップを滑って足首のあたりに落ちた。ラスはふたたびキスをして、ふわふわの白い枕《まくら》が置かれ、かわいらしいブランケットがかかった大きなベッドまで、ゆっくり彼女をあとずさりさせた。

シーツを折り返したほうがいいだろうかと考えながら、そっとローレルを押す。ベッドはあまりにも完璧で無垢に見え、このままよじのぼって彼女を押し倒してはいけないような気がした。せめてベッドカバーがくしゃくしゃに乱れるまでは落ち着けそうにない。

ローレルは仰向けに横たわり、まばたきしながらラスを待っていた。クリームのように白い肌をほんのり期待に染めている。彼は、まだ彼女の足首に絡まっていたスカートを床に落とした。黒いブラとちっぽけな黒いパンティ、それにハイヒールの黒いブーツだけを身につけ、すっかり準備が整ったローレルの姿がようやく目の前に現れた。

「なんてことだ」ラスは下半身が痛いほど張りつめているのを感じた。経験の数を考えればヴァージンも同然なのに、これほどセクシーで男をその気にさせる女はいない。

ローレルが唇を嚙んだ。「どうかしたの？」

そう問いかけて体を起こし始める。切羽詰まったラスのつぶやきを違う意味にとったのだ。

「いや、違うんだ。そのままでいてくれ」彼はローレルの脚のあいだに膝をつき、彼女の肩をつかんでもう一度横にならせた。「驚いただけなんだ。きみがあんまり美しいから」

彼女が口をぽかんと開けた。

ラスがローレルの片足を持ちあげて自分の胸に当てると、ブーツのヒールが肌にくいこんだ。小さな黒いパンティは抵抗を見せていたが、やがて負けを認めてヒップを滑り、彼女の丸い曲線をあらわにした。

彼はごくりと喉を鳴らし、ブーツのファスナーに手をかけた。まるで拷問のようにゆっくりとファスナーをさげるあいだ、ローレルは胸を上下させ、ベッドカバーを握りしめてじっと横たわっていた。髪の房が顔にかかって口に入っているのをとり除こうともしない。

ラスはブーツを持ったままうしろにさがった。ローレルの素足がふわりとベッドに落ちる。彼はブーツを背後に投げ、床に落ちる音を楽しんだ。それでますます興奮がつのったものの、股間のうずきを無視して何度か大きく深呼吸すると、もう一方の脚に手を伸ばした。

今度はローレルも心得ていて、ラスが脱がせやすいように自ら脚をあげた。落ち着くよう自分に言い聞かせたおかげで、ブーツはすぐに脱げた。先ほどよりもっと強く、遠くへ投げると、ブーツは宙を飛んで部屋を横切り、どすんと音をたててローレルのデスクにぶつかった。過剰なエネルギーを放出し、興奮に震える体をなだめるための行為だった。さもないとすぐにでも彼女のパンティを引き裂いて身をうずめ、激しく動いて彼女の中で果てたいという衝動に負けてしまいそうだった。

ラスはローレルの手をしっかりつかむと、いぶかしげな彼女の表情をよそに引っぱって起こした。気をまぎらわすために白いレースのブランケットを剝ぎとり、手首のスナップを利かせて床に放り投げる。続けて、ハートとリンク・ソーセージの形にしか見えないひらひらした枕も投げる。

このほうがずっといい。『ハウス・ビューティフル』誌から抜けだしてきたようなベッドより、よほどベッドらしくなった。ローレルが驚いてこちらを見ている。ラスは何か質問される前にキスで彼女の口をふさぎ、ふたりの体が震えてくるまで情熱と渇望を注ぎこんだ。

全身がうずいている。

彼はジーンズのスナップを外してファスナーをおろすと、ポケットからコンドームをとりだし、ベッドの上に放り投げた。ローレルの背中に両腕をまわして彼女をベッドに押し倒す。ローレルは膝をぎゅっと閉じておなかに両手を置いたまま、音もなく倒れこんだ。ラスはジーンズが裏返しになるのもかまわず、急いで脱ぎ捨てた。

このまま突き進みたい欲求を抑え、ブリーフを身につけたままベッドにあがる。

ローレルのブラに手を伸ばす。そのとき、何かが彼を噛んだ。

8

早く懸案事項にとりかかってくれないかしら。ローレルはくしゃくしゃになったベッドに震えながら横たわっていた。そのとき、ラスが痛みと驚きの入りまじった表情で急に体を引いた。

「ラス？　どうかしたの？」

彼はすでに起きあがり、ベッドの片側に身をのりだしている。ネイビーブルーの下着に包まれた引き締まった腰が見られて嬉しい反面、思いどおりにことが運んでくれなくてじれったい。今ごろラスの下着はとっくに消えてなくなっているはずだった。

ローレルが急いでのぞきこんでみると、彼は床におりてベッドの下を手探りしていた。その肩を叩いてきいてみた。「何をしているの？」

ラスがローレルに口もとが見えるように体をよじってくれた。屈んでいたせいで顔が赤い。

「きみの猫が俺を嚙んだんだ」

「なんですって？　フェリスがあなたを嚙んだ？」ローレルは驚いてラスを見つめた。人を嚙んだことなどない子なのに。「どこを？」きっとラスの勘違いよ。あの子じゃないわ。でも、だったら何が噛んだの？　蜘蛛《くも》？　まさか一月に蚊に噛まれる？

「脚だ」

みごとなヒップをたどってさらに視線をさげると、ラスのふくらはぎに赤いみみず腫れができていた。この痕は……歯型だわ。ショックを受けながらもおかしくて、ローレルは手で口を覆った。フェリスは縄張りをほかのオスに荒らされて怒っているんだわ。

「まあ、ごめんなさい、ラス！　だけど何をしているの？　もしかして、あの子を傷つけるつもりじゃないわよね？」彼女は慌ててうつ伏せになって身をのりだし、ベッドカバーの奥の暗闇《くらやみ》をのぞきこんだ。

まばたきしながらこちらをうかがうフェリスは、まったく無害に見えた。「いらっしゃい、ぼうや」ローレルは舌を鳴らして手を伸ばした。フェリスがじりじりと出てきて、彼女の指のにおいを嗅《か》いだ。

ローレルはベッドからおりてフェリスをすくいあげた。あまりに重いので両手を使わないと持ちあがらない。彼女はラスに向き直った。「この子をバスルームに入れてくるわ」

「傷つけるつもりはなかった」不快そうにラスが言った。「ただ男同士の話をして、廊下に放りだそうと思っただけなんだ」

「わかったわ、ごめんなさい」ラスが動物を痛めつけるような人だと本気で思っていたわけではないが、本能的に口から出てしまったのだ。非難する気はなかったと伝えたくて、ローレルは彼の腕に触れようとした。けれども彼女の手が触れる前に、フェリスが前足でラスの腕をぴしゃりと叩いた。

さいわいフェリスの前足の爪は切ってあったが、それでもローレルはびっくりして、もう少しでフェリスを床に落とすところだった。抱え直して見おろすと、すでに猫はまったく反対側を向いて澄ました顔をしている。いつもはすごくいい子なのに。

ラスがフェリスを睨みつけた。フェリスも睨み返す。

「こいつ、俺にうなったぞ！」ローレルは、ラスがひどく憤慨しているので思わず笑ってしまった。

大笑いしている最中に、ふと、自分がブラとパンティだけでそこに立ち、フェリスの剝きだしのおなかをくすぐっていることに気づいた。ローレルは慌ててバスルームに駆けこんだ。あらまあ。私のベッドルームにはほとんど何も着ていない刑事がいて、猫は母より厳しく私のセックスライフを邪魔しようとしている。

いつもよりちょっと手荒にフェリスをバスルームの床におろし、鏡に映る自分の姿が目に入るのを避けてドアを閉めた。

さあ、次は向きを変えてベッドへ行くのよ。それほどたいしたことじゃないはずだわ。なのにどうして胸がドキドキして喉がからからになっているのかしら。ローレルの左の胸はもう少しでブラからこぼれでそうだった。糊《のり》づけでもしたかのように、手がバスルームのドアノブから離れてくれない。勇気を振り絞って一歩踏みだそうとした。私はこれを望んでいるのよ。何か問題があるの？

問題は、ものすごく恥ずかしく感じていることだった。

床板の振動でラスが近づいてきたことがわかる。彼の足どりはしっかりと重く、硬い床の上を歩く動きがはっきりと伝わってきた。

深呼吸してローレルが振り返ったとたん、ラスの手が伸びてきて彼女に触れた。

「どこまでいったんだっけ？」嬉しそうな笑顔で彼がきいた。

「ベッドにあがったところまでよ」邪魔が入らなければよかったのに。

ラスはのしかかるようにそばに立っていた。広い肩に包まれていると、自分が女らしく小さな存在であることを意識させられる。反対にラスは大きくて筋肉質で、肌はローレルより浅黒かった。ブリーフのウエストからのぞくキャラメル色の毛がずっと上まで続いている。

彼の視線はローレルを、柔らかくて小さく、セクシーに思わせてくれた。

「それなら戻ろう」

片手をローレルの背中のくぼみに当て、もう片方の手を腿に置いて、ラスは彼女を抱えあげた。驚いて息をのんだローレルは、床に転げ落ちないよう彼の腰に脚を絡め、両手で肩をつかんだ。

胸と乳房がぶつかる。唇と唇があとほんの少しで触れそうだ。脚のあいだがちょうど彼の高まりに当たっている。ローレルは体の力を抜いた。パンティがこすれるのを感じ、頭を奔放にのけぞらせる。完璧だわ。何もかも望みどおり。ホットでセクシーな男性が情熱をぶつけて私を夢中にさせてくれる。

ラスはローレルをベッドまで運んで横たえ、ブリーフに親指をかけた。「今からこれを脱ぐ。不安を感じるようなら顔をそむけていればいい」

嘘でしょ、本気で言ってるの？　けれどもローレルは話を合わせることにして、無邪気そうに微笑んで視線をずらした。ちょうどドレッサーの鏡の方向へ。そこにはラスの体の正面がはっきりと映っていた。ベッドシーツを夢中で握りしめながら、ブリーフをひと息で脱ぐ彼を見つめる。そのラスがベッドに片膝をついた。

あら、まあ、すごい。時間がジェフリーの裸の記憶を薄れさせたとはいえ、彼が見せびらかしていたのがラスのものとはまったく違うことくらい、はっきり覚えている。ラスの場合は、どちらかというと摩天楼を思い起こさせた。

「うーん……」

鏡越しにラスと目が合った。「わかってる、ローレル。時間をかけよう」

彼女は一心にうなずいた。あれが自分に、と思うと怖くなる。だけど彼がやめてしまうのはもっと怖い。

自衛本能が働いて思わず目を閉じたものの、すぐにとんでもない間違いだったことに気づいた。ラスの動く音が聞こえないのだから、様子が見えなければ彼が何をしようとしているのか知りようがない。ふいにブラの前面が押しさげられ、ラスの舌がさっと乳首をかすめた。

ほら、やっぱり。まったく覚悟ができていなかった。ローレルは小さく叫んで目を開け、屈みこんでいるラスの頭のてっぺんを見つめた。ちらりとのぞくピンク色の舌に乳首を濡らされ、先端を吸われると、我慢できなくなって身をよじった。

デート相手がいない女性を満足させ、心の平安を保つ助けになってくれる裏技はあるけれど、体中をさまよう男性の舌の感触に勝るものはない。舌は胸の谷間をたどって頂をまわり、おへそを伝いながらゆっくりとパンティへ向かう……。

「ラス、お願い」ローレルは言葉を絞りだして手を伸ばし、熱く激しいキスを求めて彼を引き寄せた。

セックスを六年も待ち続けてきた者にとって、これは前戯の域を超えているわ。

願いに応《こた》えてキスをしながら、ラスがブラのホックを外した。一度に複数のことができる能力を示すかのように、片手で胸を覆って唇で乳首をはさみ、もう一方の手でパンティを引っぱりおろす。

それからベッドの上を探って先ほど放り投げたコンドームを見つけると、ローレルの脚のあいだに指を滑りこませた。

ドキドキしながらローレルは横たわっていた。体中を探るラスの手と舌が欲望をかきたてて理性を奪い、まともに息もできないほどわれを失わせる。彼はコンドームをつけるために胸から手を離したものの、もう片方の手を動かし続けて彼女をじらした。手を伸ばしてラスに触れ、彼を感じ、彼を手伝いたいのに、ローレルはとても動けそうになかった。

波にのまれて凍りつき、まるで自分の体ではないような気がする。

膝をついたラスがコンドームと格闘していた。悪態をついている口もとをローレルに見られないように下を向く。「この、いまいましいラテックスのうすのろめ。言うことを聞かないと引き裂いて役立たずにしてやるぞ」

準備を整えたローレルが待っているというのに、コンドームはちっとも協力的でなかった。ラスは大きく息を吸って数を三つまで数えた。これ以上興奮したくない。

やっとのことでコンドームを滑らせ、うまく装着する。

思わず自分の忍耐力を褒めてやった。

そしてローレルと目を合わせると、片手で体重を支えながら指を使って彼女を開き、中に押し入った。とたんに快感が爪先まで突き抜け、喉からうめき声がもれる。

ローレルの脚がさらに開き、彼女がまつ毛を震わせてまばたきした。ラスは半分入ったところで動きを止めた。このまま突き進めるなら何を差しだしてもいいと思う。だが、彼女のためにこらえる責任があった。自分を信頼してくれているローレルには最高のものを与えたい。

歯をくいしばり、さらに少しだけ深く身を沈めた。彼女が締めつけてくるのがわかる。彼を励ますように、ローレルが何かつぶやいた。ラスは懸命に自分を抑えながら動き始めた。ゆっくりと時間をかけ、一定のリズムで繰り返し優しく動く。おかげで正気を失いそうだ。

思う存分動きたい。けれども、それはだめだとわかっていた。そっと、優しく、本能を抑えて愛をささやくのだ。とにかく、できるだけやってみるべきだ。

つらかったがなんとか自分を抑え、ゆっくりと、永遠に終わらないのではないかと思えるほどゆっくり動いた。ローレルがうめき、彼の腿に脚を巻きつけてくる。指が枕をぎゅっとつかみ、紅潮した頬の両側に髪が広がっていた。

これほど美しい女性に出会ったのは初めてだ。その思いが張りつめたラスの体を突き抜け、さらに激しく興奮させる。そのとき、ローレルがショックに目を見開いて背中をそらせた。彼女はラスにしがみつきながら、優雅で流れるように静かな絶頂を迎えた。

このままめちゃくちゃに突き進みたい。だが自分が信用できないラスは、ほとんど体が離れそうになるまで引いたのち、最後に一度深く身を沈めると、ようやく自らを解き放った。目もくらむような爆発のかわりに、長く長くいつまでも続く解放だった。そのあいだ中、彼は、これほどまでに歓びは痛みと密接に結びつくものなのかと驚嘆しながら、じっと動かずにいた。死にそうだ。ローレルはすばらしくセクシーで、本能のまま突き進めないもどかしさに、ラスは死にそうなほど苦しめられた。

ところがローレルがラスの背中に指を走らせ、恥ずかしさと満足の入りまじった笑みを向けてきた。その瞬間、彼は苦労が報われたと悟った。

それに、ラス自身も楽しんだ。ただ、もっと多くを求めていただけだ。こういうのならあと一二回はできそうだった。いい人でいるのは難しい。

せっかくの高潔な決意を窓から放り投げて思いきり身をうずめたい誘惑に駆られる前に、うめきながら体を離した。

ローレルの腫れた唇にキスすると、そばに横たわって彼女の胸に腕を置いた。「大丈夫かい？」

「ええ、平気よ」

ラスはぴくりとした。ローレルを見る。平気だって？　今のは納得がいかないぞ。猫の鳴き声のようなうめき声や、気だるげなあくびや、この瞬間を六年待ったかいがあったわ、という言葉は？

「どうだった？」くそっ、女性に感想をきくなんて初めてだ。

「申し分なかったわ」ローレルがラスの前髪を指でもてあそび、眉毛を撫でた。

彼女は微笑んでいるが、ラスは自分が顔をしかめているのがわかっていた。申し分ないってなんだ？　申し分ないなんてくそくらえだ。あり得ない。申し分ない文章とか、申し分ないワインとか、申し分ないディナーなら考えられる。仕事に使ってもいい言葉だし、夕食がピザでも申し分ない。だけどセックスの場合は、決して、絶対に、万が一でも、申し分ないはずがないんだ。

「何が悪かったんだ？」ラスは横向きに体を起こすと、無意識に手を伸ばしてローレルの胸を覆った。

「何も悪くないわ」ローレルが背をそらして彼の手に胸を押しつけてきた。

「それならどうして、申し分ないなんて戯言《たわごと》が出てくるんだ？　気に入らなかったなら言ってくれ。直すから」男としてのプライドがすでに脚のあいだに集まり、すぐにでももう一度求めに応じられそうだ。

「ええと……」ローレルが顔を赤らめた。「ちょっと思ったんだけど……」

「なんだ？」くそっ、どんどん気になってくるじゃないか。ラスは、まるで彼女を夢中にさせる能力を証明しようとしているかのように、手をローレルの脚のあいだに差し入れた。

「考えてたのよ。ええと、もう少し激しいのかなって。強烈っていうのかしら」

なんてこった。愕然としてラスは頭を振った。大声で笑いだしそうになるのを必死にこらえる。ローレルはもっと激しいのが好きなのか？　我慢するのにあんなに苦労したというのに、もっとみだらで荒っぽいのを求めていたとは。

ラスを怒らせたと思ったらしく、ローレルが心配そうに触れてきた。「すてきだったのよ、ラス。本当に。私はたぶん非現実的な期待を抱いてしまってたのね」

その表現では俺のプライドをなだめられない。

ローレルが手で顔を覆った。「ああ、私ったら最悪よね？　あんまり恥ずかしくて、体を丸めて死んじゃうけど、どうぞ気にしないでちょうだい」

ラスは笑いだした。そうか、ローレルが激しいのが好きだというなら、俺が望みを叶えよう。喜んで。

彼はローレルの顔から手を引き剝がした。「ローレル、怒ってなんかいないよ。本当のことを言うと、きみはあまり経験がないから心配だったんだ。我慢してたんだよ。かなり」

話しながら指をローレルの中に沈めると、彼女の口から息がもれた。「そうなの？　つまり、できるの……？」

ああ、もちろんだ。間違いなくできる。

ラスは指を引き抜いた。ローレルが弱々しい声を出す。彼は彼女の両手をつかむとまっすぐ頭の上にあげさせた。「ベッドにしがみついているんだ、ローレル。きっと必要になる」

白いヘッドボードをつかみながら、ローレルが問いかけるように口を開きかけた。

ラスは待たなかった。

膝でローレルの脚を開き、すばやく、激しく身を沈める。彼女の頭ががくりとのけぞり、低いうめき声がこぼれた。ラスは勝利の喜びに包まれた。俺にはできる、ローレルを満足させられる。

彼はローレルに息継ぎするまも与えず体を引き、もう一度突いた。今度は彼女がベッドにぶつかるほど深く。そうだ、これだ。ちくしょう、ローレルはすごくきれいだ。興奮して、夢中になっている。ラスは、横を向くそぶりを見せた彼女の頭をつかまえて自分のほうを向かせ、熱く燃えるその体に何度も押し入った。

ローレルはベッドに釘《くぎ》づけにされながら、欲望に満ちたラスの顔に視線を合わせた。申し分ないよりずっといい。信じられないくらいすばらしくて、圧倒されてしまいそう。容赦なく攻め続けられ、全身から快感が噴きだしていた。

「ああ、すごい、ラス、そうよ」ちゃんと言葉になっているのか、それとも唇からこぼれでる息にすぎないのか、もうわからない。

あまりに激しくラスが突いてくるので、ローレルは脚をあげて彼に巻きつけることもできず、ただベッドに横たわって彼を受け入れ、永遠に留めておこうとするかのように、体の奥で彼を締めつけることしかできなかった。

「気に入った？」ローレルの注意を引こうと、ラスが彼女の顎を揺すりながらきいた。「激しいのは気に入ったかい、ローレル？」

「ええ、気に入ったわ。すごく気に入った……」視線をさげると、彼の動きに合わせて自分の胸が波打っているのが見えた。さらにその向こうには、彼女の脚のあいだで前後に動くラスの姿があった。

ふいに、強烈に激しい快感の波が押し寄せ、何も考えられなくなった。体がぐっと上へ引きあげられる。それでもラスはやめなかった。ペースを落とすことなく、ローレルを脈打たせ、うずかせ、うめかせる。彼女は全身が引き裂かれてばらばらになるのを感じた。

四肢にまったく力が入らず、手がベッドから滑り落ちる。そのあいだもラスは体をぶつけ、ローレルの体は彼のまわりで収縮を続けた。今度は違いがわかった。ラスが顔をくしゃくしゃにゆがめて肩をこわばらせると、最後にもう一度、思いきり深く突き刺した。

見えるもの、感じるもの、すべてがすばらしかった。ローレルは畏敬《いけい》の念をこめてラスを見つめた。満足して、堪能しつくした。これこそ、長いあいだ待つかいがあったものだ。

次回は六年も待たないですむことを願いながらも、今夜を超えるようなことはないだろうとわかっていた。

ラスが彼女の上に倒れこんできた。汗の光る上唇が肌をかすめる。湿った髪の房が彼の額に、そしてローレルの胸にはらりと落ちた。目を閉じて息をあえがせているラスを見つめているうちに、感謝と喜びと、それに何かほかの感情もこみあげてきた。

彼は自分を抑えていた。じっくり教えている時間はないと言っておきながら、経験の少ない私を気遣ってくれていた。

ラス・エヴァンズはとても優しくてセクシーな人だわ。気をつけないと、心を奪われてしまいそう。それは彼にとっても私にとってもよくないことだ。必ずしも真剣なつき合いを望んでいないと言ったのは嘘ではないのだ。私はただ、ベッドに男性を迎えることができればよかったのだから。

そしてとうとうその男性を見つけた。

目を開けたラスが尊大な笑みを浮かべた。「さっきよりよかっただろ?」

ローレルはうなずいた。「最高」

「よかった」彼が離れてしまうと、湿った胸が空気に触れて急に寒くなった。

全身に鳥肌が立つ。ラスが髪を撫でながらシーツをかけてくれた。「朝までいられないんだ、ハニー」

本当に〝ハニー〟と呼んだのかしら。〝ウサギちゃん《バニー》〟と言ったようにも見えたけど、まさかラスが私のことをそう呼ぶとも思えない。ハニーと呼んだのかどうかきいて確かめるわけにはいかないし。違っていたら恥ずかしいもの。いいわ、ハニーと呼ばれたと思って喜ぶことにしよう。

「いいのよ、わかってる」

「弟が待ってる。今はベビーシッターと一緒にいるけど、俺は帰らなきゃならない」

ほら、まただわ。奇妙な感覚がこみあげてきて、側転でもしたい気分になる。「責任は重大だわ。あなたはいいお兄さんなのね、ラス」

「努力はしてる」彼はため息をついて起きあがり、コンドームを外した。「また会えるかな？　金曜日はどう？」

きっとものすごく長い四日間になるわね。だけど、ラスがひと晩かぎりでなくもっと望んでいるとわかって嬉しい。「すてき」

「ショーンに、友達のところに泊まれるかどうかきいてみようかな」思わせぶりに眉を上下させながらラスが立ちあがり、一糸まとわぬ体をローレルの前にさらけだした。「朝まで俺と過ごしたいかい？」

ラスがひと晩中私のベッドにいてくれる。考えてみよう。

イエスに決まってるじゃない。

ローレルはうなずいた。「ぜひ一緒に過ごしたいわ」

彼が満面の笑みを浮かべた。「そう言うと思った。きみがあのホットな顔をしてたからね。歩けなくなるくらい俺を興奮させる顔を」

ラスのウエストから下の眺めがその言葉を裏づけていた。ローレルはもっとよく見ようと、シーツを引っぱりながらベッドに起きあがった。

「それじゃあ、きみと俺だけで。絶対にフェリスはなしだ」うしろを向いたラスがバスルームのドアを開けた。まるでずっとドアを引っかいていたかのように、フェリスが前足をあげたまま転がりでてきた。

ずっとあの子が引っかいてたのを知っていたのね。「フェリスはドアを引っかいてたの？」

「二〇分間ノンストップでね。俺は頭の中から閉めだしてたよ。でも、金曜日は一階にいさせるべきだな」

「ごめんなさい。あの子がこんな困った子だなんて知らなかったわ」ローレルの言葉を立証するかのように、フェリスはラスにふらふらと近づき、彼の足首をぴしゃりと叩いた。

「フェリス！」

ラスが猫に何か話しかけていたけれど、彼女には口もとが見えなかった。だが絶対に〝やあ、ネコちゃん〟ではないはずだ。

バスルームへとラスが姿を消すのを見て、ローレルはパンティをはき、引き出しを開けてスエットシャツとはき古したジーンズをとりだした。玄関まで見送りに行きたいが、シーツを巻いただけの姿で行くには距離がありすぎる。髪を手ですき、座ってジーンズを引きあげようとしたとき、両脚のあいだに心地よい痛みを感じた。

驚くほどいい気分だった。信じられない。ラスが自分を抑えるのをやめた瞬間、同時にローレルをうぶなほぼヴァージンと見なすのをやめ、望みも欲求もある一人前の女として見てくれたような気がした。

ローレルがスエットシャツの首から頭を出すと、目の前にブリーフ姿のラスがいて、ジーンズに手を伸ばしているところだった。「ローレル?」

「なあに?」

「ディーンからメールの返事は来たか?」

「いいえ。今日はまだチェックしてないけど」

「約束したことを忘れるんじゃないぞ。やつに会う計画を立てないこと。連絡が来たらまず俺に知らせてくれ」

約束したわけではないわ。ラスが、〝俺の言うことを聞け〟のお説教モードのときに一方的に言っただけじゃない。でもせっかくの余韻を解釈の違いについて議論で台無しにしたくなかったので、うなずいておくことにした。「知らせるわ」

ラスが好もうと好まざるとにかかわらず、ローレルは詐欺師を捕まえる手伝いをするつもりだった。両方と連絡がとれ、警察をディーンのもとへ導くことができる立場にあるのは私だけなのだから。絶対にやってみせる。

ラスに口を出す権利はないはずよ。

9

すばらしくいい気分でラスは自宅のドライブウェイに車を入れた。

ただもう、ローレルはすばらしかった。

すぐ金曜日になればいいのに。そうすればまた、お互いの快楽のありかをくまなく探索することができる。ラスは彼女の熱い肌に舌をうずめ、彼女を味わうのが好きだった。

興奮を隠すために身なりを整えてから車を降りると、なんだかおかしくなって彼は頭を振った。ローレル・ウィルキンズ――綿毛のようにふわふわしたウサギちゃん――のローレルなのに、まるでヒリヒリするタマーレを食べたみたいな気分だ。

ラスは、ジョジョの小さな息子マリオを起こさないように、そっとロドリゲス家の玄関をノックした。体を前後に揺らして待ちながら、手袋が必要だな、と考える。前に持っていたのは、コートクローゼットのどこかに埋もれて見つからなかった。

中からショーンがドアを開けたかと思うと、無言のままものすごい勢いでラスの脇を通りすぎ、横の入口から自宅に入っていった。大きな音をたててドアが閉まる。

「そうか。よう、機嫌はどうだい?」ラスはうんざりしてショーンの消えた方向を見つめた。

いい気分が台無しだ。彼は隣家に足を踏み入れ、リモコンを片手にソファに座っているジョジョに手を振って挨拶《あいさつ》した。

「やあ、ジョジョ。今夜のショーンはどれくらいひどかった？」

ジョジョがテレビから目をあげ、細い肩にかかる黒い巻き毛をうしろに払いのけた。四四、五キロの体にはかなり大きいスエットシャツを着ている。

「あの子にコンドームとかそういう話をしたことある？」

ラスは玄関のドアを閉め、胃潰瘍《いかいよう》ができないよう自分に、落ち着け、と言い聞かせた。

「どうして？　何があった？」

「あたしに言い寄ってきたの」

「なんだって！　どういう意味だ？」靴を蹴って雪を落とし、ジョジョの向かいの安楽椅子に座る。とても立っていられない。くそっ。ジョジョは二五歳で、一三のショーンとははるかに年が離れている。彼女の勘違いじゃないのか？

「一緒に映画を見てたらショーンが急に振り向いて、年下の男とつき合ったことがあるかきいてきたのよ。あたしは二、三歳の差のことだと思ったから、〝まあね、あるわよ〟って答えたの」ジョジョが胸の前で腕を組んでにんまりした。「そしたらあの子、〝じゃあ俺はどう、ベイブ？　ベッドルームはすぐそこだぜ〟ですって」

ああ、助けてくれ。「冗談だったんだよ、そうだろ？」

「じつはあたしもそう思ったのよ。だから〝いいわよ、ぼうや〟って言ったの」彼女は頭を振って続けた。「そうしたら、ラス、あの子ったらあたしにキスしようとしたのよ」

「まさか、嘘だろ」頭がズキズキする。「くそっ、本当にすまなかった。それできみはどうした？　あいつの頭をぶん殴ってやったかい？」それこそあいつにしてやりたいことだ。

「ううん、ショーンに話したの。あたしは母親だから、未成年のあんたを相手にするのは危険すぎるって。児童福祉局に子供を連れていかれちゃうからって」ジョジョが肩をすくめ、シャツを引っぱって膝を覆った。「あの子の顔をつぶしたくなかったの。わかるでしょ？」

　わかるかって？　俺の頭はどうにかなってしまいそうだ。間違いない。「そうか、気を遣ってくれてありがとう。だけど、やっぱり頭をぴしゃりとやってくれたほうがよかったよ」

　ショーンがなぜジョジョにキスしようと考えたのか、ラスには想像もつかなかった。確かに、もうすぐ一四歳という年齢では、どんな状況下のキスにも興味を引かれるものなのかもしれない。だがそれにしたって、大人のまねをしようだなんて戯言がどこから浮かんできたんだろう。ラスが一三歳のころは、そんな年寄りの女――もちろん、相対的に見て――に目を留めることすらなかった。

　しかし、ショーンとラスとでは環境が違う。

「あんまり深く考えないほうがいいわよ、ラス。今のあの子はちょっと混乱してるんじゃないかな。両親が恋しいのよ、きっと」ジョジョが手を伸ばして彼の膝をぽんぽんと叩いた。どういうわけか、おかげでラスは一〇倍も気が重くなった。

「両親が恋しいのはわかってるんだ」わかってはいるけど、俺はどうしたらいい？　時間を巻き戻して死者を生き返らせることはできない。もう限界だ。ラスは途方に暮れていた。

「カウンセリングか何かを受けたほうがいいのかもしれないな」

「精神科医なんか、自分たちの言ってることすらわかってないのさ」キッチンからマリアが現れ、手に持った穴あきスプーンをラスに向かって振った。彼女の細い腕が激しく揺れる。

夜の九時に何を料理しているんだ？「そうかな？　だったらどうしたらいいと思う、マリア？」

「結婚するんだね」

「くそっ、かんべんしてくれよ」そんなことをしたら、すでに山積みの問題をさらに増やすことになる。それに、一生をともにしたくなる女性がいるとは思えなかった。

もしかしたらローレルはべつかもしれないが。

いや、それは俺の下半身の考えだ。ローレルのことをよく知りもしないんだぞ。ほんの一週間前に会ったばかりで。だいいち彼女は警官の妻向きじゃない。お人よしすぎるし、金持ちすぎる。

マリアが赤いタートルネックの胸にぶらさげた十字架に手を伸ばし、胸の前で十字を切った。「口の利き方に気をつけなさい。さもないと、弟と同じようにお仕置きするよ」

スプーンで手首を叩かれないうちに、そろそろ帰ったほうがよさそうだ。ラスは立ちあがるとコーヒーテーブルにベビーシッター代を置き、ドアに向かった。「ありがとう、ふたりとも。おやすみ」

「結婚のこと、考えてみるんだよ。あたしが正しいってわかるはずだから」

「ああ、まあね」

「それと、弟が誰のまねをして生意気なことを言ってるか、自分の胸にきいてごらん」

ラスは声をあげて笑いながらロドリゲス家をあとにした。歩道を二メートル足らず歩いて自宅のドライブウェイに入る。吐く息が顔のまわりで白くなるのを見つめ、ショーンになんと言おうか考えた。〝いいかげんにしろ、大ばか野郎〟のほかに。

当のショーンはキッチンのカウンターに寄りかかり、パック入りのブラウニーを食べていた。弟を見るだけでラスの胸は痛んだ。立って何かを食べているときも、ショーンは不機嫌で不幸せに見えた。体のほうは日々成長しているみたいで、ラスと暮らすようになった一年のあいだに背が一〇センチ伸び、ひょろりとした手足は新陳代謝のスピードが落ちて肉がつくのを待っているようだ。ラスを苛立たせるくしゃくしゃの髪は、二〇歳以下の若者の多くが格好いいと考えているらしい、七〇年代レトロ風のライオンのたてがみとでもいうような髪形だった。

ラスにはばかばかしいとしか思えない。だが、そもそも彼は外見を気にするタイプではなかった。

それに外見は今問題ではないのだ。

いつも弟が何を考えているのか教えてくれるなら、喜んで一〇〇〇ドル出そう。

「よう」

ブラウニーの向こうでショーンがうなずいた。「楽しかった？　俺がおむつの国に行かされてるあいだ、女と寝てたんだろ？」

こめかみはすでにズキズキと痛み始めている。ラスは、ショーンの無遠慮な言葉をきっかけにして話を始めようと決めた。「女と寝ることについて、おまえは何を知ってる？　知りたいことがあれば俺にきいていいんだぞ。たいていのことには答えてやれると思う」

ショーンが鼻を鳴らした。「へえ、じゃあ、これがうちの性教育ってわけ？　クールじゃん。そうだな、なんでもきいていいの？」

ラスは体内の警報機がかすかな音をたて始めるのを感じた。「そのために俺がいるんだ。おまえが知りたければなんでもかまわない」

チョコレート菓子のかけらを唇につけたまま、着ている大きな黄色いスエットシャツの前でショーンが腕を組んだ。「わかった。それなら、ファックって言葉はどこから来た？」

俺を誰だと思ってる、言語学者か？「知らないな。誰にもわからないんじゃないかな」

ショーンがその答えに感心した様子はまったくなく、彼はラスに背を向けて冷蔵庫を開けた。「ずっと疑問に思ってたんだけど、シックスティナインのときはどっちが上になるんだ？」

それは重要なことか？　ショーンがこちらを見ていなくてよかった。顔が赤くなっているに違いなかった。質問に答えるべきかどうかしばらく考えてから、ラスは慎重に口を開いた。

「どちらでもかまわない。個人の好みによる」

「へえ、わかったよ」冷蔵庫から顔を出したショーンが手に持ったソフトドリンクの缶を開けた。「じゃあ、Gスポットはどうやって見つけるの?」

ラスは顎に手をやって髭をかきながら、マリアの言ったことをもう一度考えてみた。結婚してたら、この手の会話は妻に任せられるのか? それだけでも結婚生活のゴタゴタを我慢するだけの値打ちがありそうだ。

「まず初めに、ケーブルテレビは解約する。ふたつ目は、今誰かとそういう関係にあるんじゃなければ、おまえが答えを知る必要はない」過呼吸に陥らないよう祈りながら、ラスは尋問する刑事の口調でショーンにきいた。「おまえはセックスをしてるのか? 本当のことを言ってくれ」

それまでずっとリラックスした様子で控えめに興味を示していたショーンが突然顔をゆがめ、音をたてて缶を置いた。「いいや、セックスなんかしてない。くそっ、いったいどれだけうすのろなんだ? ガールフレンドがいなきゃセックスできないだろ。気がついてないかもしれないから言っておくけど、俺には友達だっていないんだからな!」

ものすごい勢いでショーンがラスの横をすり抜けていった。ラスは肩にぶつかられて右によろめき、壁に手をついてバランスをとった。なんてこった、ちくしょう。

弟の言うとおりだ。今までショーンを訪ねてきた友達はひとりもいなかった。どこかへ誘われたこともない。ここへ引っ越してくる前の学校の友達を除いて、誰かの家やショッピングモールまで車で送ってやったこともなかった。

弟に友達がひとりもいないというのに、ラスは気づいてもいなかったのだ。

トレヴァーは胸に置かれたジルの腕を押しのけてベッドから出た。セックスのあいだに床に落ちたブランケットを拾って体に巻きつけ、玄関へ向かう。ジルはまだヒーターの温度をあげようとはしなかった。

だんだんトレヴァーは苛立ち始めていた。気に入らない。いやな予感がする。愚かな過ちを犯させ、南のフロリダではなく刑務所に導きかねない、いやな予感だ。

タバコに火をつけ、コートクローゼットに置いたリュックからノートパソコンをとりだし、リビングルームのモジュラージャックにつないだ。ブランケットを脚のまわりにしっかり巻きつけて、インターネットに接続する。

登記を調べると、ローレル・ウィルキンズがエッジウォーター・ドライブの高額な家の実質的な所有者であることがわかった。これで計画を実行に移す価値がさらにあがる。あともう少し時間があれば、必要な情報がすべて得られるだろう。

今は我慢のときだ。

だが、かわいらしいローレルとちょっとばかりメールのやりとりをしても、害にはならないはずだ。

直接会ってみるか。

目を覚ましたローレルは、これまで気づかなかった筋肉の存在を意識した。フェリスを足もとからどかせて伸びをする。あくびが出て思わず微笑んだ。ラス・エヴァンズとベッドをともにしたんだわ。何もかもすてきで、〝ハニー〟と呼ばれた。しかも金曜日にはまた同じことを繰り返せるのだ。

人生はすばらしい。さあ、仕事に行かなくちゃ。

けれどもシャワーの下に飛びこむ前に、どうしても我慢できなくなってパソコンに向かい、ミシェルに短いメッセージを書いた。

ラスをつかまえたわ。

くすっと笑って送信を終える。受けとったときのミシェルの顔が見たい。

そのとき、ローレルは受信トレイにディーンからのメールが届いていることに気づいた。件名は〝きみのことを考えている〟だ。

息をひそめてクリックした。ラスがこの男を逮捕する手助けがしたい。うまくやって、まだ私が興味を持っていると詐欺師に信じこませなければ。

やあ、ローレル

きみのことを考えている。もう一度ふたりで会う計画を立てられないかな？　土曜日は忙しい？
ラスより、期待をこめて

ディーンがラスと名のることに彼女は苛立ちを感じ始めていたが、とりあえずそれはべつにして、思わずデスクを叩いてしまうほど興奮した。彼がまた会いたがってる。もちろん、喜んで承諾するわ。

それからディーンを、彼が名を騙っているまさにその刑事に引き合わせるのだ。

ローレルが最後の〈ボトルキャップス〉キャンディの箱を倉庫へ運んでいると、副店長のキャサリンがそっと腕に触れてきた。

「今日はどうしたの、ローレル？　なんか舞いあがってる感じ」

そうなのよ。自分で自分を抑えられないの。

ローレルは舞いあがり、エネルギーに満ちていた。すでに一六種類のお菓子を補充し、基金集めのための注文を一件まとめた。彼女が働いているのはお菓子の卸売りも行う倉庫サイズの小売店だ。店では思いつくかぎりのあらゆる種類のお菓子、とくに郷愁をかきたてられる懐かしいお菓子を扱っていた。

彼女は自分の仕事が気に入っていた。おもしろいし、それほど難しくない。そのうえ、客とのおしゃべりでコミュニケーション能力に磨きをかけられた。世界を救うような仕事ではなくとも、上司はよくしてくれるし同僚との仲もいい。自宅からも近い。能力をもっと活《い》かす仕事をするべきだと思うこともあるが、自分の能力について考えると、人と接するのは楽しいし、この仕事を恥じる理由は何もないという結論に達した。われながら、キャンディ・ストアの店員としてはかなり優秀だと思う。これが私のしたいことなら、まわりの人たちには受け入れてもらうしかない。

といっても、反対している人がいるわけではなかった。キャンディ・ストアで働くことに疑問を感じているのは、ローレルひとりだけみたいなのだ。

最近では仕事が悪いのではなく、自立の方法を忘れてしまったことに問題があると考え始めていた。もしかしたら、忘れたというより、初めから知らなかったのかもしれない。母が家を空けているのをきっかけに、勇気を出してコーヒーショップへ行って以来、ローレルは母親と一緒に家の中に隠れるのはもうやめたいと思うようになっていた。はめを外すところまでいかなくても、もうちょっと自分ひとりの力で生きる必要があると感じているのだ。

アパートメントを借りてひとり暮らしをするべきなのかもしれない。

ローレルは〈ボトルキャップス〉の箱を反対の手に持ちかえた。「ちょっといい気分なの。それだけよ」

キャサリン――キャット――は二、三歳年上なだけだが、彼女の小指一本とってもローレルよりはるかに大胆だった。ブロンドの髪に黒いメッシュを入れ、思いつくかぎりの場所にピアスをして、ジュエリー類をつけられないところはタトゥーで飾っている。

「あんたはいつも機嫌がいいじゃないの。漫画の『スージー・サンシャイン』みたい」

そう言われるのはあまり好きではなかったのだが、今日はまったく気にならなかった。あと一五分で勤務時間が終了したら警察署へ行ってラスを探し、ディーンのメールのことを報告する予定なのだから。感じよく楽しそうにしていることの何がいけないの？　四六時中楽しく幸せにしていても悪くないでしょう？

それとも、ばかで間抜けでうぶな理想主義者に見える？

いいえ、みんなが私をいい人だと思うだけよ。

「〝笑顔でサービス〟よ」ローレルは言った。

キャサリンが笑いながら頭を振る。「毎回言ってるけど、絶対あたしと一緒に出かけなきゃだめ。クラブへ行こうよ。タイトスカートをはいて、普段どおり天使みたいに優しい顔をしてたら、みんなあんたに夢中になるよ」

これまでキャサリンの誘いを断ってきたのには理由があった。ローレルには音楽が聞こえない。ビートは感じられるものの、踊るとなると難しいことがあった。それにストロボライトの光る暗い小部屋で相手の唇を読むのは、ほとんど不可能に近い。音楽がガンガン鳴る中では、声量に乏しいこの声を聞きとってもらうのもひと苦労だろう。ナイトクラブにふさわしい服も持っていなかった。

とはいえ、試してみる機会を設けなかったことも確かだ。どうして私には無理だってわかるの？　もしかしたらすごく楽しくて、またすぐ出かけたくなるかもしれないじゃない。

「行ってみようかな。いつも何曜日に出かけるの？」

キャサリンがあんぐりと口を開け、金属製の在庫棚をつかんで体を支えた。「今、行くって言ったの？」

ローレルはくすくす笑った。「そうよ」肩をすくめる。「いいでしょ？　つまらなかったら二度と行かなければいいんだから」

キャサリンがローレルの両手を握りしめてぴょんぴょん跳ね始めた。振動が肩まで伝わってくる。キャサリンの耳と唇をつなぐチェーンも弾んだ。「やった！　すごい！　きっとめちゃくちゃ楽しいよ」

それはまだわからないとしても、とにかくやってみると決めたのだ。

「わかった、わかったからもう放して。これを片づけなきゃ帰れないのよ」

「土曜日よ」キャサリンが手を離し、人差し指を突きつけて言った。「迎えに行くから、やっぱりやめたって言うのはなしよ。何か黒い服を着て」

「いいわ」あの膝までの黒いロングブーツを履けばセクシーに見えるかもしれない。ラスは気に入っていたみたいだし――少なくとも脱がせて部屋の向こうへ放り投げるのは楽しそうだった。そのあいだ、私はブラとパンティだけを身につけた姿でベッドに横たわっていた。

ふいに、カーキ色のパンツの内側に熱い波が押し寄せてきた。体はもう一度横たわりたいと訴えている。もちろんローレルに異存はなかった。

今の私のおでこには〝昨夜セックスしました〟と書いてあるに違いないわ。ローレルはキャサリンに背を向けて棚にキャンディの箱を押しこみ、ついてもいない埃《ほこり》をパンツで払った。

「じゃあ、またあとで時間を知らせてね。本当にもう行かなくちゃならないの」

気分がいい理由を気づかれないうちにと、急いで職場をあとにした。キャサリンは人の会話やジョークに敏感で、セックスについて考えているだけでも、五メートルも離れた場所から嗅ぎつける才能があるのだ。

ところが慌てて店を出たせいで、誰かに頼んでラスがいるかどうか電話で確かめてもらうのをすっかり忘れていた。そのため一五分後に警察署に着いたものの、もぐもぐ話すせいでほとんど唇が読めない受付の署員に希望を伝えようとして、さらに一〇分費やしてしまった。そしてかなりいらいらしたあげく、ラスは不在だとわかった。

「どこへ行けば連絡がとれますか?」ローレルは尋ねた。

顎の肉をぷるぷる揺らし、話すときにもほとんど口が動かないその大柄な署員は、ただ肩をすくめた。不満げなため息をもらさないよう、彼女は懸命にこらえた。

「ほかに話せる人はいますか? エヴァンズ刑事が担当している詐欺事件のことで事情がわかる刑事さんは?」

署員が困った様子で頭をかいた。ふとローレルに向かって指を一本立てると、大げさに前後に揺らして、待っているよう指示する。聴覚障害者ではなく、頭の悪い娘にするように。それから彼女に背を向けて受話器をとりあげた。

誰か本当にわかってくれる人にかけているといいんだけど。ローレルはもどかしさにじりじりしながらロビーで待った。受付署員は電話を置いたが、まだ背中を向けたままだ。彼女はさらに待った。どれくらいここに立っていなくちゃならないの？　私はこの人に見切りをつけられて、結局誰も来てくれないいんじゃないかしら。

けれども一分後、黒髪で筋肉質のがっしりした男性がロビーに現れた。髭を剃っていない顎をこすりながら、興味津々でローレルを見ている。「きみがローレルだね？」

「ええ」彼女はにっこりして手を差しだした。この人が誰なのかさっぱりわからない。「ローレル・ウィルキンズです。はじめまして」

男性はあからさまな視線でローレルの全身をさっと眺め、にやりとした。かすかに頭を振る。「こりゃ、エヴァンズもやられるわけだ」

「え？」

男性が笑いだした。「いや、なんでもない」彼はローレルの手をちょっと長すぎると思うくらい握った。「ジェリー・アンダーズだ。ラスの相棒だよ。奥へ来て、気にかかっていることを話してくれないか」

警察署の中に入るのは初めての経験だったが、ローレルは少しがっかりした。肌もあらわな娼婦や、腕を振りまわして暴れる麻薬常習者がいる光景を想像していたのだ。実際は制服姿の男女が数人、中にはジーンズにスエットシャツの人もいて、窓のない迷路のようなブースや小さなオフィスを行き来しているだけだった。グレーのスーツ姿の男性が一人前サイズの〈コーンポップス〉の箱を手に持ち、スプーンに山盛りにしたシリアルを口に運んでいた。

ジェリーが金属製の折りたたみ椅子を指して、ローレルに座るよう示した。そばのデスクには、ボリュームのある黒髪をした女性と彼が写っている写真が何枚も飾られていた。「それで？　ラスを捜してると聞いたんだが、個人的な用かな？　それとも事件に関係がある？」

ローレルは急に恥ずかしくなり、スカーフを外して膝に置いた。ラスのパートナーは私のことをどこまで知っているのだろう。「事件のことです。トレヴァー・ディーンからまたメールが送られてきたんです。土曜日に私と会いたいと言って」

アンダーズ刑事はゆったりと椅子に座ったまま動かなかった。「ほう、それは興味深いな。ラスは間違いなく知りたがると思うよ」

「彼に電話して伝えてもらえますか？　私は電話が使えないから」彼女は無意識のうちに指で耳を叩くしぐさをしていた。

「もちろん。だけどよかったら帰りにやつの家に寄って、きみから直接伝えたらどうだろう。西一三五丁目三五〇番地だ。ここからほんの五分のところだよ。ちょうど話をしたところだから、家にいるはずだ」

「まあ。でも、ラスは私に訪ねていってほしくないんじゃないかしら」本当はすごく行ってみたかった。ラスがどんな家に住んでいるか興味があったし、彼の弟にも会ってみたかった。だが、招かれもしないのに押しかけていけば、厚かましいと思われるに違いない。

ふたりはひと晩をともに過ごし、今週末にも会う約束をしている。それを台無しにしたくなかった。

「そんなことはない、喜ぶよ。あいつはきみに夢中なんだから、ローレル」

びっくりして、彼女はぽかんと口を開けた。慌ててわれに返ったものの、うまく話すことができなかった。「私はべつに……その、違うのよ。あなたの思っているのとは……ええと、ただディーンを捕まえてほしくて。それにラスからは、まず彼に連絡してからでないとディーンに返事をしてはいけないと言われていたの」

「ほら、訪ねていくには完璧な理由じゃないか。きみが向かっていると電話しておくよ」ジェリーがデスクに身をのりだした。「話さなかったら、あいつ、すごく怒るぞ」

アンダーズ刑事の言うとおりかもしれない。ローレルは唇を嚙んだ。「私が行くと連絡しておいてくれるのね？」

「間違いなく」

「いいわ、ええと、ありがとう」ローレルは立ちあがってバッグを手にした。まだ迷っていたが、ほかにどうすればいいのかわからない。ラスは自宅用のメールアドレスを持っていなかった。仕事用のアドレスがあるとしても、彼からは何も聞いていない。明日もう一度警察署に来てもいいけれど、また受付の署員と堂々めぐりを繰り返さなくてはならないだろう。金曜日にラスに会ったときに話そうかしら。

いいえ、ディーンが金曜日まで返事を待ってくれるとは思えない。

「お会いできてよかったわ、アンダーズ刑事。話を聞いてくれてありがとう」

急ぎの用件でラスを訪ねるくらいちゃんとできる。なんの問題もないわ。

それに警官とベッドをともにしているんだから。

肩をいからせ、私は自立した女なのよと自分に言い聞かせる。クラブにだって行くつもり。

ローレルは手を振って彼を制した。「いいえ、結構よ、出口はわかります。さようなら」

「こちらこそ、ローレル」ジェリーが席を立った。


ジェリーは、ローレルがわざとらしさのない色っぽさでヒップを揺らしながら去っていく姿を見送った。服装は控えめだが、ぴったりしたパンツとセーターは曲線を隠しきれていない。目を見開いた無垢な表情との組み合わせは興味深かった。いや、かなり刺激的だ。

エヴァンズは幸運なやつだ。

彼はデスクに置いたままにしていた受話器をとった。いまいましい電話の仕組みがいまだに理解できず、保留にしようとするたびに回線を切ってしまうのだ。パムからの電話も何度も切ってしまっていたので、彼女からは、今度切ったらオーラルセックスなしにすると脅されていた。

せっかくの特典を失う危険は冒したくない。だからジェリーは途中で邪魔が入ると、受話器を外したまま待たせるようにしていた。

「やあ、ベイブ、すまなかった。まだそこにいるかい?」

パムの声から不審そうな気配が伝わってきた。「いったい何をしてたのよ? まあ、どうせ悪だくみなんでしょうけど」

「なんだって？」ジェリーは相棒のためにひと肌脱いだのだ。あのブロンドをやつのところへ送りこんでやった。スペシャルデリバリーだ。おかげで、今晩ラスは彼女の家のまわりをぐるぐるまわらずにすむ。「仕事だよ」

「ええ、そうでしょうとも。ラスを誰かとくっつけようとしてたみたいね」

「あいつは夢中なんだよ。よだれを垂らしていつもうわの空で、こっちはいい迷惑だ。だからちょっと手伝ってやったのさ」ジェリーはデスクの引き出しを探ってブレスミントをとりだした。空腹で死にそうだ。ミントを噛み砕きながら彼は続けた。「もし俺が恋人にメロメロになるようなことがあったら……」

口にしたとたん、冗談だろうとそうでなかろうと、まずい言い方だったことに気づいた。

「なんですって？」パムの反応が予想を裏づける。続いて、ツーツーという発信音が耳に響いた。

ちぇっ、どっちにしろオーラルセックスの恩恵にはあずかれないのか。

10

ラスは二カ月前に調理するつもりだった鶏肉を、冷蔵庫の掃除のために引っぱってきた業務用ごみ袋に投げ入れた。冷蔵庫の中をあちこち動かしたり探ったりした結果、科学の実験に使えそうなものをいくつかと、間違いなくサルモネラ菌の温床になっている鶏肉を見つけたのだ。もっとずっと前に掃除するべきだった。

「なあ、ショーン、科学の課題は出てないのか？　八種類の緑色に変色した、おばあちゃんの鼻の下の産毛より毛深いチーズを見つけたぞ」

ラスが肩越しに振り返ってチーズの包みを振ると、ショーンがあとずさった。

「げっ。メイドかなんかを雇えばいいのに」

「ふん、掃除に人を雇う余裕のある警官がいたら会ってみたいよ」

ショーンが、吸い続けていたスエットシャツのひもを吐きだした。「金ならあるだろ。父さんと母さんの家を売ったじゃないか。忘れたの？」

驚いたラスは、立ちあがろうとして冷蔵庫のドアに頭をぶつけた。いったいどこからそんなせりふが出てくるんだ？

「どういう意味だ？　あの金はおまえが大学に行くときのためのものだぞ。メイドを雇うためじゃない」もちろんショーンが今のままひどい成績をとり続けるなら、どこの大学に行く資格も得られないだろうが。

「もういいよ」ショーンが背を向けてリビングルームに向かった。「玄関のベルが鳴ってる」

「ショーン！」ラスはチーズをごみ袋に投げ捨てると、腹立ちまぎれに冷蔵庫のドアを蹴った。このままにはしておけない。弟を悩ませている問題の根底を探らなければ。でも、根はかなり深そうだ。

ラスは、両親が亡くなった直後に実家だった建物を売却していた。それは当時の彼が、思い出にも、庭つきの大きな家の維持にも、うまく対処できなかったからだ。両親の古い家は山ほど手を入れる必要があり、しかも隙間風の入る窓のせいで毎年冬になると暖房費がかさんで光熱費がぐんとあがった。

時間も金も忍耐力もなかった。彼には小さな家と、ドライブウェイとポーチが大部分を占める、六分もあれば芝刈りが完了する庭で充分だった。

ラスは六カ月の賞味期限が刻印されたコーヒー用クリームを引っぱりだした。買ったことすら覚えていない。中身がどうなっているか興味を引かれ、容器を開けてみる。とたんに、独房以外では遭遇したこともないひどいにおいが鼻をついた。「うえっ、しまった」

ねばつくふにゃふにゃの容器を閉じようと奮闘していた彼は、ショーンが戻ってきたことに気づかなかった。

「ねえ、兄貴?」

「なんだ?」あきらめて容器をごみ袋に落とす。ビニールが破れないことを祈るしかない。

「会いたいって人が来てる」

「ん?」ラスはうしろを振り返った。見間違いではなく、弟のうしろに立っているのはローレルだった。

「ローレル!」なんてことだ。ローレルがうちのキッチンに現れるなんて。ラスは慌ててごみ袋を脇に寄せ、においがもれないようにきつく口を結ぶと、勢いよく冷蔵庫のドアを閉めた。あたりにさっと視線を走らせる。最悪だ。

シンクには汚れた皿が積まれ、キッチンテーブル一面に新聞が広がっている。ビニール製の床にはひびが入り、キャビネットは傷がついているうえに蝶番《ちょうつがい》が錆《さ》び、くたびれて古く見えた。

ラスはジーンズで両手をぬぐった。

「ごめんなさい。悪いときに来ちゃったかしら」不安そうにローレルが唇を噛み、スカーフをもてあそんだ。

ああ、あのスカーフでしたいことがある。いつかあれをローレルの両手に巻いて、ベッドの支柱に縛りつけるんだ。

今の俺は汚いキッチンに立つ哀れな警官で、しかも興奮している。さぞや彼女の心を打つだろうよ。

「いや、そんなことない。かまわないよ。俺はただ……掃除してたんだ」

ショーンが鼻を鳴らした。生意気なやつめ。「ショーン、こちらはローレル・ウィルキンズ。彼女はその、ええと、友達だ」

ショーンがラスに疑わしげな視線を向けた。兄の言わんとすることをショーンが汲《く》みとってくれるように願いながら、ラスは眉をあげて無言でごみ袋を示した。

「彼女が自分で自己紹介してくれたよ」ショーンはしばらく抵抗を見せていたものの、ふらりとごみ袋に近づき、裏口のドアを開けて外のポーチに放りだした。ごみ箱とはかけ離れた場所に。

だが、今は文句を言うつもりはない。少なくとも、においのもとを外に出してくれたのだから。

「ごめんなさい、ラス。私が来ることを、アンダーズ刑事が前もってあなたに連絡してくれるはずだったんだけど。警察署で話したときに、彼がそう言ってたのよ」

冷蔵庫の掃除のことなどいっぺんで吹き飛んだ。「どうした？　何があったんだ？　ディーンがきみに何かしてきたのか？」ラスは急いで部屋を横切り、ローレルの髪をうしろに払いのけて顔をのぞきこんだ。

彼女は心配そうな顔をしている。それに、なんてかわいいんだ。

ラスはそっとローレルにキスをした。彼女は抵抗せず、自分から軽くキスを返してきさえした。けれどもそこで彼の胸をそっと押すと、ショーンのいるあたりをさっとうかがった。

当惑しているのだ。

昨夜の出来事を考えれば、この程度でショーンが堕落するとは思えない。そう思いながらもラスは身を引いた。両手はローレルの背中のくぼみに置いたままだ。

「ディーンがメールを送ってきたの」コートのポケットに両手を突っこんで彼女が言った。「土曜の夜に私と会いたがっているわ。書いてあったのはそれだけよ」

それが警察の探し求めてきたとっかかりになればいい。ディーンがどこでローレルに会うつもりだろうと、場所がわかればやつを捕まえる準備ができる。「よかった、ローレル。よかったよ」

「返事をする前にまずあなたに話したわ」そのことに関して、ローレルは少し不満そうだ。ラスは彼女の額にできた皺に唇をつけ、セーターの下の肌をさすった。

そのとき電話が鳴ったが、彼は無視した。

「言うとおりにしてくれてありがとう」ラスは唇をローレルのこめかみに移動させ、まつ毛をたどった。甘いため息が彼女の口からもれる。

「いちゃついているところをぶち壊して悪いけど、ジェリーから電話だよ」ショーンがラスに向かって受話器を振った。

ラスは振り返り、にやにやしている弟を睨みつけた。受話器をひったくる。彼はローレルに唇が見えないように、わざと裏口のドアのほうへ歩いていった。

「いったいなんの用だ、アンダーズ？　ローレルが来ると警告してくれてありがとうよ。冷蔵庫を掃除していて、腐ったものの中に顔を突っこむところだったんだぞ」

ジェリーは笑いをこらえているらしい。「すまん、電話するつもりだったんだけど、邪魔が入ってさ。ディーンの最新の被害者の会計報告が手に入った。ミス・モーガンは、二カ月前に彼女の銀行口座すべてにディーンの名前を追加したことを、われわれに言うのを忘れていたらしい。厳密に言えば、あのろくでなしは、二万ドルのうちの一セントだって盗んだことにはならないんだ。口座に手をつける許可を得ているんだからな」

「冗談だろ」ラスは眉をこすった。「それじゃあ、結局、俺たちがつかんでるのは九カ月前の小切手偽造だけじゃないか。あとは身分詐称だが、実際に何か盗んだわけじゃない。それから、金を持ちだされて不満な、四人のもと恋人たちに対する口約束。これではとうてい法廷まで持ちこめるわけがない。そうだろう？」

「ああ。だからローレルを使って時間を稼ぐんだ。今のままではやつを逮捕できない」

「くそっ、それはまずい。ローレルは嘘が得意とはいえないんだ」

「こちらから彼女にどうやって動くか指示すればいいじゃないか。とにかく手を打たないと。調査を続けて何か出てくればいいんだが」

「わかった、ありがとう。この件はまたあとで話そう」

電話を切って振り向いたラスは、視界に誰もいないことに気づいた。はっとしてリビングルームに駆けこむ。ローレルとショーンはコーヒーテーブルでトランプを広げていた。

「ええと……」

ふたりの前まで歩いていくと、ローレルが顔をあげてにっこりした。「ショーンにジンラミーのやり方を教えてもらってるの」

ああ、そうなんだ。ショーンがカードを切っている。なんと言っていいかわからなくなり、ラスは踵《きびす》を返してキッチンへ戻った。温かい石鹸《せっけん》水をシンクに満たしながら考える。ローレルがこの家で、みすぼらしい茶色のカーペットに座り、弟とトランプをしていることをどうとらえたらいいのだろう。

喜ぶべきか、いやがるべきか。どちらがいいのかわからない。

汚れた食器の山を半分ほど洗い終えたとき、ローレルがキッチンに入ってきた。「ごめんなさいね」ラスのそばでカウンターにもたれながら、彼女がささやいた。「せっかくの晩にこんなふうにお邪魔したくなかったんだけど、ショーンにだめとは言えなくて。彼はいい子ね」

これだからローレルは、武装した見張りを立てて家に閉じこめておかなくてはならないんだ。ショーンをいい子だと思うようなら、なんだって信じてしまうだろう。

「いいんだよ。あいつには友達が必要なんだ」ラスはポットをすすぐと、乾燥ラックがわりの布巾《ふきん》の上に置いた。「それに俺のほうも、きっかけがないと皿の片づけにとりかかれなかったし」

ローレルが笑った。「それで、ディーンにはなんて返事をしたらいい？　どこで会うと言ったらいいかしら？」

ラスは水を止めた。この問題を繊細に扱うにはどうしたらいいんだろう。いや、繊細に振る舞う方法なんて、俺にわかるわけがない。彼は正直に口にした。「ローレル、やつの誘いは断るんだ。俺たちはディーンを逮捕するのに必要な証拠をまだつかんでいない。だから今のところは、きみがやつに会ってもどうしようもないんだ」

すでにコートを脱いでいたローレルが両腕をこすった。この前とはまたべつのハイネックのセーターを着ている。ぴったりしたセーターが好きらしい。今日着ているのは赤で、胸のあたりにひらひらと雪が降っている柄だった。あの雪のひとつを舌で受け止めたい。

「そんなのひどいわ！　ディーンになんて返事を書けばいいの？」

「土曜は忙しいと。仕事だとでも書いておけばいい。一、二週間後にしてくれというのもいいだろう。俺が書こうか？」

ローレルがあきれたように目をまわした。「自分でできるわ。それに、あなたが書いたら私っぽくないでしょう？」

ああ、そのとおりだ、ローレルの口調はいつも上品で優しい。それに比べて俺はいかにも独り者の警官という感じだ。

同意を求められた件には答えないことにして、ラスはズボンで手を拭くと、彼女のセーターの雪のかけらのひとつに手を伸ばした。ちょうど乳首の真上にある雪だ。撫でると同時に股間が反応するのがわかる。

ローレルが悲鳴をあげた。「ラス！」

いい感触だ。金曜日まではまだ長い。「きみが欲しい」ローレルに伝わっていない場合を考慮し、念のため口に出す。「ショーンを隣に預けて……」

彼女がぴしゃりとラスの腕を叩いた。「もう帰るわ。恥を知りなさい」

憤慨する一方でローレルは体を震わせ、彼の指先から逃げようとしないことに気づき、ラスはにやりとした。「恥ずかしくなったら君に知らせるよ。でも、今俺が感じているのは、まったく違う感情だ」

唇を噛んでローレルがため息をもらした。一歩うしろにさがる。「それじゃあ、金曜日にね」

ラスは帰っていく彼女を見送った。皿洗いに戻ろうとして下腹部がキャビネットにぶつかり、思わず眉をひそめる。こんなふうに女性を求めたのは久しぶりだ。いや、初めてかもしれない。しかし、ローレルと寝ればこのうずきがおさまると考えていたのは大間違いだった。一日中彼女のことが頭から離れない。クライマックスに達したときの彼女はかすかな声を発しながら目を大きく見開き、唇を震わせて……。

「兄貴の新しい恋人、気に入ったよ」たった二〇分でも何も食べないではいられないショーンが、フリーザーの中をかきまわしながら言った。

俺も気に入ってる。何しろずっと思い描いていたんだから。だがローレルは恋人ではないし、これからも恋人になることはない。「ありがとう、だけど彼女は俺の恋人じゃないんだ。お互いちょっと会ってるだけだよ」

「なんでもいいや」ショーンが冷凍のブリトーをとりだした。「金曜日に彼女と出かけるの？」

「ああ」ラスは最後のグラスを洗い終え、不安定な皿の山の上にのせた。「おまえは好きなほうを選んでいいぞ。隣へ行くか、おばあちゃんのところまで俺が車に乗せていくか」

「なんだって？　嘘だろ？　もう隣へは行かなくてすむと思ってたのに！」

両手を拭きながら、ラスは憤慨するショーンの顔をうかがった。疑念がわいてくる。「へえ、そうなのか？　つまりおまえは隣に預けられないようにするために、あんな、女たらしがくどき文句に使うような戯言をジョジョに言ったんだな？」

ショーンは顔を赤らめ、ふてくされたようにブリトーでカウンターを叩いている。

その姿を見れば、質問の答えは明らかだった。ラスは激怒した。「ずる賢いやつだな！　そんなくだらない策略が俺に通じると思うなよ。くそっ、おまえにベビーシッターが必要な理由がわからないのか」

ラスはキッチンの中を歩きまわった。腹が立ち、弟をつかんで揺さぶりたくてたまらなかった。「一週間テレビはなしだ。わかったな？　それから隣へ行ってジョジョに謝ってこい」

「くそったれ」あまりに簡潔なひと言に、ラスは目を瞬かせた。いったい誰がそんな言葉を教えたんだ？

ショーンはわざと足を踏み鳴らしてラスの脇を通り、ソファに身を投げだしてリモコンを手にとった。反抗的な態度でテレビをつけ、鼓膜が破れそうなほど音量をあげる。ラスは弟がリモコンをおろしたのを見て近づき、ひったくった。

ショーンの前に立って視界をさえぎり、テレビを消す。振り返って厳しく叱《しか》ろうとしたとたん、ショーンがリモコンを奪い返そうとして突進してきた。

ラスの背後からリモコンを持つ手をつかもうとする。「返せよ、ばか！」

「やめろ、ショーン」ラスがリモコンを左手から右手に、前にうしろにと放り投げてはつかんでいると、ショーンがうなりながら身を翻してついてきた。

ラスの口から笑いがこぼれた。決して楽しいのではなく、苛立っているのだ。だが、どちらにせよ笑ったのはあまりいい考えではなかったようだ。気づいたときには、背中に飛びかかってきたショーンにスエットシャツのフードをつかまれていた。ショーンの重みのせいでバランスを崩して前のめりになり、シャツが引っぱられて首がのぞく。肌にフードがくいこんで喉仏を締めつけた。

「返せよ！」

ラスはリモコンをウエストに突っこんで両手を自由にすると、ショーンに怪我《けが》をさせないよう気をつけながら振り落とそうとした。「息ができないじゃないか、ショーン、くそっ、放すんだ」口が利けるのだから息ができないわけではないのだが、とにかく苦しかった。

ショーンは背中から滑りおり、ラスのウエストに手を伸ばしてリモコンを探った。

そのとき、玄関のドアが勢いよく開き、反動で壁にぶつかった。「ラス！　ショーン！」

ローレルだ。恐怖に顔をひきつらせている。「何をしているの？」

ラスが気をとられた隙を利用して、ショーンが彼の手を背中にひねった。

「ううっ、ちくしょう、やめろ！」ローレルに向かっておずおずと微笑む。「ちょっと意見の相違があってね。俺たちの関係のねじれを正そうとしているところなんだ」

「それだけとはとても思えないけど」

顔を真っ赤にしたショーンが罵《ののし》った。「くそったれの兄貴め。脳なしの、ばか面の、間抜け野郎だ」

もっとひどい言葉で呼ばれたこともあるが、弟の口から聞くのはいい気分ではなかった。ローレルにも、ショーンの唇の動きを読んでほしくない。

ラスはショーンの頭をつかみ、腰の高さまで前に屈ませた。これならローレルには見えないだろう。

体を起こそうともがいて、ショーンがラスの腕を叩いた。「ちくしょう！　放せよ！　げす野郎」

へえ、新しい表現だ。「口を閉じると約束するなら放してやる」

「わかった」

ショーンを信用するのは間違いかもしれないが、一日中つかまえておくわけにもいかない。ラスが手を離すと、ショーンは起きあがって髪を直した。ふたりとも激しく息を切らしている。ローレルは、まるで路上で放尿する酔っ払いを見るような目でふたりを見つめていた。

女性の扱いは心得たものだったのに。

「それで、どうして戻ってきたんだい?」スエットシャツのポケットにリモコンを入れながら、ラスは何げない口調を装ってきいた。

ローレルはごまかされなかったようだ。「バッグを忘れたの。それで歩道を引き返してきたら、窓からあなたが見えたのよ。喉を詰まらせたのかと思ったわ!」

喉を詰まらせた? ラスはショーンと顔を見合わせた。落ち着きなく足を踏みかえるショーンの口もとがわずかにほころんだ。ラスは顎をかきながら、ハイムリック法で彼に応急救命措置を施している弟の姿を想像した。ふたりはふたたび目を合わせ、こらえきれずに笑いだした。俺たちはとんでもないばかに見えたに違いない。ショーンがラスの腕を叩いた。

「ごめん」

「ああ、俺も悪かった」ショーンに腕をまわして首を抱え、髪にこぶしをすりつける。ふたりの関係が新しい段階に進んで、こうしてまた笑い合えるようになるとは驚きだった。

ローレルはもどかしげに脚をぶらぶらさせ、まるで宝くじに当たったようににやにやしているラスとショーンを見つめた。いったいどこがそんなにおかしいの?

ふたりは取っ組み合いをしていたのに。「ええと、それじゃ、バッグをとってくるわね」

バッグを置きっぱなしにしたまま忘れていったコーヒーテーブルのほうへ歩き始めた。

ショーンがそっと彼女の腕に触れた。まだレスリングのようにラスと体を絡ませ合ったままだ。「ねえ、ローレル、ピザを食べに行こうとしてたんだけど、一緒に来ない？」

ちらりとラスをうかがう。彼はショーンの首をはさむ腕に力をこめたものの、うなずいて言った。「一緒に行こう。頼むよ。そうしたら、俺たちが本当は行儀がいいって証明できるから」

ふたりに興味がわいてきて、ローレルはうなずいた。断ったとしても、家に帰ってひとりでサラダを食べるだけなのだ。「もちろん。誘ってくれてありがとう」

ふたりの兄弟――ひとりはすばらしく格好よく、もうひとりはひょろりとしているものの、確実に格好よくなりつつある――が、揃って笑顔を見せた。

その瞬間、ローレルは、ほんのちょっぴりだけ彼らに恋をしてしまった自分に気づいた。

一〇分後、三人はつややかなテーブルクロスがかかったブースにいた。ラスとショーンはローレルに口もとが見えるよう、向かい側に座ってくれている。彼女がスカーフを解こうとすると、ラスがテーブル越しに手を伸ばし、端をつかんで引っぱった。スカーフはするりと滑って彼の膝に落ちた。なんのつもりなのかローレルが尋ねようとしたとき、ショーンが軽く手首を叩いてきた。

「ねえ、耳はずっと聞こえないの？」

ラスがショーンを肘でつつく。

「なんだよ？」ショーンはわけがわからない様子だ。

「いいのよ、ラス。気にしてないわ」ローレルは答えた。「生まれたときからじゃないのよ。

三歳のときに髄膜炎にかかって、高熱がさがったときには耳が聞こえなくなってたの」

「ひでえや」

彼女は肩をすくめた。「どうかしらね。それほどたいしたことに思えなくて……。今はもう、耳の聞こえないことが私の一部になっているんですもの」

「それじゃ、手話で悪態のつき方を教えてくれる？」

ローレルは笑った。「じつを言うと、悪態はひとつも知らないのよ。一〇歳まで手話は習わなかったし、習っても純粋なASLじゃなくて指文字だったの。大学に入ってから、授業についていったり友達と出かけたりするために、必死でASLの文法を勉強したわ。でも、それも六年も前のことなの。悪態を教えてもらったとしても、忘れちゃった」

ショーンがウエイトレスからもらったストローを嚙んだ。ソフトドリンクのグラスに出し入れさせてはストローの中に液体を満たし、また口に含む。「残念だな。先生たちに気づかれずに悪態がつけると思ったのに」

「ごめんね」

「どこに住んでるの？」

「レイクウッドのエッジウォーター・ドライブよ」

ショーンがぱっと顔を輝かせた。「へえ。俺もレイクウッドで育ったんだ。アンドリューズに住んでた。来年になったらレイクウッド高校に通うはずだったんだけど、兄貴と一緒に住まなくちゃいけなくなってさ」彼は、急に顔色が変わったラスを親指で示しながら言った。

「だからジョン・マーシャル高校へ行かなきゃならない。最低だよ」

ローレルがなんと言ったらいいのか考えていると、ショーンが返事を待たずに続けた。

「ラスの家はクソみたいだろ？」

次の瞬間、彼は決まり悪そうにもぞもぞし始めた。「ごめん、その、クソなんて言うつもりはなかったんだ。ただ、あの家は解体したほうがましだって言いたかっただけで」

ラスは不服そうだ。「それほどひどくないぞ。ちょっと表面を直せばすむことだ。構造はしっかりしてるんだから」

「どう思う、ローレル？」ショーンがきいた。

「ええと」角が立たない表現を探す。「少し新しくしてもいいんじゃないかしら」

「な？　ちょっと新しくすりゃいいんだ」ラスがショーンを肘でつつきながら繰り返した。

「ローレルは見苦しいって意味で使ったんだよ。礼儀正しいからはっきり言えなかったのさ」

「本当のことを言ってくれ、ローレル。かまわないから」

くすんだ茶色のカーペットや黒ずんだオフホワイトの壁、くたびれて見えるソファやなんの飾りもない棚が脳裏に浮かび、ローレルは咳払いをした。キッチンは五〇年代風だが、お洒落《しゃれ》でレトロというより、あくまでも古びた雰囲気だ。半世紀のあいだ、誰も気にかけてこなかったみたいに。

「そうね、テレビ番組の『クイア・アイ・フォー・ザ・ストレート・ガイ』に応募して、大改造してもらったらどうかしら」

ショーンが頭をのけぞらせて大笑いした。ローレルは急いで訂正した。「家自体に悪いところはないの。ただ、温かみとか個性がないのよ。あなたらしさが伝わってこないわ」

ほっとしたことに、ラスはおもしろがっているらしい。「俺が不精者だということ以外はね」

ビールに口をつけ、彼は考えこんでいるような濃い色の瞳をローレルに向けた。昨夜、ゆっくりと確実に彼女の中に滑りこんできた瞬間を思いださせる瞳だ。

ローレルは赤くなった顔をナプキンで隠した。「不精じゃないわ。忙しすぎて室内装飾にまで気を配ってられないだけよ」

ラスが声をあげて笑った。「うまい言い方だな、ローレル」

ふたりのあいだで何かが交わされた。熱く親密なその何かがローレルを身もだえさせる。

「ゲームをしてくるからお金もらえる？」ショーンが片手を差しだしながら、ピザパーラーの向かいに並んだゲーム機を示した。

ラスがポケットに手を入れると、上腕筋がぐっと盛りあがった。彼はショーンに一〇ドル渡して言った。「しばらく向こうで遊んでろ」

ショーンがくるりと目をまわす。「わかってるってば。だけど、ピザが来たら戻ってくるからね」

ローレルは、ラスの引き締まった腿に触れそうになる誘惑から逃れるために体をずらし、脚を組んだ。「本気じゃないわよね」

「きみとショーンが仲よくやってくれて嬉しいんだ。いつもと違ってあいつが手を焼かせなくてよかったよ。だけど、きみとふたりきりになりたかった。俺と俺の下半身にとって、金曜日までは長すぎる」

あら、まあ。顔が火がついたように熱いわ。ローレルはテーブルの下でラスの……みごとなその部分が、デニムの生地を張りつめさせている様子を想像した。思わず唇を舐める。

ラスがうめいてベンチに座り直した。「かわいらしくて無邪気で、驚くほど高まっているあのときのきみが好きなんだ。くそっ、ピザパーラーでこんな気分になるなんて恥ずかしいよ」

「私たちのほかは誰も知らないわ」

「俺が立ちあがりさえしなければね」

「その点では女性のほうが得だと思わない？　興味を抱いているのを隠せるもの」

彼がローレルの胸に目を向けた。「完全には無理だよ」目の色が深みを増す。「すてきな雪のかけらだ」

まあ、どうしよう。

ローレルは手で顔をあおぎ、もっと危険が少ない話題に会話を向けようとした。「それで、警官になってどのくらいなの？」

ラスがぐいっとビールを飲んだ。「かれこれ九年になる。一月に三〇歳になったばかりなんだ。二一のときにパトロール警官から始めて、二年前に刑事になった。うちの部署は詐欺とか窃盗とか、文書偽造を扱ってる。ホワイトカラーの犯罪者もいるが、ほとんどは隣のやつの給与小切手を現金化しようとするような間抜けばかりだ」

「仕事は好き？」銃を持つことだけでも恐ろしいローレルには、警察官のように毎日危険に直面する仕事など想像もできなかった。

ラスは無言でビール瓶を上下になぞっていたが、やがてうなずいた。「ああ、好きだ。楽しんでいる。自分が意味のあることをしていると思えるんだ。わかるかな？」

「ええ、あなたの言いたいことはよくわかるわ」ローレルは椅子の背にもたれた。「私も以前はそんな仕事がしたいと思っていたの。聾学校の先生になりたかったのよ」

「どうしてならなかったんだ？」

「父が心臓発作で亡くなって、母のそばにいようとこちらに帰ってきたから。あれ以来大学には戻ってないわ。いつも私は、大学をあきらめたのは母のためだと思ってたの。罪悪感から母をひとりにできないせいだと」ソフトドリンクの中にあがってくる泡をローレルは見つめた。「でも違ったの。それは言い訳だった。私自身が家を離れるのを不安に思っていたの。大学はすごく楽しかったけど、怖くもあった。自分が適合できないんじゃないか、健聴者と聾者のあいだで身動きがとれなくなるんじゃないかと怯えていたわ。ＡＳＬのカリキュラムをこなせなくて、ほかのみんなに何も知らない落第生と思われるんじゃないかとびくびくしてた」

ずっと抱いていた疑問をようやく認めると、最悪の気分になるどころか胸のつかえがとれ、言葉では言い表せないほどの安堵感に包まれた。「だから、家に帰ってきたのは父が亡くなったからだけど、家に留まったのは私が臆病《おくびょう》だったせいよ」ローレルはラスを見つめた。「情けないでしょ？」

彼は首を振った。「そんなことはない。情けなくなんかない。不安になるのがどういうものか、みんな知ってるよ。俺だってショーンの人生をめちゃくちゃにしやしないかと怯えてる。きみと同じように、不安が俺から力を奪うんだ」

「口に出せるとは思わなかったわ」ローレルは、ゲーム機のハンドルを握って元気いっぱいに遊んでいるショーンに目を向けた。ラスとショーンのあいだに問題があるのは明らかだった。兄弟関係から急に親子関係に変わるのは、どちらにとっても難しいに違いない。「ショーンならきっと大丈夫。私はもうこれ以上怖がっていたくないの、ラス。なんにでもトライしたい。やりたかったことは全部。たとえ失敗に終わっても、それは仕方がないわ」

ラスがにやりとした。「セックスをしようと決めたのは間違いなくいい判断だったよ。きみは名手だとわかったんだからな」

息をのむローレルを見て彼は笑いだした。彼女はグラスをとりあげたものの、むせてしまいそうなので飲むのをあきらめ、かわりに紙ナプキンをもてあそんだ。今ラスの顔を見たら、恥ずかしさのあまりテーブルの下にもぐりこみたくなるに違いなかった。

ウエイトレスがピザを運んできてテーブル中央の台に置いた。それに気づいたショーンが急いで席に戻ってこようとして、進路をふさぐぽっちゃりした女性のうしろでうろうろしている。

ローレルは邪魔が入ったことに感謝した。ラス・エヴァンズといると、剝きだしの悩ましい感情が起こるのを抑えきれなかった。彼のことを必要以上に好きになって、手に入らないものまで求めてしまいそうになる。

奔放な女なら、一、二週間熱い情事を重ねたあとはなんの後悔もなく、振り返らずに去っていくはずだ。

けれどローレルが奔放な女だったことは一度もない。今さら変われるとはとても思えなかった。

11

ローレルを連れだそうと〈スウィート・スタッフ〉にやってきたラスは、ドアを開けたとたんお菓子の香りに包まれた。チョコレートや砂糖や香料、ナッツの香りがまじり合い、彼を圧倒する。

「こりゃすごい」気づく前に口から言葉が飛びだしていた。とんでもないところだな。嗅覚《きゅうかく》の乱交パーティみたいだ。

人生でこんなに多くのお菓子を目にしたのは初めてだった。倉庫ほどもある大きな店の通路は、あらゆる色合いの鮮やかな包み紙やぴかぴか光るキャンディであふれ返っている。そしてその真ん中にローレルがいた。入口に背を向けて、花瓶に入れたハート型の棒つきキャンディをあちこち並べかえている。彼女はここに、甘い香りと鮮やかな色に包まれたこの店にぴったり溶けこんでいた。

ローレルが体を屈めた。ジーンズが引っぱられてヒップに張りつく。

アルファベットのiの字に点を打つより速く、ラスは硬くなっていた。

彼女のほうへ行こうとした瞬間、ずらりと並んだジェリービーンズのキャニスターに目を奪われた。二〇個ほどの容器にはそれぞれサーバーがついている。帰る前に、忘れずにグレープ味のを買わなくては。それにしても最高の職場だな。ローレルが割引してくれるかもしれないぞ。

ラスがカウンターの近くまで行っても、彼女はまだ背中を向けていた。手を伸ばして、シャツとジーンズのあいだの剝きだしの肌を撫でてみようか。だが、そんなことをしたらローレルを死ぬほどびっくりさせてしまうかもしれない。

「もうすぐ終わるわ、ラス」

ローレルの背中を眺めながらエロティックな空想にふけっていた彼は、はっとわれに返った。どうして俺が来たことがわかったんだ？

うしろを振り向いてローレルがにっこりした。「ほとんどおしまいなの。もうちょっとだけ待っててくれる？」

「かまわないよ。そのへんを見てまわって、買うものを探してるから。割引してもらえるのかな？」

「三〇パーセントオフよ」

やったぞ。「いいね。ショッピングカートはある？」

ローレルがくすくす笑った。「あるわ。だけど冗談よね？」

「まあね」一メートル離れたカウンターの向こう側にローレルはいたのだが、ラスはもうこれ以上我慢できなかった。あたりを見まわして近くに誰もいないのを確認すると、彼女を引き寄せてすばやくキスをした。「どうして俺だとわかった？」

頬を真っ赤に染め、ローレルがラスを押し戻した。「誰かが近づいてきたら床の振動でわかるの。あなたはとてもしっかりした歩き方をしているのよ。それに、もっと近くまで来たらあなたのにおいがしたの」

ラスは腕をあげて脇のにおいを嗅いだ。さっきシャワーを浴びたばかりだから、石鹸の香りしかしないはずだが。

ローレルが、手に持ったハート型の棒つきキャンディをくるくる回しながら笑った。「そういう意味じゃなくて。なんていうか、あなた独特の……森を思い起こさせるようなフレッシュな香りよ」彼女は肩をすくめた。「おかしなことを言っていると思うかもしれないけど、私にとってあなたの肌はそういうにおいがするの」

おかしなことじゃない。とんでもなくセクシーだ。ラスはローレルをカウンターに押し倒して彼女が気を失うまでキスしたい衝動とたたかった。「俺の肌のにおいがわかる人間がいるとすれば、それはきみだ」

ローレルが息をあえがせた。顔にはあの〝そうよ、そうなの、次はどうなるの？〟という表情が浮かんでいる。この顔を見れば、何をするつもりでいたとしても、彼女の言うとおりに従ってしまうだろう。ローレルは激しいのが好きなのだ。

今夜はもうあんな間違いは犯さない。今度こそ彼女の体の隅々まで好きなだけ触れて味わい、舐めて、思う存分楽しむつもりだ。ぎりぎりまで彼女を追いつめ、彼女が身をくねらせて懇願するまで……。

ふたりはじっと見つめ合った。ラスはカウンターをつかみ、ローレルは棒つきキャンディをぎゅっと握りしめて。あんなに強く握っていたら、キャンディが溶けてしまうに違いない。

「早く終わらせてくれ」ラスは低い声でうなるように言った。

「急ぐわ」

「よし」

何か甘いものを買って気をまぎらわそう。彼はローレルに背を向けると、キャニスターのふたを開けて棒状のものをとりだした。「〈ピクシー・スティックス〉じゃないか」これには楽しい思い出がある。昔よく顔を上に向けては、中身をいっきに口に放りこんだものだ。ものすごく興奮した。六歳の子供にとってはコカインと同じ効き目があった。

五分のあいだで二度も誘惑を退けるのは難しい。ローレルをカウンターに倒してセーターをたくしあげるのは無理でも、〈ピクシー・スティックス〉ならまだ許される。ラスは紫色のスティックを破って中のパウダーを口に注ぎこんだ。口の中いっぱいに砂糖の味が広がり、唾液腺《だえきせん》が暴走を始める。

目に涙がにじんできた。くそっ、これは強烈だ。空になった袋に口を寄せて残りを舐めた。とてつもなくおいしかった。甘いキャンディを食べる喜びがひと袋に凝縮され、鋭い興奮をかきたてる。唾がどっとわいてきて、もっと欲しくなった。

「お金を払うのを忘れないでね」

コートを腕にかけたローレルがおかしそうに彼を見ていた。

「いくらだい？　五セント？」ラスは唇に残ったパウダーをぬぐってキャニスターに視線を戻した。「嘘だろ？　ひとつ五五セント！　ぼったくりじゃないか」

「インフレのせいよ」

「だろうな」ラスの目が〈ボストン・ベイクド・ビーンズ〉キャンディを見つけた。箱をつかんで振ってみる。「なんてこった！　それに〈ビッグリーグ・チュウ〉も、〈スラーピー・スティック〉もある。おいおい、マジですごいぞ」

ローレルが、ドアのそばに積んであったショッピング用のかごの山の中からひとつを彼に渡した。

「さすがにそれは必要ないと思うよ」

けれども一〇分後、かごはいっぱいになっていた。レジで、ラスはハート型の棒つきキャンディを一本手にすると、ローレルに差しだした。何かロマンティックで詩的なことでも言えればいいのだが、そんなタイプではない。「きみのように甘い」そう言うのが精いっぱいだった。

ローレルは目を見開いたかと思うとさっと身を翻し、キャンディを胸につかんだまま駆けていってしまった。

思ったよりずっと愚かなせりふだったらしい。

「まいった……」ラスはショッピング用のかごをレジカウンターに置いた。どうしたらいいんだろう。

途方に暮れて、〈キャンディ・ボタン〉を紙のシートから剝がし、ピンク色の粒を舌にのせる。うへっ。紙っぽくておばあちゃんの口紅の味がするぞ。追いかけていってローレルに謝るべきだろうか。だけど、何を謝るっていうんだ？

ふたりとも、真剣なつき合いをするつもりはない。楽しいセックス。それだけだ。洒落た言葉をかけてほしいのなら、選ぶ相手を間違ったんだ。

ラスはキャンディをつまんでシートに戻した。猛烈にむしゃくしゃしてきた。

ローレルは飛ぶように店内を横切り、スイングドアを思いきり押して倉庫に入った。立ち止まって息をつく。〈グミー・フィッシュ〉をいっぱいに積んだ台にもたれかかり、ラスにもらったハート型の棒つきキャンディを胸で握りしめた。ＡＳＬで悪態を習っておけばよかった。そうすれば自分に向かってやってみせるのに。

ああ、私ったらなんてばかなの！

ラスが赤いホイルに包まれた小さなキャンディを差しだして〝きみのように甘い〟と言ってくれたあの瞬間、もう少しで自制心を失うところだった。彼に焦がれる思いが胸にあふれてきて、愚かなことを口走ったり顔に表れている気持ちを読みとられたりしないうちにと、急いで逃げてきてしまったのだ。

ばか、ばか。ラスを好きになってしまったなんて。

こんなことあり得ないわ。

だけど間違いだとは思えない。いいえ、やっぱりだめ。私が本気で夢中になったりしたら、ラスはダッシュで逃げだすわ。彼に会えなくなるのはいや。今はだめ。まだセックスのすばらしさを味わいつくしていないんだから。

そのとき、誰かがローレルの腕に触れた。

びっくりして振り向いた彼女は、キャサリンの姿を目にしてほっとした。心配そうにキャサリンがきいた。「ねえ、大丈夫？　気分が悪そうに見えるけど」

まさしく、気分はよくない。ローレルは手を振って震える息を吸いこんだ。「なんでもないの。ちょっと正気を失っただけ」

「ようこそ、あたしたちの世界へ。これで一般人の仲間入りよ。おめでとう」キャサリンは黒縁の眼鏡を鼻に押しあげた。「レジでお客が待ってるからもう行かなくちゃ。あんたが在庫の中で倒れてやしないか、確かめに来たの」

「ありがとう、大丈夫よ。それと、レジのお客さんは私の知り合いなの。私の割引を使って精算してくれる？」

キャサリンの眉がつんつん尖らせた前髪の中に消えた。「知り合い？　それって、いとことかおじさんとか兄弟みたいなもののほう？　それとも、彼氏とかデートの相手とかセックスパートナーのほう？」

「最後のよ」

「いやだ、嘘でしょ」感心したようにキャサリンが言った。「そりゃ、ずっと嬉しそうにしてても不思議はないわね。わかった、それじゃあ、あんたのマッチョの会計をしてくるわ」

ローレルはキャサリンのあとからついていった。キャサリンに〝マッチョ〟と呼ばれたことをラスに教えてあげようかしら。だけど、彼はばかにされていると思うかもしれない。

レジのあたりをうろうろしているラスは、とても大きく見えた。前に見たときとはべつの野球帽をかぶっている。彼は帽子のつばを持って脱ぐと、髪を整えてからかぶり直した。

私にはハンサムすぎる人だわ。

セクシーすぎる。大胆すぎる。

それに私が彼のタイプだとも思えない。濡れたTシャツコンテストに出たことも、缶から直接ビールを飲んだことも、森の中でセックスしたこともないのだから。

それが問題というわけではない。ふたりともが求めているのは後腐れのないセックス。それだけなのだから。

ラスが顔をあげ、ローレルを見つけた。あまりにじっと見つめてくるので、歩くペースが無意識に遅くなる。彼と顔を合わせるのが怖かった。顔に出ているに違いない、彼への思いを読みとられるのが怖い。

キャサリンが話しかけたのだろう。ラスが彼女を一瞥《いちべつ》して何か答え、お菓子の山をカウンターに並べ始めた。ローレルはキャサリンがレジを打つあいだにラスのそばへ行き、空のかごの横に自分のバッグを置くと、彼の前から逃げだしたことなどなかったふりをしようとした。

けれどもラスに顎をとらえられ、彼のほうを向かざるを得なくなった。「大丈夫か？　もう少しで吐きそうだったと彼女に聞いたんだが」

そこまで言うと嘘っぽく聞こえる。しかしローレルはうなずいていた。「ちょっと胃が……」そう言った瞬間、すぐ目の前にある温かくて巧みなラスの唇に目を奪われた。「おなかが空《す》いてるんだと思うわ」

これは完全な嘘だ。だけどこのほうが、吐きそうになるくらいあなたのことを思ってるという真実を告げるよりよほどましだ。

ラスの親指がローレルの顎をこすった。「言ってくれればよかったのに。きみが腹を空かせてるあいだ、俺はつまらない買い物で時間を無駄にしてたんだ」

「違うの。じわじわ空いてきたのよ」顔に嘘と書いてあるのを読まれないよう、ローレルはハート型の棒つきキャンディをカウンターに置いた。

ラスは顎を放してはくれたものの、逃してはくれなかった。ローレルを脇にぴったり引き寄せて腕をまわし、頭のてっぺんにさっとキスをした。

「夕食までのつなぎにチョコレートを食べておくといい」チョコレート・ナゲットの包みを剝いてローレルの口に放りこんだ。彼の指はすぐには離れず、耐えきれなくなったローレルはついに自分から頭をうしろに引いた。ラスの瞳が陰る。彼女は目をぎゅっと閉じ、心臓をドキドキさせながらキャサリンに視線を移した。それが失敗だった。

友人は目を丸くして、親指にはめた指輪をひねっていた。やがて、頭がおかしくなったのかと思うほどにやにやし始めた。「そう、あんたがローレルの友達？　ここで見かけるのは初めてだよね」

ローレルはコクのあるチョコレートを食べながらキャサリンを睨み、目で送っている合図に彼女が気づいて、さっさと勘定をすませてくれることを祈った。好奇心をかきたてられるものの、ラスのほうに顔を向けて彼の返事を読むのは我慢する。彼がどんな返事をしようと、問題ではなかった。

それよりキャサリンが口にするかもしれない恥ずかしい話のほうが知りたくなくて、コートを着ると首のスカーフを整えることに専念した。会計を終えたラスがお菓子でいっぱいのビニール袋を手にするころには、手袋をはめ、コートのボタンを留めて、バッグは肩にかけていた。

キャサリンに手を振り、ほっとしながら入口のドアに向かう。外に出ると突き刺すような冷たい風がコートの下まで入りこみ、ローレルはぶるっと体を震わせた。ラスはすぐそばにピックアップトラックを停めていて、彼女のためにドアを開けてくれた。運転席に乗りこんだ彼がエンジンをかける。ローレルは顔にかかった髪を払いつつ、何を話そうか考えた。

先に口を開いたのはラスのほうだった。眉をひそめている。「本気であの子と出かけるつもりなのか？　ホチキスを持つ手が滑って顔の半分に穴を開けたように見えたぞ」

「キャサリンはいい人よ。外見で少し人をぎょっとさせようとしているの」

「きみと一緒にクラブへ行くと彼女が言っていた。ローレル、本当にそれがいい考えだと思うのか？　その、きみはああいう場所へ行ったことがあるのかな？　彼女の仲間はかなり荒っぽいかもしれないぞ」

胸に困惑がこみあげ、ほとんど空っぽの胃の中で胃酸がぐるぐるまわり始めると、今度こそ本当に気分が悪くなってきた。ラスの気遣いが嬉しい反面、腹立たしくもある。つまり彼は、私が自分の面倒も見られないと考えているのだ。

「ただのダンスクラブよ。荒っぽくてもたかが知れてるわ」

ラスは答えなかった。乱暴にギアを入れ、駐車場所から車を出した。

「どこへ行くの？」

彼が何か言ったとしても、ローレルにはわからなかった。彼女はため息をつくと窓ガラスに額をつけた。今夜の予定はキャンセルして家に送ってもらうよう頼んだほうがいいかもしれない。

私が何か愚かなことを言ってしまわないうちに。たとえば彼に恋してしまったとか。

ラスはどこへ向かっているのか、自分でもわかっていなかった。金曜日に会おうとローレルに約束したときは、軽く食事をしたあと映画のＤＶＤを借りて彼女の家に帰り、ベッドで寄り添い、裸になることを考えていた。

だが今は、ローレルのような女性にそれはふさわしくないと思えて仕方がなかった。彼女はきっと、本物のリネンのテーブルクロスや、ねじ蓋《ぶた》式ではないワインを置いている立派なレストランに慣れてるのだろう。バレエとか美術館とか、そういうところへ連れていくべきなのかもしれないが、どうしてもその気になれなかった。ラスはタイツ姿の男に興味はないし、絵の具を散らしたキャンバスを見つめていたら立ったまま寝てしまいそうだった。

それに彼の格好はいつものジーンズとTシャツに野球帽なので、高級レストランに行くのも問題外だ。一度帰って着がえたら、食事をするまでに一時間半くらいかかってしまうだろう。ローレルはすでに気分が悪くなるくらいおなかを空かせているというのに。

くそっ。ラスは自分に苛立ちを覚えながら、車をガソリンスタンドに入れた。

「ローレル。洒落たレストランで食事をしてから美術館へ行きたいか?」

彼女が驚いて目をぱちくりさせた。「べつに。あなたは行きたいの?」疑わしげにきく。

ラスは首を横に振った。

ローレルが口の端をちょっとあげ、いい子が悪い子に変わる瞬間のような生意気な笑みを浮かべた。「サブマリン・サンドイッチを買ってまっすぐ家に帰れたら、って考えていたところなの」

俺たちにもひとつは共通点があるらしい。お互いに対する激しい欲望をあり余るほどたくさん持っている点だ。

「いい案だ、ウサギちゃん」ラスはローレルの鼻の頭に軽く触れると、制限速度三〇キロオーバーで車を走らせた。パトカーに停められたらバッジを見せればいい。

これは緊急事態なんだ。

もしローレルを自分のものにできなければ、俺は死んでしまうに違いない。


ラスがサンドイッチを食べながら、食べたいものはほかにもあると言わんばかりの目でローレルを見つめている。

店内で食べることにしてよかった。持ち帰りにしていたら、きっとサンドイッチは無駄になっていただろう。それに先ほどは空腹だと嘘をついてしまったけれど、彼女はもともと、きちんと食事をしなければ吐き気がしてくるタイプなのだ。

ラスが投げかけてくる挑発的な視線を無視しようと努めながら、ローレルはこぼれたレタスをつまんで口に入れた。「ディーンのことを尋ねもしなかったわね」

「今はあいつのことなんか考えたくない」

きっと本心なのだろう。彼はローレルより、ものごとを区別して考えるのが得意そうだ。彼女のほうは一週間ずっとラスのことで頭がいっぱいで、彼が自分の中に入ってきたときのことばかり考えていた。それと、トレヴァー・ディーンのこと。誘いを断られてディーンが怒っているのではないかと心配だった。それからラスの弟のショーンが、兄にずっと敵意を抱いているようだったのが気になっていた。

でも目の前にいるラスは、今のところ、私が心配していることのどれも頭にないみたいだ。

彼はただ、欲望をつのらせているように見える。もし来世で男に生まれ変わったら、どんな感じかわかるのかしら。

だけど、脚のあいだにいつもぶらさげて歩くのは大変そうだわ。

「彼、私が誘いを断ったのが気に入らなかったみたいなの。長いあいだ返事がないと思ったら、次のメールではなんだか横柄だったわ」

「横柄？」ラスがイタリアン・サンドにかぶりついた。

「ええ、〝約束してたのに。でも、まあいいよ〟みたいな感じ。横柄でしょ」

「横柄な詐欺師か。実物に会うのが楽しみだ」

「どのくらい彼を待たせておけばいいの？」

「ほかの証拠をもっとつなぎ合わせられるまで。難しいと感じたら、すぐに連絡を絶つんだ。本当はやつとかかわってほしくないんだが」

「大丈夫よ」ローレルが断言したのは、そうしなければならないと思えたからだ。詐欺師とメールのやりとりをするのは無理だとラスに思われているのがわかるたびに、彼女の決意は強まった。

ラスが何か言ったみたいだが、サンドイッチで唇が見えなかった。悪態だったようなので、見えなくてかえってよかったのかもしれない。

「ところで、ショーンはどうしてるの？」実際にききたいのは〝どれくらい一緒にいられるの？　ひと晩中？　そうだと言って〟だ。

「前の学校の友達の家に行ってるよ。そこに泊めてもらう予定だ」

ああ、そうなのね。

「以前の友達と切り離すべきじゃないと気づいたんだ。俺の家に引っ越してきたからには新しい友達をつくって新しい生活にすんなりなじんでくれればと願ってたんだけど、あいつに新しい友達はできていない。前の学校の友達を訪ねてあちこち送っていくのが少しくらい面倒でも、あいつにとっては重要なことだとわかったんだよ」

いいお兄さんで、いい人だわ。ローレルはラスにキスしてあげたくなった。「それはいい考えだと思うわ、ラス」

彼がサンドイッチの包み紙を丸めた。「さあ、ここから出よう」

それはもっといい考えね。

12

ローレルの家のガレージを抜け、キッチンのそばのマッドルームに着くころには、ラスはあと六〇秒すら待てなくなっていた。コートの襟をつかんで、彼女がびっくりしてもらした叫びを欲望と欲求不満をこめたキスでふさぐ。

たちまちローレルの体から力が抜けた。手がラスのウエストに落ち、舌は懸命に彼の動きに合わせようとしている。ラスは待たなかった。ローレルを抱え直す時間さえ惜しんで熱く性急な激しいキスを続けると、さらに欲求に火がつき、体のいたるところがドクドクと脈打ち始めた。

彼女はおいしい。〈ピクシー・スティックス〉よりもっと甘く、激しく興奮をかきたてられる。それに強烈だ。

舌でローレルのふっくらした下唇をたどり、はさみこみ、驚きながらも彼を受け入れるうめき声まで存分に楽しむ。手はまだ彼女のコートをつかんでいたので、袖を引っぱって脱がせ、そのまま床に落とした。

「ボタンで留めるブラウスでよかった」ローレルがつけている、筆記体のLをかたどったネックレスがちょうど彼女の胸の上にきていた。ラスは自分の腰に置かれているローレルの手を感じながら、ちらりとその胸元をうかがった。

なんでもない普通のブラウスからかすかに胸の谷間がのぞき、ネックレスが誘うように揺れている。ローレルが動くたびにボタンが引っぱられて生地が張りつめる。その光景は、彼女がテーブルの上でストリップをするのと同じくらいラスを惹きつけた。

いや、ストリップは大げさか。だがハイヒールと下着姿のローレルがくるりと回転する様子が頭に浮かんだとたん、彼は気絶しそうになった。だめだ、今はブラウスのボタンを外すことに集中しなければ。

まずはローレルの首に顔をうずめてかすかな香水のにおいを吸いこみ、優美な曲線に舌を這わせて彼女の震えを感じとる。それからもっと下へ進み、ブラウスのいちばん上のボタンを外しながらネックレスを通りすぎ、胸のふくらみに口づけた。

ラスのジーンズのウエストに置かれていたローレルの手がぎゅっとつかんでくる。

「階上へ行ったほうがいいんじゃない？」

「すぐ行くよ」胸にキスしながら答えたので、彼女にはわからなかっただろう。

ラスはブラの上から肌を吸い、もうひとつボタンを外した。ブラに何度も唇をこすりつけると、生地が透けてその下の肌がうっすら見えてきた。

ああ、なんてきれいなんだ。口もとがローレルに見えなくてよかった。この信じがたいほどすばらしい姿や感触や味を、うまく表現する言葉が見つからない。彼女はまるで……贈り物だ。受けとる資格があるとは思えないけれど手に入れられて嬉しい、そんな贈り物だ。

ボタンを外し終え、ブラウスの前が開いた。ブラのフロントホックも外してこぼれでた乳房を両手で受け止めると、ローレルが苦悶《くもん》の叫び声をあげた。

「ラス、お願い。ここではだめよ……マッドルームでは」

どこにいるのかすっかり忘れていた。周囲を見まわすと、編んだラグの上に靴が並び、洗濯機と乾燥機、それにアイロン台があった。隅にはオレンジ色のクッションを置いた小さなベンチが見える。彼は体を起こしてローレルのブラウスを閉じた。

「ごめん、すまなかった。きみがあんまりすばらしくて……いい気持ちだったから」ラスは指で髪をすいた。見おろすと彼女のブラウスがまた開いてしまっていたので、震える指で真ん中のボタンを留めた。

「いいのよ、ただ、落ち着かなくて。マッドルームで、その……するのはいやなの」

ローレルの言葉は少し不明瞭《ふめいりよう》で、目もぼうっとしていた。あらわになった胸に鳥肌が立っている。

ラスはジャケットを脱ぎ捨て、さらにブーツを蹴って脱いだ。彼女の手をとり、そこで急に思いついてお菓子の袋もつかんだ。

ローレルが小さく笑った。「なんのためにお菓子がいるの？」

「セックスのあとでタバコを吸うやつもいるが——俺の場合はキャンディなんだ。さて、階段はどこだ？」

彼女が指差した先には、以前キッチンから三階へあがったときに使った階段があった。この階段ならわかるぞ。ラスはローレルを引っぱり、ほとんど走るようにして階段をのぼった。おかげでドアの開いた彼女の部屋へ着くころには、ふたりとも笑いながら息を切らしていた。ラスは軽いキスのつもりで頭をさげた。ところがローレルがラスの首に両腕をまわして脚を絡め、舌で誘うように彼の唇をたどった。

思わずうめいてうしろにさがる。「おっと、落ち着いて、ウサギちゃん。まず最初にやらなくちゃならないことがある」ラスはオレンジ色の毛のかたまりを探して、さっと部屋の中を見渡した。「フェリスはどこだ?」

「わからないわ」ローレルがソファを見た。「私が留守にしているときは、いつもあのソファかベッドにいるんだけど」

そのとき、ラスはデスクの脇からベッドのほうへこそこそ動く猫を見つけた。ベッドの下に隠れて、まさにそのとき、という瞬間を狙ってラスを攻撃するつもりでいたのは間違いない。彼はさっと突進すると、うしろから猫をつかんですくいあげた。毛は柔らかくよく手入れされているものの、猫にしてはかなり大きい。「少し重すぎないか?」

大きな体なので抱えるだけでも難しいのだが、フェリスがうしろ足でラスの腹部に蹴りを入れようとするので、さらに扱いにくかった。

「ちょっと太りすぎかもしれないわね」

ラスは眉をあげてローレルを見た。彼の指は猫の体まわりについた脂肪の襞《ひだ》のあいだに埋まっている。「ちょっと？　こいつ、中身がパンパンに詰まってるぞ」

　髪をもてあそびながらローレルが言った。「摂食障害なのよ」

　彼女は俺をからかっているのだろうか。

　ラスはフェリスを一階まで運んでバスルームかパントリーに閉じこめるつもりでいたが、突然手首に爪を立てられ、悪態をついて放してしまった。廊下を飛ぶようにしてフェリスが逃げていった隙に、急いでベッドルームのドアを閉める。ずっと廊下の向こうにいてくれればいいんだが。

「どういう経緯で猫が摂食障害になったんだ？」それできみはどうした？　まさかカウンセリングでも受けさせたのか？

「初めてフェリスに会ったのは子猫のときで、排水溝に落ちていたの。おなかを空かせて死ぬほど怯えてたわ。きっと一週間くらいそこにいたのね。家に連れて帰ると、食べ物に過剰な関心を示すようになったのよ。悲劇的な体験のせいね」

　聞かなければよかった。「少し運動が必要じゃないかな」

「猫をどうやって運動させるの？　ピラティスのDVDを見せる？」

　ラスは笑った。「違うよ。そういうつもりで言ったんじゃない」

　どういうつもりだってかまうもんか。猫のことなんて今はどうでもいい。

　彼はさっき留め直したローレルのブラウスのボタンに指を引っかけ、前後にゆすった。

「きみのベッドルームのほうがいいんだろう？　するのに」

自分が口にした言葉を繰り返されて、彼女の頬が赤く染まった。それでもあとへは引かない。「ええ、ここのほうがいいわ、するのには」唇を舐めてささやく。「イクのに完璧な場所だから」

まいったな。ローレルのセクシーな言葉が、すでに熱くなっている体の隅々にまで広がっていくのがわかる。ラスはこわばった指を動かした。ボタンを外されたことに気づいて彼女が小さなかわいい口を開けるのと同時に、ブラウスの前がはらりと開いた。

ローレルはブラをつけ直していなかったので丸くなめらかな胸があらわになり、ラスをじらすように先端がぴんと尖っているのが見えた。飛びかかる寸前で自分を抑え、彼は身をのりだして乳首を口に含んで舌を這わせた。温かい。

ローレルがはっとラスの腕をつかむと力をこめた。くまなく彼女を味わいたくて、片方の胸から反対側の胸まで肌をたどっていく。ブラウスを押しのけ、ブラのストラップを肩からおろし、手首に絡まるままにした。ローレルは自分から手を引き抜いてブラウスをふるい落とすと、ラスのＴシャツをつかんでジーンズから引っぱりだした。

「好きにしてくれ」鎖骨に沿ってキスを散らしながら、彼は言った。なめらかで柔らかくてすべすべした――自分とはまったく違う――女性の体が大好きだった。なかでもローレルは格別なめらかで、サテンのような肌に唇を滑らせていると、ここまで到達して秘めやかな場所に触れた男はこれまでにひとりしかいないことに思いいたった。それもすでに遠い昔の話だ。

今は俺がローレルに触れている。彼女に歓びを与え、クローゼットの奥にしまいこんでいた情熱を引きだすことができるのは、俺だけなのだ。そして彼女が与えてくれるすべてを享受できるのも。

すでに目で楽しみ、味わい、歓びを覚えた今では、もっとたくさん欲しくなった。ラスはローレルのジーンズのボタンを外し、ファスナーをおろした。首筋にキスをして脈打つ場所を吸いながら、片手をジーンズの中に入れてパンティを覆う。つややかな生地は綿菓子を思わせるくすんだピンク色だった。彼は手に力をこめて肌を押した。

「いい気持ちだ」反対の手でローレルを支えながら親指を行き来させていると、彼女の脚のあいだから熱が伝わってきた。興奮で自分の息があがり、下腹部の緊張が増すのがわかる。

ローレルの手がラスの腹部から胸へと動いた。好奇心に満ちた指が胸毛をつかんで引っぱる。彼がパンティの中に手を滑りこませると、反射的にローレルの体がびくりと跳ねた。ラスはゆっくりと指を進め、彼女の準備が整っていることを確認して手を離した。

ローレルが抗議のすすり泣きをもらして胸をつかむ手に力をこめても、彼は相手にしなかった。まずは服を脱がせてからだ。彼女の全身を目で見て、触れて、味わいたい。とくに脚のあいだに舌を這わせたかった。ラスは一歩うしろにさがってTシャツを脱いだ。じれったさについ荒々しくなりながら、ローレルがジーンズを脱ぐ手助けをする。

切羽詰まっていた。こんなふうにどうしようもなく欲しくなるのは初めてだ。

ベッドに腰かけたローレルが宙を蹴って力任せにジーンズを脱ごうとしていた。ラスは彼女の脚のあいだに膝をついてジーンズのウエストに手をかけ、裏返しになるのもかまわず引っぱった。ソックスを脱がせると、時間をかけて探索している余裕がなくなった。ただローレルのすべてが欲しい。のしかかって中に入りたい。

「ローレル、きみはすばらしい」自分も脱ごうとしてジーンズに手をかけたとたん、彼女の姿が目に入り、ラスは動けなくなってしまった。髪を肩に垂らして胸を突きだし、膝を開いて、顔にはきらきらと熱っぽい表情を浮かべている。

だが称賛をこめて見とれていた彼を、そのローレルが心臓が止まるほど驚かせた。興奮したラスのほんの数センチ先でベッドから腰を浮かし、ダークブロンドのカールとつややかな白い肌をあらわにしながらパンティを脱いだのだ。

「ああ、そうだ、ベイビー、きれいだ」触れたくてたまらないのに、ラスは動くことも息をすることもできなかった。

ローレルはさらにパンティを膝の下まで押しさげ、彼のすぐ目の前ですべてをさらけだした。たまらずラスは彼女のヒップをつかみ、彼女を釘づけにするように指を沈めた。

「何をしているの?」膝と腰をおろそうともがきながらローレルがきいた。

ラスは彼女に覆いかぶさってふたりの隙間を縮め、熱く潤った部分に顔をうずめた。これが答えだ。

ローレルの体内で歓喜が爆発した。ラスの舌を感じたとたん、ショックと恥ずかしさが全身を覆いつくす。彼が何をしているか、まったく知らないわけではなかった。テレビで『セックス・アンド・ザ・シティ』を見ていたのだから。けれども、目を剝くほど強烈で、どうしようもなく燃えあがる〝今すぐちょうだい〟的なセックスを、この瞬間まで本当の意味で理解できていなかったのは確かだ。

両手でしっかりと腰をつかんだラスの舌が、信じられない反応を引き起こしながら入ってくる。揺れる彼の頭を、動き続ける舌の先を、ローレルは見つめた。快感がどっと押し寄せ、筋肉が張りつめる。ぐっと手を握りしめると、目を閉じて歯をくいしばった。

何もかもが逼迫《ひっぱく》し始め、ラスの舌を深く迎えいれようとして腰が持ちあがる。そして次の瞬間、ローレルはガラスのように粉々に砕け散った。

そうよ、そうよ、そうよ。頭の中で言葉が渦巻く。声に出しているのかしら？　わからないけど、そんなことどうでもいい。

まるでジェットコースターに乗って急降下するみたいな、熱く激しい、あっというまの爆発だった。興奮と熱狂に包まれて飛んでいく。

脚に力が入らなくなり、ラスに支えられていてもこれ以上腰をあげていられなくなった。心臓をバクバクさせながらベッドに倒れ、顔を横に向ける。太腿のあいだからこちらを見つめている、あの深みを増した暗い瞳と目を合わせることはできなかった。額に落ちてセクシーさを醸しだすキャラメル色の髪を見ることも。

あまりに生々しく親密な瞬間だった。行きずりのセックスがしたいと言ったときは、それがどれほど刺激的で体が汗ばむものか理解していなかった。すばらしいセックスが生みだすつながりを、これほど自分が楽しめるとは知らなかった。つかのまの浮ついた楽しみであるはずのものから、これほどの喜びを感じることができるとは思わなかった。

ローレルは唾をのみこみ、息を吸いこんだ。ラスがうしろにさがったのでふたりのあいだに空間が生じ、敏感な場所にかすかな風を感じると、全身に小さな震えが広がった。オーガズムの余韻で内側の筋肉が脈打っていたが、欲望は少しもおさまらない。

ラスがさっと手を伸ばして彼女の顔を自分のほうに向けさせた。優しく触れるのではなく乱暴に揺する、〝俺を見ろ〟という命令だった。迷いのない彼の膝に脚を割られ、興奮とおののきが相まってびくっと体が跳ねた。これ以上受け止められるのか、体がついていくのか、自信がない。

「きみを奪うあいだ、俺を見ていてくれ」そう言うとラスは、すばやくひと突きでローレルの中に深く身を沈めた。

快感が鋭い鞭《むち》のように弾け、ローレルはキルトのカバーをつかんでこらえた。今回はベッドをめちゃくちゃにする余裕もなかったので、ふたりとも裸でカバーの上に横たわっている。優しく接しようとした初めてのときと違い、ラスは激しく突いてきた。

ローレルは彼の顔を、歯をくいしばって目を細める様子を見つめた。筋肉がすばやく動くにつれて肩の緊張が増していく。カバーを放すと彼女は脚を上にあげてラスに巻きつけ、自ら動き始めた。

彼に合わせてお互いの体をぶつけると、思わず小さなうめき声がもれた。どうしよう、これは本当にすごいわ。これこそ私が求めていたもの。いいえ、その一二倍はすごい。

名前を呼ばれたような気がして、ローレルは顔をあげた。ラスの口から彼女の名前が発せられるのを見たその瞬間に、体の奥で彼が爆発した。ローレルは本能的に力をこめ、脈打つラスを締めつけた。そして自らも解放の瞬間へと突入するのを感じた。

最初のときと比べるとはるかに緊張の解けた、長く続く気だるい快感だった。ローレルはラスに体を押しつけ、彼の背中に爪を立てた。

ラスは横向きに転がって、まだつながったままの彼女を自分の上に引っぱりあげた。頭を振ると、ごくりと喉を鳴らして言う。

「くそっ、ローレル。ゆっくりやるつもりでいたんだ。それなのにきみと目が合ったとたん、自分が抑えられなくなった。クライマックスに達したときのきみはすばらしかったよ」

「どちらのとき?」枕に頭をもたせかけ、指でラスのヒップをなぞりながらきいた。硬くて引き締まったすてきなお尻だわ。

声をあげてラスが笑った。「両方ともだ」

「ねえ、あなたにはわかってると思うけど、今までにオーガズムを感じたことはなかったの。その……」言葉が出てきてくれず、ローレルは手話で続けた。両方のてのひらをぱんぱんと二回打ち合わせてからVサインをつくる。

ラスが彼女の手を見おろした。「どういう意味なんだ?」

ローレルは顔に赤みが差してくるのを感じながら唇を噛んだ。それでも彼が離れてしまわないようにと、少し腰をよじる。「性交、セックスよ」

「もう一度やってみせてくれ」

横向きに寝ていたので、今度はバランスを崩しかけてしまった。いつものように明瞭な手の動きではなかったが、ラスは細部まで完璧に彼女の動きを繰り返してみせた。

まあ、すごい。彼が手話を使うだけでもセクシーなのに、にやりとしながら話しかけられると、体中の皮膚がちりちりしてくる。彼が動いて体を離してしまったときには、声がもれそうになった。

「その手話は覚えておいたほうがよさそうだな」ラスが言った。「いつかきみにセックスしてくれと懇願するときのために。きみを説き伏せる助けになってくれそうだ」

懇願する必要があるみたいに言うのね。ローレルはどうなるのか考えもせずに、指でラスの顎に触れて言った。「もう私を説き伏せているわよ」

ラスは横になったまま、驚きに紅潮したローレルの顔を見た。いい気分だ。ものすごくいい。彼女と一緒にいるのが好きだった。ろくでもないことばかりの人生に小休止が与えられたみたいだ。ローレルといると安心して優しい気持ちになれた。セクシーな気持ちにもなる。ああ、彼女はなんて魅力的なんだ。

〝私にちょうだい〟というあの表情を投げかけられただけでも絶頂を迎えてしまいそうだった。

今の感情を伝える言葉が見つからず、ラスはローレルの腫れた唇にキスをして彼女を腕に包みこんだ。仰向けになり、自分に覆いかぶさるように彼女を引っぱって、柔らかい体がぴったりくっつく感触を楽しむ。

ローレルが居心地のいい体勢を探して胸を合わせたまま身をよじり、ラスの肩に頭をもたせかけた。彼はヘッドボードにつくまでふたりの体を引きあげると、ため息をついて枕に頭を落とした。

そのとたん、頭に何か硬い物体がぶつかった。

「うっ、ローレル、いったい枕の下に何を置いてるんだ？」

「なあに？」彼女が顔をあげた。ラスは頭のうしろに手を伸ばし、レースの枕の下を探り始めた。

「枕の下に何があるんだ？　もう少しで頭を打って気絶するところだった」

「あら、私のバイブレーターだわ」

手探りするラスの手が止まった。「きみの、なんだって？」嘘だろ、枕の下に置いてるっていうのか？　衝撃的だった。それに……興奮した。脳裏には、ローレルがひとりでベッドに横たわり、脚のあいだに手を伸ばして、潤い、身もだえするまで自身を慰めている姿が浮かんだ。そしてバイブレーターを……。

「私のバイブレーターよ。ほら、見せてあげる」

いや、べつに見なくてもいいんだが。空想するだけのほうが、現実を突きつけられるよりいい場合がある。それにもしかしたら、小さな機械に嫉妬《しっと》してしまうかもしれない。「いいんだ、本当に、見せてくれなくても俺は……」

ローレルが四角い物体をとりだした。彼がこれまでに知っている、どんなバイブレーターとも似ても似つかない形だ。といっても、若いころにポルノ映画でときたま目にした以外、実際に見たことはなかった。それでも彼女が手に持っているそれは、これまでの経験から考えても、人間の体にうまく作用するとは思えなかった。

ローレルがラスの肩にバイブレーターを当ててスイッチを入れた。そのとたん、彼はベッドから転げ落ちそうになった。なんだこれは。どんな快感が得られるのか知らないが、俺は絶対に使いたくないぞ。

「わかった？　私の目覚まし時計なの。音が鳴るかわりに振動するのよ」

ラスは枕にばったりと倒れこんで吹きだした。ちぇっ、俺は変態か。ローレルは目覚まし時計の話をしてたんだ。小さな機械が肩のあたりでブンブンうなってかなりの刺激が伝わってきた。これならぐっすり眠っていても起きられるだろう。

「何がそんなにおかしいの？」困惑顔のローレルがバイブレーターのスイッチを切った。

「俺はまた、べつの種類のバイブレーターかと思ったんだ。アダルトショップで買うようなな」

彼女の口があんぐりと開いた。「まあ……まあ」

「興味をそそられる光景がいろいろ頭に浮かんだよ」

まだ消えていない。ラスはローレルのヒップの上で手を広げ、じらすように撫でた。

「そんなの持ってないわよ！」彼の顔を正視できないらしく、ローレルがうしろの壁に向かって叫んだ。だがあまりにも顔が赤いので、その言葉は嘘ではないかと思えてくる。

「残念だな。きみが自分を歓ばせるところを見たかったのに」実際のところ、ラスはすでにふたたび硬くなっていた。

「どこに置いてあるんだい、ローレル？」白いナイトスタンドに手を伸ばして、引き出しを開けようとするふりをした。「ここかな？」

「だめ！」ローレルがラスの腕をつかんで予想外の強い力で押しとどめた。

取っ組み合っているうちに、おかしさとともに驚きがわいてくる。ふざけてローレルの手を振り払おうとすると、彼女はますます力をこめてきた。身をのりだして必死で止めようとしている。手を振りまわした拍子に、ナイトスタンドに積んであった本が大きな音をたてて床に落ちた。

「お願いだからやめて」息を切らしてローレルが懇願した。

ラスは急いで手の力を抜いた。ふざけていただけだが、彼女がパニックを起こしているのを見て、悪いことをしてしまったと思った。「もうしないよ。からかっただけなんだ、ウサギちゃん」そして唯一届くローレルの顎にキスをした。「放しても大丈夫だ。約束する」

アダルトグッズを使う心の準備はできていないのだ。それはラスも同じだった。彼はそのままのローレルが好きだった。すべて彼のもので、温かく熱意にあふれた彼女が。

砂糖みたいに甘い彼女が。

ローレルがラスの手を放した。

「お菓子の袋はどこへいった、ローレル？」

「ドアのそばよ」頭がおかしくなったのかしら、と疑うようなローレルの視線がラスに向いた。「本当にキャンディが食べたいの？」

「飢えてるんだよ」ラスは嘘をついた。「それにかなりカロリーを消費したからな。糖分が必要だ」袋をとりに行こうと、彼女のヒップをぽんぽんと叩いて体の上からおりてくれるように促した。

「私がとってくるわ」

ローレルがベッドをおりて部屋を横切っていく。胸を手で覆っているのは寒さのせいか、それとも少し恥ずかしいのだろうか。両方かもしれない。ラスは目をそらさなかった。そらせないのだ。彼女の小さな部屋は美しかった。たくさんの白い家具と、過剰なまでの花があらゆる角度から目に飛びこんでくるが、彼は気に入っていた。最上階なので屋根の傾斜が活かされた斜め天井になっていて、無理やりはめこんだかのような狭い窓には白い鎧戸《よろいど》がおりていた。ランプの明かりが柔らかな光を投げかけ、デスクではコンピュータがかすかな音をたてている。

ローレルをとり巻く部屋は彼女そのもので、彼女の香りがした。

ぴったりの部屋だ。

ローレルはちょうどいい曲線と、健康的に見える適度な筋肉がついた美しい体をしていた。

彼女が綴る手話と同様無駄がなく、流れるようで、しかも複雑な動きには生まれつき備わった優雅さがある。屈んだローレルが見せた肩から足首までの驚くべき光景に、頭のうしろで手を組んだラスの口から思わず称賛のうめき声が出た。「自分がどんなふうに見えているか、きみは気づいていないんだろうな」

背中が弧を描き、突きだされたヒップは彼をじらすように脚の合わせ目をほんのちょっぴりのぞかせている。一瞬、背後から柔らかいカールが見えた気がした。

ローレルはビニール袋を手に体を起こし、ラスのほうへ戻ってきた。前方からの眺めはうしろ姿よりさらにすばらしい。彼の凝視を受けて乳首が硬くなり、ヒップが揺れた。カールの奥に隠された部分を開いて、まだ濡れているかどうか確かめたい。まだ彼を求めているのかどうかを。

ベッドに戻った彼女はベッドカバーをもとどおりに直してその下にもぐりこみ、ふたりのあいだにお菓子の入った袋を置いた。

「寒い？」ラスは尋ねた。

ローレルがうなずく。「服を着たほうがいいかも」

だめだ、やめてくれ。とんでもない。

ラスは急いで自分もカバーの下に入り、彼女をそばに引き寄せて、お互いが発する熱で体を温めようとした。裸で歩くローレルを見ていたので、たっぷり熱くなっている。もっと熱くするつもりだ。

彼がベッドカバーの上に袋の中身をあけると、砂糖たっぷりのきらきら輝くごちそうが一面に広がった。〈ピクシー・スティックス〉を選ぶ。ローレルを思い起こさせるピンク色の袋のやつだ。

彼女はおもしろそうに見ていたが、ラスが何をするつもりなのかはわかっていないだろう。ラスは〈ピクシー・スティックス〉をくわえて歯で袋を破った。

そして袋を逆さまにすると、中のパウダーを全部ローレルの乳首にふりかけた。カップケーキをフロスティングするように。

舐めたくてうずうずする。

13

ラスが〈ピクシー・スティックス〉のパウダーを私の乳首に振りかけた。ローレルはショックを受けて自分の胸を見おろした。店でしたように、彼は自分の口に放りこむのだろうと思っていたのだ。まさか私の体にかけて――ああ、どうしよう――舐めるつもりだなんて。

曲線に沿って舌を伸ばしながら、ラスが音をたてて舐めていく。あとにはパウダーがまだらに残り、ローレルの胸も彼の唇も、べとべととして光るピンク色の砂糖に覆われた。ベッドをつかんで襲ってくるラスの口から逃れようとしたが、しっかり押さえられていて動けない。いやだというわけでも、気持ちがよくないわけでもなかった。それよりも気持ちよすぎるのが問題だ。あまりに衝撃的かつ親密で奔放な行為なので、刺激がきつすぎて不安なほど高ぶってくる。触れられるだけでもまだ恥ずかしいというのに。

ほかの恋人たちは、普通に子供向けのキャンディを相手にかけて舐めているのかもしれないが、ローレルはその手のことに恐ろしく疎かった。

でも、嫌いじゃないわ。

パウダーはすっかり濡れてくっつき、結晶化して小さなボール状のかたまりになっている。ラスの口に胸の大部分を含まれると、引っぱられた肌に砂糖の粒がこすれてちくちくした。うめきながら息を吸いこんだとたん、甘いスイカの香りが鼻を満たした。

ラスはようやくうしろにさがり、満足そうに微笑んでローレルを見あげた。「うーん、このピンクのやつはおいしいな」

最後にもう一度さっと舌を突きだし、円を描いて乳首のまわりをきれいにする。

ローレルは息をのんだ。彼の口のすぐ前で濡れた乳首が震えていた。シーツの下では、じっとしていられない脚がもぞもぞ動いている。ラスが彼女の反応を待ち受けていた。ここでラスを引きさがらせるのか、もっと伝統的な誘惑の方法に移るのか、あるいはどんなことであれ、彼が思い描いていることを実行する許可を与えるのか。

ためらいはほんの一瞬しか続かなかった。ラスが欲しい。

「ピンクがお気に入りなの？」ローレルは、誘っているように見えることを願いながら、寝返りを打って胸を隆起させた。

ラスの鼻腔《びこう》が広がったのを見ると、意図が通じた可能性はかなり高そうだ。

「どの色が好きかまだわからない。試してみよう」彼は〈ピクシー・スティックス〉をわしづかみにした。

「紫だ」袋を破って反対側の乳首にかける。それからパウダーを避けて胸のまわりを舐め始めた。「最初に濡らしたほうがよくつくんだ」ラスは赤い袋のも開けて指を突っこみ、濡らした肌の上にパウダーを落とした。

もう一方の胸にも同じことを繰り返すと、肌が緑とオレンジ色に染まった。ローレルは笑いだしたいのか、絶頂に達したいのかわからなくなった。

「ラス……」つぶやいたものの、何を言いたいのか見当もつかない。

ラスは彼女がほとんど感じられないほどすばやく軽く、次々と各色の部分を舐めていった。

「うーん、わからないな、ローレル。もう一度やってみなくちゃ。いいかな?」

ローレルはうなずいた。目を閉じて、じらすように触れては離れる舌の動きを待ちかまえる。

けれども今度のラスは舐めるだけでなく、歯を立て、あらゆるところに吸いついた。パウダーがまざり合い、肌全体がべとべととしてエキゾティックなフルーツの香りが満ちてくると、唾液腺が刺激されて唾がわいてきた。ローレルはあえぎながら彼の口を追って体を持ちあげた。

ラスがうしろにさがって下を見おろし、彼女の肌にできたきらきら光る筋を眺めた。指で乳首をもてあそぶ。ローレルは自分に重なる彼の姿が好きだった。ラスがたくましい腕を彼女の両脇について体重を支えていると、包まれているような気がして、安心と欲望と居心地のよさがまぜこぜの気分になる。

彼は何か考えているらしく、舌で口の端についたキャンディのかけらを舐めとった。

「気に入ったよ、ローレル。最後のひと舐めまで」

そう言うとラスは彼女の胸に息を吹きかけて乾かしながら、左手をお菓子の山に伸ばした。ローレルの脚のあいだでは渇望が高まっているにもかかわらず。

反射的にかっと体が熱くなった彼女はそんな自分の反応に顔を赤らめた。

ラスが手にとったのは〈キャンディ・ボタン〉だった。ありとあらゆるドキドキする想像がローレルの頭の中を駆けめぐる。

キャンディをひとつ、ラスが口に入れた。

いやだ、私ったらばかみたい。彼はおなかが空いていただけなんだわ。だいいち私がセックスの何を知っているの？　せいぜい彼がシートから剝がしている、あの小さな黄色い粒くらいのことしか知らないのに。

ラスが〈キャンディ・ボタン〉をローレルの胸の先端にくっつけた。

まあ。驚いて体が跳ねあがる。「何をしているの？」

「今までに見た中で最高の胸で遊んでるんだ」

そう、それなら続けて。ローレルは背中をそらし、自分がどんなふうに見えるか考えないことにした。これ以上ばかな質問をするのもやめよう。ただこの感触を楽しめばいい。

私の胸が最高の部類に入るかどうかは自信がないけれど、体はなかなかのものだと思う。ラスの前にさらけだすのだっていやではないし、彼の喜ぶ顔を見られればなお嬉しい。手でローレルの胸を覆ったラスが満足そうに目を半分閉じた。優しく物憂げに、ふざけているような含みを持たせたキスをしてくる。甘いキャンディの味がまじるキスだ。唇を離した彼は身をのりだし、口をすぼめて乳首のキャンディを吸いとった。がりっとかじる。

にやにやしたラスの顔を見て、ローレルは笑ってしまった。「もういい?」早くシャワーを浴びて、くっついた砂糖のかたまりを洗い流したい。

「だめだ」ラスがふたたび何かを探し始めた。「目を閉じて」

半分は興奮して、半分は怯えながら従った。彼の手が胸をたどり、かけていたカバーを腰骨までずらすのがわかる。親指がゆっくり下腹部にかかったかと思うとしばらく迷うような動きを見せ、やがてふいに離れた。

ローレルは今まで以上にラスが欲しくなり、ぐっと背中をそらした。何度でも奥深くまで彼を迎え入れ、ベッドに釘づけにされて、魅力的な女であることを感じさせてほしい。

彼女は誘いかけるように脚を開いた。だが、ラスが閉じさせる。ローレルは落胆のため息をついたものの、彼がこれから何をするのか楽しみでもあった。

それは、彼女の想像とはまったく違っていた。おへそのまわりに手が当てられるのを感じる。感触からすると、小さなキャンディをくっつけているみたいだ。ラスの指が少し上にあがり、胸郭の下に平らな場所を見つけた。指がゆっくりと円を描き、〝O〟の形をつくる。それからまた下にさがり、べつの形をたどり始めた。

言葉を書いているんだわ。そう気づいてローレルは驚いた。〝O・P・E・N〟彼は〝開けて〟と綴っている。目を開けてほしいのね。ラスは、声に出さずに意志の疎通をはかる方法を見つけだしたらしい。

ローレルはぱっと目を開けた。胸がドキドキしていろいろな感情がいっきに押し寄せ、自分がどう感じているのかさえわからなくなった。

ラスが彼女に注目させようと頭を傾けて示している場所を見た。彼はローレルのおへそのまわりに、ピンク色の〈キャンディ・ボタン〉でハートを描いていた。

まあ。心臓がどきんとして唇が震えた。こんなことをしてはだめよ。こんなに優しくておもしろくて、思いやりのあることをしてはいけない。ラスはクールで有能で、私を思いどおりにする経験豊富な警官でなくては。

だって彼にこんな振る舞いをされたら、心が暴走するのを止められない。今でもすでに走りだしているのに。あらゆる思いがふくれあがり、ラスに抱くべきではない感情がわき起こってくる。

凍りついたようにローレルは動けなくなった。目がちくちくして胸が痛い。唇を開けばすすり泣きがもれそうで何も言えなかった。

ラスが困惑した様子で眉をあげている。「気に入らなかった？」

ローレルは誤った印象を与えてしまったことに気づき、慌てて否定した。言葉以外に気持ちを伝えられる方法はないかと探す。彼の気遣いにどれほど感謝しているか示したい。たとえ今夜だけだとしても。

ラスが身を屈めてキャンディを払いのけ始めた。恥ずかしいのか、頬がわずかに赤らんでいる。ローレルは手を伸ばして彼の肩に触れた。「ラス」

彼が顔をあげて悪態をついた。「くそっ。ひと粒、へそに落ちた」

そんなことを言われるとは予想していなかったローレルはラスの顔を見つめ、たまらず吹きだした。深刻な瞬間が過ぎてほっとする。「嘘でしょ」

どこか曖昧《あいまい》な笑みを浮かべて、ラスが彼女のおへそに人差し指を入れた。

「だめよ、余計に奥に入ってしまうわ」ローレルは彼の手首をつかんで止めた。妙な異物感が伝わってきて、間違いなくキャンディが入っているとわかる。

ラスは手を引いたが、ローレルにあとを任せるかわりに頭をさげ、舌を突っこんで探り始めた。抗議しようと口を開きかけた彼女は、それがとてつもなく心を乱す感覚だと気づいた。とても官能的だ。ふたりでするべつの動作とまったく同じ動きだった。

体が熱くなる。唇が開いてうめき声がもれ、頭がうしろに倒れた。

ヒップをつかむラスの手の力が強く、きつくなった。ラスはローレルの腿のあいだに移動して脚を広げさせ、腹部に舌を這わせた。舌がだんだんと下腹部へ移動する。興奮した彼の高まりが脚に押しつけられるのを感じた。

もう一度愛を交わし、体の奥でラスを感じたい。ベッドに釘づけにしてほしい。けれども同時に、今度はこちらから彼に触れて味わい、彼と同じことをして感謝を示したかった。

「とれた?」まだだとわかっていながらローレルは尋ねた。ERに駆けこんで状況を説明するはめになるのは困ると考えながらも、この瞬間はどうなってもかまわないとさえ思う。

「まだだ。うつむいて振ってみたらどうかな？」

言われたとおりにして腰を振る自分の姿が目に浮かぶ。

だがローレルは起きあがり、ラスを少し押しのけて空間をつくると、さっと指を入れてキャンディをとった。「これってどんな味がするの？」シートから青いキャンディを剝がし、親指と人差し指でつまんだ。

「じつはすごくまずいんだ」ラスは打ち明けると、横向きに寝て太腿の上にシートを置いた。

彼の興奮はいまだ衰えを知らず、筋肉質の腿のあいだから存在を主張していた。ローレルは深呼吸してじっとそれを見つめた。ためらいが生まれる。

ラスが彼女の鼻の頭に触れた。「何をそんなに見ているんだい、ハニー？」

「あなたの……」言葉にするのはあきらめ、青い〈キャンディ・ボタン〉をまさにその先端にくっつけた。

ラスの口があんぐりと開く。「いったい何をするつもりだ、ローレル？」

そう言いながらも怒っている様子はない。どちらかというとにやにやしている。ローレルの見間違いでなければ、その部分がさらに大きくなった。

「キャンディの味を確かめるの」彼女は小さな粒を舌で弾いた。

ラスはもう少しで自制心を失うところだった。

人生でこれほど官能的な光景を見るのは初めてだ。

ローレルの舌は経験不足でぎこちなかったが、それを補って余りある熱意に満ちていた。

前後やまわりに舌を這わせてキャンディをもてあそび、やがて唇で先端全体を包みこむ。仰向けになって肘をついて体を支えていたラスはたまらなくなってうめいた。ローレルのブロンドの髪が体の上にかかって腹部をくすぐった。濃いチェリー色の唇が上下している。彼女はなかば目を閉じ、あえぐような荒い息をしていた。ラスをつかむ手が滑りおり、指が欲望の源に触れるのを感じたとたん、彼は正気をなくしかけた。

「ああ、そうだ、それだよ、ベイビー」全身が張りつめ、こらえなければと思う反面、このままローレルの口の中で爆発したくて心が揺れる。興奮しすぎた一〇代のころを除けばそんな経験はなかった。そういう行為は女性に借りができるような気がしたのだ。ラスは身動きのとれなくなる関係がいやだった。

だが、まるで熱い手袋のようにラスを包みこみ、唇を滑らせるローレルの姿を見ていると、真剣に主義を考え直そうかという気になってくる。

ローレルといると何もかもが違った。より甘くセクシーで、どういうわけかものごとが単純に見えてくるのだ。彼女と一緒にいるだけで気分がよかった。この状態を保ち、続けていった先がどうなるのか見てみたい。

けれども今は、シーツを引き裂いてしまう前にローレルを止めなければならなかった。驚かせたくなくて、そっと彼女の頭に触れた。ローレルは〝んぐぐ〟という小さなかわいらしい声を出したかと思うと、さらに深く彼をのみこんだ。ああ、ちくしょう。頭をつかんでやめさせようとしても、これほどおいしいものは味わったことがないとばかりに抵抗する。

あきらめたラスはうめき声をあげ、ローレルの動きを楽しむことにした。ふいのエクスタシーで体が浮きあがらないように彼女の髪をしっかりつかむ。両手で頭を持ったとたん、ローレルの口が目の前にあるという思いに支配され、いつのまにか自分から腰を動かしていた。ローレルが驚きに目を見開いて反射的に口を閉じた。動くのをやめて彼女に息をさせなければ。だが、あまりにも快感が強すぎた。体の端々にいたるまでどうしようもなく張りつめ、ローレルが与えてくれる驚くべき歓びのことしか考えられない。ラスはうなり、うめき、悪態をついた。

引き返せなくなる最後の地点が近づいてくると、彼は力を振り絞ってローレルから離れ、どこかにまだあるはずのコンドームを手探りした。彼女は息をあえがせながら、濡れて光る唇をぬぐった。胸が張りつめ、肌がピンク色に染まっている。ラスの興奮のあかしは解放のときを求めて脈打っていた。

震える指でなんとかコンドームを装着する。ローレルはベッドに膝をつき、髪をうしろに払ってラスを待っていた。「横になってくれ」早くしないと八〇キロ分の欲望で彼女にタックルしてしまいそうだ。

「いやよ」

「いや？」ラスが怒鳴らなかったのは、ただひたすら意志の力によるものだった。「いったいどうしていやなんだ？　俺はもう死にそうなんだぞ、ローレル」

「あなたが横になって」無垢とはとても思えない目をきらめかせて、ローレルがラスの肩を押した。

ああ、わかった。主導権を握りたいんだな？　いいだろう。「丁寧に頼まれては仕方がないな」

ラスはベッドに背中をつけて頭のうしろで手を組み、自分の体を見おろした。ローレルも、ちらっと唇を舐めながら、恥じらう様子もなく見つめている。あまりに夢中になっているので、彼女をつかんでひっくり返し、のしかかりたい衝動に駆られた。

ローレルが彼の体をまたぎ、わずかに腰を沈めた。潤った部分にじらされると、冷静でいようという決意は崩れ去り、ラスはいっきに侵入しようとして彼女のヒップをつかんだ。ところがローレルは承諾しなかった。「まだだめよ」腰を滑らせて彼の上で動き、正気を失わせる。

「ああ」ローレルがあえいだ。「気持ちがいいわ」

ラスは歯をくいしばった。その気にさせてじらすことにかけて、彼女の右に出る者はいないだろう。ちくしょう。

ローレルは自分自身もじらしていたようだ。突然なんの前触れもなく彼女は絶頂を迎え、背をそらすと弾かれたように頭を前に倒した。激しく息を弾ませながら体を震わせ、彼の腰に両手をつく。

快感にショックを受けるその姿はひどく美しかった。ローレルのクライマックスが終焉《しゅうえん》を迎えるとともに肩が落ちるのを見て、ラスはわずかに体を動かし彼女をしっかりと自分の上に座らせた。

彼がローレルを深く満たしたとたん、ふたりの口から同時にうめき声がこぼれた。ラスはじっと横たわっていた。今動けば、すべてが終わるのは明らかだ。唾をのみこみ、万が一にも彼女が離れるのを恐れ、腰をつかむ手に力をこめた。ラスがどれほどの窮地に陥っているのか、ローレルはまったく気づいていないらしい。初めはためらいがちに、次の瞬間にはもっと大胆に、彼女は体を動かし始めた。

上へ、下へ。ラスにしがみつきながら彼を締めつけ、胸を揺らして息をのむ。

髪が目に入るのもかまわず、しっとり濡れた肌を輝かせて、早く激しく彼をのりこなした。そしてとうとう、そのときを迎えた。

オーガズムがラスの喉からうめき声を引きだし、彼のすべてを奪った。

何か硬いものが床に当たる音がしたが、ラスは見向きもしなかった。銃で撃たれるか家が火事にでもならないかぎり、ぴくりとも動くつもりはない。たとえこの瞬間に死んでしまうとしても、幸せな男として人生を終えられるはずだ。

すごいセックスだった。これこそ申し分ない。いや、それ以上だ。

汗ばんだ彼の胸の上にローレルが倒れこみ、ため息をついた。「わお」

〝わお〟か。気に入った。ラスは彼女の額にキスをした。ローレルの中に身をうずめたまま、残りの人生をここで寝転がったまま過ごしてもいい。だが彼女はラスの上からおりていったんキャンディの山の上に横たわったかと思うと、さっとベッドを離れて部屋の反対側へ向かった。

「ドアを開けておいたほうがいいと思うの。さもないと、フェリスが引っかいてあなたを起こしてしまうわ」

猫のことは気にもならなかった。今、気になるのはローレルの胸のふくらみと、腫れた唇、そして剝きだしの背中で揺れる髪だけだ。

ラスは視線を落として、彼女のヒップの曲線を気だるげに眺めた。突然笑いがこみあげてくる。

「何がそんなにおかしいの?」戻ってきたローレルがベッドの彼の隣によじのぼり、眉をひそめてきいた。

身をのりだして彼女のお尻からキャンディのかけらを剝がし、掲げて見せる。ローレルが顔を赤らめた。

「シャワーを浴びなきゃ」

「あとで。もうちょっとこうして横になっていよう」ラスはローレルを引き倒してキスをした。彼女の背中のくぼみに軽く手を当て、満足感に包まれながら目を閉じる。

そして深い眠りに落ちていった。

14

窒息するかと思うほど胸が苦しくなって、ラスははっと目を覚ました。斜めになった天井が目に入り、次にランプの柔らかい光に照らされたローレルの部屋が見えたとたん、舞いあがるほど激しいオーガズムに見舞われたあとぐっすり眠ってしまったことを思いだす。

胸にかかる重みはローレルに違いない。きっと眠っているのだ。だが彼女の感触ならすでに知っているが、こんなに体中、毛深かっただろうか。

視線を下に向けたラスは、まばたきしないで見つめてくるフェリスと目が合った。猫は彼の胸から腹、左腕、ウエストにかけてまたがり、横たわっていた。尻尾がぴしゃりとラスの腰をはたく。

「俺の上からおりろ」

フェリスが前足をあげて舐めた。

「向こうへ行くんだ、毛玉野郎め」ラスは体を起こして猫を振り落とそうとしたが、フェリスは無関心にじっと見つめてくるばかりで、びくともしなかった。

「ローレル」顔を横に向け、指で彼女の太腿に触れて注意を引こうとする。けれども、かすかに唇を開いて柔らかな寝息をたてているローレルはまったく動かなかった。

腕がしびれて肺がつぶれそうだ。猫を傷つけたくはないが、そろそろ誰かがこいつに断固たる態度をとるべきだ。フェリスにカウンセリングは必要ない。まともな精神の人間が、まっすぐ目を見て現実を教えてやるべきなのだ。その役目は俺がやるしかない。

「いいか、フェリス、よく聞け。おまえが気に入ろうと気に入るまいと、俺はここにいるつもりだ。だから慣れておくほうがいいぞ。俺はローレルとは違う。昔のトラウマからおまえが飢えてるだなんて、そんな戯言に引っかかるもんか」

フェリスが首をもたげ、明るいグリーンの目を細めた。

「まあ、おまえはローレルを意のままに操っているようだから、今日は忠告だけしておく。俺をくみしやすい相手と思うなよ。俺たちは仲よくやっていける。友達にだってなれるさ。だがそれは、おまえが現実を理解してこその話だ。つまり、その毛だらけのケツを俺の上からおろせ。わかったか?」ラスは生意気な口を利くごろつきを相手にするように、フェリスを睨んだ。

猫はまばたきすると、おもむろに立ちあがって伸びをした。ラスの肺に穴が開きそうなほど彼の胸で足を踏んばって。それから巨体に似合わぬ俊敏な動きで、さっと床に飛びおりた。

ラスは大きく息を吸って、フェリスの体重に奪われていた酸素をとり戻した。「そうだ。それでいい。どうやら俺たちは理解し合えたようだな」

ベッドをおりてそのままバスルームへ行くつもりだったのが、眠っているローレルを目にしたとたん、いつのまにか足が止まってしまった。起きているときも美しいが、ぐっすり眠る彼女の姿はこの世のものとは思えなかった。まるで妖精《ようせい》がベッドに丸まり、両手を頬の下に敷いて祈りのポーズをとっているみたいだ。片足を投げだしているけれどヒップがこちらを向いているので茂みは見えず、胸も腕に隠れている。欲望をかきたてられるが、壊れやすくて手を触れてはならない存在に思えた。

ラスはひとりで首を振った。ばかだな、俺は。望んでなどいなかったのに、自分ではどうしようもない状態に陥っている。ローレルから距離を置いていられればいいのだが。

彼女の肌には鳥肌が立っていた。夢中で絡み合っていたあいだに、ブランケットがほとんど床に落ちてしまったせいだろう。コンドームの包みやこぼれた〈ピクシー・スティックス〉のパウダーのほかにも、いたるところにお菓子が散らばっていた。光景全体がとてもセクシーで、満足感に満ちている。

俺がローレルに歓びを与えた。その事実が、想像をはるかに超えて嬉しかった。

お菓子とコンドームの包みをベッドから払いのけていると、爪先に何かがぶつかった。マットレスを支える板の一枚が落ちている。ラスは思わずにやついた。ベッドが壊れるほど激しいセックスに勝るものはないはずだ。

ローレルにブランケットをかけ、端を両肩の下にたくしこんだ。つい衝動に負けてしまい、肩の曲線にキスをする。

ようやくバスルームへ向かいかけたものの、今度はコンピュータが目に入った。ディーンからのメールを全部調べて、やつがローレルとどんなやりとりをしているか見てみたい。最近のものと、詐欺師だと彼女が知る前のと両方だ。だがコンピュータはさっぱりわからないので、うまく操作できるとは思えなかった。それに、何よりもローレルを信用している。

彼女は嘘をついたり、真実の一部を隠したりするタイプの人間ではなかった。

だからこそ今回の捜査が心配なのだ。ローレルにはディーンと距離を置いてほしい。やつはどうしても捕まえたいが、彼女の安全はそれよりずっと大切だった。

ローレルをかかわらせずに、あのろくでなしを逮捕しなければならない。

バスルームから出てくると、ラスはブリーフを身につけ、ポンと腿を叩いた。「来いよ、フェリス。階下《した》へ行こう。何か飲み物が欲しいんだ」

驚いたことにフェリスがソファから飛びおり、彼についてきた。

「よし」ラスは猫に微笑みかけた。「結局のところ、おまえはそれほど悪いやつじゃなさそうだ。訓練すれば、ビールをとってくるようになるかな？」

階段をおりるフェリスが、一〇〇パーセント軽蔑に満ちた視線を向けてきた。一階のどこか奥のほうで大時計が時間を刻む音だけが広い家の中に響いていた。

「ねえ、本気でこれを？」鏡に映る自分の姿を見たローレルは、パニックを起こさないよう懸命にこらえた。

「もちろんよ！　べつのに着がえたら、もう二度と勤務時間をかわってあげないからね」キャサリンが隣に立った。そのキャサリンはといえば、『シザーハンズ』でジョニー・デップが演じていた役に驚くほどそっくりだった。

風変わりな髪にあちこち裂けた服、長い爪――全部揃っている。彼女はそこにさらなる装飾を加えていた。髪にブロンドの筋を入れ、裂けたシャツとさがりすぎのパンツのあいだ、ちょうど骨盤のあたりの肌に、薔薇《ばら》と蔓《つる》のタトゥーが彫ってある。

キャサリンにはよく似合っていた。自信たっぷりでセクシーに見える。

ところがローレルの場合は、だらしない女子高生にしか見えないのだ。もしかしたら、キャットはそれを狙っているのかもしれないが。

「あのね、完全なイメージチェンジは無理。うまくいくわけない。自分らしく、かつそれをワンランク上に引きあげることを考えなくちゃ。だから、あんたのいかにもいい子って雰囲気を活かして、説き伏せられてしぶしぶ悪いことをしてる感じにしてみたの」

最近のローレルの振る舞いを説明するにもかなり適切な表現だ。あの朝のことを思いだすと、いまだに顔が赤くなる。キャンディまみれでべとべとしたまま、ラスの指に体中探索され、朝の一〇時前だというのにクライマックスに達していた。だが、悪い気分ではなかった。

はめを外したかった。それがこうして実現している。

チェックのミニスカートに黒いタイツ、靴は子供が履くようなストラップつきのずんぐりしたメリージェーンに高いヒールがついているやつで、ぴっちりした黒いタンクトップに白のタンクトップを重ね着しているが、ウエストまでは八センチほど足りない。外が氷点下一

○度だということを考えれば、腹部を露出させるなんてあり得ないと思うのだけれど、それを差し引いても、ほとんど裸のような気がして仕方がなかった。「髪はやりすぎだと思わない？」

ローレルの髪はキャサリンによってふたつの小さなおさげにされ、それぞれ頬の横に垂れていた。「小児性愛者の気を引こうとしてるみたいに見えないかしら」

キャサリンが笑った。「そんなことない。スカートにはチェーンがついてるし、黒のレザー・ブレスレットもしてる。だからポルノ女優っぽくは見えないの。あたしを信用して」クラブへ行くのにふさわしい服装などまったくわからないのだから、ほかにどうしようもない。ローレルはキャサリンの言葉を信じた。ただ、自分がばかなまねをしないかどうかには自信がない。

「ワインを持ってきたの」鏡をのぞきこんだキャサリンがつんつんした髪を引っぱってさらに尖らせた。「出かける前に一杯飲もうよ」

ローレルは鏡に背を向け、いつものスカーフに手を伸ばした。「いいわね」

キャサリンが髪をいじる手を止めて首を振り、眉をあげた。「フリースのスカーフはだめだよ、ローレル」

「そう？」困ったわ、首がこんなふうに剝きだしでは風邪を引いてしまう。インフルエンザだって流行《はや》ってるのに。

「そうよ」

あまりにきっぱりと言いきられたのでローレルはスカーフをベッドの上に放り、ワインをとりに、そしていよいよはめを外すためにドアへ向かった。ハイヒールのせいでよろよろしながら。

トレヴァーは琥珀色の火に気づかれないよう、持っていたタバコを下におろした。キッチンの明かりがついてローレルが入ってきたのだ。

これが俺と会うより重要な用事というわけか。娼婦のような格好をして、友達のゴシック女と出かけるのが。彼がいる出窓の外からは話の内容までは聞きとれなかったが、彼女たちはワインを開けて楽しそうに笑っている。

袖にされるのは我慢がならない。せっかくの申し出を断るなんて許せなかった。

いつもなら個人的な感情は持ちこまない。たまに彼の誘いに気のりのしない反応を示す女もいたけれど、そんなときはさっさと次の標的に移るのだ。ほかにもあこがれと崇拝をこめて彼を見つめる女がいるのだから。ローレル・ウィルキンズのことは忘れるべきだった。

それが賢いやり方だ。

ならばどうして、この氷点下のクソ寒い中外につっ立って、刻一刻と苛立ちをつのらせているんだ？

ローレルには何かがあった。もちろん金がある。それに持ち家も。だがそれだけでなく、曲線美に元気のよさと無邪気さが備わった、バービー人形のようなあの見かけにも惹きつけられるのだ。いくら天使のような笑みを浮かべていても、バービーが尻軽女だということは誰でも知っている。トレヴァーは、ローレルも同じだと考えていた。

今夜の彼女の服装を見て確信を持った。

トレヴァーがここへやってきたのは、最近のローレルからのメールが以前とどこか違っていて気になったからだ。自信が見え隠れし、おもしろがっているような印象を受けた。コーヒーショップで待ちぼうけをくわせる前は、そんなことはなかった。彼は何が変わったのかはっきり知りたかった。ローレルのことがよくわかっていなければ、疑いを抱かれたかと思うところだ。

けれども、ちっぽけな短いスカートをはいてヒップを揺らしている姿を目にして、トレヴァーの頭にべつの考えが浮かんできた。ローレルは男と寝たのだ。その答えにトレヴァーはむかついた。なぜなら、彼自身が彼女を誘惑してすべてを奪う計画を立てているのだから。

トレヴァーにとって、人生は決して公平なものではなかった。彼はヤク中の母親と、たくさんいた彼女の恋人の中のひとりとのあいだに生まれた望まれない子供で、暮らしはひどく貧しかった。やがてトレヴァーは、トレーラーや近くのシェルターで寝る毎日から抜けだしたいなら、自分の力でなんとかしなければならないと悟った。母親のもとを離れたのは一二歳のときだ。母が当時の恋人を殺して捕まり、刑務所でクスリを抜くことになって、それ以来ずっとひとりで生きてきた。

うまくやったと思う。彼には人を騙して信用させる能力がある。尊敬に値する人物で、育ちがよく、いい家族に恵まれていると思わせるのは簡単だった。

だが、それでは満足できなくなってきている。

トレヴァーはポケットの中が振動するのを感じて携帯電話をとりだした。背後には木々と湖があるだけで、彼の姿は誰からも見えない。ローレルのいる温かくて居心地のよさそうなキッチンからはほんの五メートルしか離れていないのに、音をたてても彼女には聞こえないのだ。

「もしもし」

「もしもし、私よ」

予想どおり、それは彼の様子を確かめようとするジルからの電話だった。彼女が心配しているのはいいことだ。「やあ、スイートハート。何をしてた？」

「何も。テレビを見ていただけよ。一緒に住み始めてまだ一週間なのに、あなたがいないとアパートメントが空っぽに感じられるの」ジルが笑い声をあげた。冗談めかして言っているが、トレヴァーには彼女の本心だとわかった。

目の前でローレルがワインに口をつけた。タンクトップのウエストを指でもてあそび、白い肌がわずかにのぞいている。

「きみに会えなくて僕も寂しいよ。仕事で出張なんてつまらないな」トレヴァーは火のついたタバコを体から遠ざけ、もっとよく見えるように立ち位置をずらした。ずっと背中を丸めていたので膝を動かしたかった。

「最近の会社の仕打ちはひどいわ」

「でも給料をもらってるんだ、ジル。文句は言えないよ」

「明日は帰ってくる?」

「飛行機が着いたらすぐに。ここシカゴで大雪が降らないことを祈ろう」今晩はクリーヴランドのホテルに部屋を予約してあった。ひとりのスペースと温度調節のできる部屋が欲しかったのと、少し距離を置いてジルに追いかけさせるのが楽しいからだ。

彼女が息をのんだ。「まあ、それは思いつかなかったわ。猛吹雪になったら何日も足止めされてしまうかもしれないのね」

「たぶん大丈夫だろう。だけど、そうなったら僕を恋しく思ってくれるかな?」ローレルがワインを飲み干すのを眺めながら、トレヴァーはタバコの火を消した。「僕がそばにいなくてもいやらしい気分になる?」

ジルのあえぎ声が聞こえた。「ピートったら!」

「どう? きみの口から聞きたいんだ」わざとつらそうな声で、懇願するように言う。

「ええ、恋しくなるわ。ええ、あなたがいなくてもいやらしい気分になるわ」そこで間が空いた。「もうそんな気分になってる」

「本当に?」トレヴァーは、テントにでもできそうなほど大きいフランネルのパンツをはいているジルを思い浮かべた。地味な顔立ちをしているうえにノーメイクで、髪はぼさぼさのポニーテールにしているに違いない。「僕もだ。僕の下で脚を広げているきみを想像してる。

きみの中に指を入れて、乳首を口に含んで」

「まあ、ピート」ジルが震えるため息をついた。

「自分に触れてくれ、ジル。そうしているのがひとりじゃないとわかって、僕が恥ずかしい思いをしなくてすむように」

「あなたは自分に触れているの？」驚いた口調だが、興奮がまじっている。

トレヴァーは耳に携帯電話を当てたまま、タバコの箱を探してレザージャケットのポケットを上から叩いた。タバコでも吸わないと寒くてやっていられない。彼はまだ立ち去るつもりはなかった。「我慢できないんだ……。きみのことを考えるだけで火照ってくる」

「息が荒くなってるのがわかるわ」

「最後までいくつもりはないんだ。約束する。ただちょっと触れたいんだよ。きみも自分にさわってくれ、ジル、お願いだ」

「わかったわ」

タバコに火をつけながらトレヴァーは衣擦《きぬ》れの音に耳を傾け、だんだんジルの呼吸が速く荒くなって、彼女の興奮が増していくのを感じていた。

なだめるように言葉をかけ、うわべだけのうめき声をあげ続ける。やがてジルが絶頂に達してすすり泣きをもらしたとき、トレヴァーはじっとローレル・ウィルキンズを見つめていた。

ただずっと見つめていた。

15

「なんであそこに腕のない裸の女がくっついてるんだろう。あれにどういう意味があるのか、おまえは疑問に思ったことがないか?」ストークス・ビルを車で通りすぎて角を曲がっているときに、ジェリーがきいてきた。

ラスはビルの正面に浮き彫りになった像にちらりと視線を向けた。その女性像——おそらく正義の女神だろう——はとり澄ましているが、どこかみだらな表情をしていた。「〝正義〟だよ。だけど、なんで半裸なのかはわからない」

ジェリーが鼻を鳴らした。「正義が安っぽい娼婦並みに売り買いできるからかな?」

ラスは笑って西六丁目の駐車場に車を入れたが、そこの表示を見て頭を振った。「嘘だろ、駐車料金に一〇ドルなんて、信じられるか?」

不本意ながらも料金を支払って車を降り、冷たい風をまともに顔に受けて眉をひそめる。あとに続いたジェリーも頭を振りながら車のドアを閉めた。「こんなことをしてるのがパムに知られたら殺される」

顔をこすりつつ駐車場を横切り、凍った歩道を慎重に歩きながら、ため息をついた。

「それなら言わなきゃいい」あたりを調べるのに夢中なラスはうわの空で言った。照明が暗い。気に入らないな。

「おまえはガールフレンドの扱い方がまったくわかってないな」寒そうに体を丸めたジェリーがあきれてラスにこぼした。「言わずにいたことは必ずばれる。女にはとんでもない超能力があるんだぞ。見つかっちまう前に白状するほうがまだましだ。セックスお断り三、四日のところを、二日にしてもらえるかもしれない」

ジェリーの口調が真剣に聞こえたので、ラスは立ち止まった。「なあ、これでおまえとパムの関係にひびが入るというんなら、来なくてもいいんだぞ。俺ひとりで大丈夫だから」

ときどきラスは、ジェリーとパムがそれほどうまくいっていないのではないかと思うことがあった。ふたりとも常にお互いに腹を立ててばかりだ。だが、俺に何がわかる？ 女性とのつき合いに関して、俺の最長記録は六カ月だ。それも相手の女性が客室乗務員で、週に三日は留守にしていたおかげで続いたようなものだった。

ジェリーが肩をすくめた。「厳密に言うと、俺たちはもう別れてるんだ。俺が何かばかなことを言ったせいで大喧嘩になって、それでほら、まあ、詳しく話しても興味ないだろ？ ともかくパムはいつもいらいらしてた。彼女に言わせれば、俺は何ひとつまともなことができないそうだ。で、俺もいいかげんうんざりしてきたんだよ」

「すまん、別れたとは知らなかった」

ジェリーがポケットに手を突っこんだ。「たいしたことじゃない。パムが運命の相手かと思ったこともあったが、違ってたというだけだ。だから俺の泣き言は無視してくれ。それに、おまえが笑い物になるのを黙って見てられないからな」

「笑い物になるつもりはない」ラスは両手に息を吹きかけながら、クラブの入口をうろついている、ずり落ちそうなズボン姿の男を目で追った。ああいう格好はもう廃れたんじゃないのか？　まったく我慢がならない。

「ベッドをともにしてる女から女友達とクラブに行くと聞いたあとで、たまたまおまえが同じ場所に現れるなんて、揉めごとを招くようなもんだ。間違いない」

ふたたびラスは歩きだした。「場所をチェックするだけだ。ローレルは夜遊びに慣れてないからな。彼女が大丈夫かどうか確かめたら、すぐに帰るよ」

ジェリーは鼻で笑った。「猛烈に彼女を怒らせちまうぞ。そもそも、どうやって怪しまれずに行き先を聞きだしたんだ？」

ラスは思わず足を止めた。確かにやり方はちょっとまずかったかもしれない。だが、彼には正当な理由がある。ローレルの安全を守るためだ。「今朝、彼女に尋ねた。その、彼女が起きてすぐに」まだ半分眠っているところをクライマックスに導いたすぐあとに。

「なるほど、頭がぼうっとして、なんのことか理解できないときにきいたのか。昔からよく使う手だ。だけど火に油を注ぐようなものだぞ。おまえはきっと大変な目に遭う。セックスがよかったことを祈るよ。もう二度とさせてもらえないだろうからな」

「ローレルとはそういうんじゃない。俺に真剣になってるわけじゃないんだ」そう言いながらラスがクラブのドアを開けたとたん、すさまじい音量でわめきたてる音楽が襲いかかってきた。「彼女は救いだしてほしいと思っているかもしれないな。学校の先生みたいな服装をして、隅のほうですくんでいるに違いない。俺に会えて喜ぶはずだ」

室内をざっと見渡したものの、リズムをとって揺れる大勢の体と頭上のストロボライトのほかは何も見えなかった。

ジェリーが親指を立てて左を示した。「あー、エヴァンズ、おまえはちょっと間違ってるみたいだぞ」バンとラスの背中を叩く。「残念だ」

ラスは頭をめぐらせてジェリーの視線の先を追った。それが何かわかったとたん、ショックのせいで目に赤い靄《もや》がかかり、視界がぼやけた。

だが、その靄も、パンクロッカー風の男たちの真ん中で踊るローレルの姿を消してはくれなかった。彼女はラスが初めて見るとんでもない服を着て、金魚鉢のように大きな飲み物のグラスを手に持っていた。

「救いだしてほしそうには見えないな」

ラスはジェリーの言葉をほとんど聞いていなかった。銃を携帯してくればよかったと思いながら、すでに室内を横切り始めていたのだ。

着いてすぐに、ローレルはダンスフロアが自分にぴったりの場所だと気づいた。激しく腰を回転させて踊るのに言葉は必要ない。といっても、彼女がそうしていたわけではなかったが。たとえ最高に調子がいいときでも、ローレルには踊り方がわからないのだ。すでにワインをグラスに一杯と、キャサリンが持ってきてくれた飲み物に四、五回口をつけた今夜は、腰をくねくねさせる以上のことに挑戦するのは問題外だった。

騒がしいクラブでは何を言っても誰にもわかってもらえなかったけれど、キャサリンの友達はみないい人ばかりだった。読唇術のできるローレルには、相手の話が全部理解できるという利点もある。しかし話すほうに関しては、騒音で声がほとんどかき消されて相手には伝わらなかった。とにかく音楽が大きくて、振動が感じられるほどだ。

意志の疎通ができないという問題はあったが、みなローレルに微笑みかけ、飲み物をおごると申しでてくれた。今は三人の男性がそばで踊り、ひとりずつ順番に彼女の前で、上半身を揺するなんとも風変わりなダンスを披露している。三人ともちょっと見た目が変わっていたし、タトゥーやピアスがびっしりついているのは好みではなかったけれど、外見で人を判断したくなかった。それに、急に背を向けて立ち去るのは失礼に思えた。

なので、その中のひとりがタトゥーで色鮮やかな腕を彼女の腰にまわし、危険なほどヒップの近くに手を寄せてきても、ローレルは微笑み返し、びくびくするのはやめようと自分に言い聞かせていた。さいわいなことに手に持ったグラスが口実となって、彼に腕をまわし返さないですんだ。ローレルはまるで盾のようにグラスを振りまわした。じつは少し前にスキンヘッドの男性にかなりの量を味見されてからは、一切グラスに口をつけていなかったのだが。

インフルエンザの季節なので、どんな危険も冒したくなかった。

「あんた、すげえホットだな」男性が言った。手がどんどんさがってスカートのウエストをかすめている。

こういうときはなんて答えればいいの？　〝いい遺伝子を持ってるのよ〟とか？　それとも〝酔ってるのね〟がいいかしら？　〝あなたもホットよ〟？　ローレルは笑みを浮かべようと努力した。「ありがとう」

少し不安になってきたので、ヤギ髭の彼とのあいだに空間を空けようと試みる。クラブに来たのは男の人を引っかけるためではなく、ただ楽しむためだ。ローレルが興味を抱く唯一の男性は、こういう場所には死んでも来たくないだろう。それは確信があった。

キャサリンに助けてもらおうと周囲を見まわす一方で、男性の首に彫られたとげの模様に目を奪われた。ああ、痛そう。たとえタトゥーだろうと、かなり不気味で痛そうに見えるわ。この人の名前は確かシェーンだったと思うけど、紹介のときの口もとを読み違えているかもしれない。

好奇心が不安に勝った。どうせしばらく彼の腕から抜けだせないなら、以前からタトゥーショップを見るたび疑問に思っていたことを、この際思いきってきいてみようかしら。「タトゥーショップの針から病気に感染するかもしれないって心配じゃない？　そのお店とか彫る人が信頼できるかどうか、どうやって見分けるの？」

ローレルの言ったことが聞こえたに違いない。男性が答えた。「袋を開けてきれいな針を使うかどうかを見張ってるんだよ」

「なるほど。それで、これはあなたにとっては芸術作品みたいなものなのよね?」彼女は、男性の前腕に彫られた女性と悪魔がセックスしようとしている複雑なデザインを指差した。

彼が笑ってうなずいた。ローレルを放して腕を曲げてみせる。そうすると、悪魔と女性が合体する仕組みになっているのだ。

あら、まあ。ローレルは目をぱちくりさせた。「うまくできているのね」

シェーン——あるいはほかの名前かもしれない——がふたたび笑みを浮かべ、さっきより近くに彼女を引き寄せた。「あんた、ほんとにかわいいな。わかってんだろ? ほかの子とは違う」

どういうわけか、ローレルには褒め言葉に聞こえなかった。この場になじみたいというわけではないけれど、変わり者とは思われたくない。

だが、どんな感想であれ彼女が口にすることはなかった。なんの前触れもなく男性が手を離して左に寄ったのだ。ローレルはごつい腕でうしろへ突かれ、グラスからこぼれた飲み物が白いタンクトップの、まさに乳首の上にかかった。

「ちょっと!」いったい彼はどうしちゃったの? もう。男性の背後をのぞきこんだローレルは、グラスを落としそうになった。「ラス!」

なんてことなの。どうしてラスがここにいるの? ヤギ髭の男性を八つ裂きにして、フェリスの餌にしかねない顔つきをしている。

用心深くラスの様子をうかがいながら、男性が半分振り返った。「こいつを知ってるのか？」

ローレルはうなずいた。彼は私の……何かよ。デート相手、情事の関係者、オーガズム製造機、それに……恋人。恋。彼女はため息をついた。私は自分がラスに恋をしているんじゃないかと本気で考え始めてる。格好よくて、魅力的で、セクシーで。すごく、すごくいい人のラスに。

私は酔っ払っているのかもしれない。

ラスと男性のあいだで何が起こったにせよ、結局その男性はローレルを一瞥して、しぶしぶという感じで去っていった。ラスがこちらを上から下までじろじろ見ている。呼吸のたびに鼻腔が異様な広がりを見せ、ジャケットの下で肩がこわばった。

「こんばんは」ローレルは言った。「あなたがここに来るなんて、すごい偶然ね」

そう口にしたとたん、決してこれが偶然ではないことに気づいた。なぜなら、ラスは私がここへ来ることを知っていた。セックスのあとでぼうっとしているときに、キャサリンとこへ行くのか尋ねられて、私が教えたんだもの。彼は邪魔をするためにダンスフロアへやってきて、まず私に挨拶することなく、原始人のようなやり方であのかわいそうな男性を追っ払ったのだ。

そして今度は私からグラスを奪おうとしている。ローレルは手を離すまいとグラスを握りしめ、ラスと格闘した。

「渡すんだ、ローレル」

「いやよ！　九ドルも払ったんだもの」これから一週間かけてでも飲み干すつもりよ。いえ、つもりだった。スキンヘッドの男性に口をつけられるまでは。だけど、それをラスに教える必要はない。

「きみと一緒に踊ってたあの最低なやつが、これに何か入れたんだぞ。俺は見たんだ」彼がさらに強く引っぱり、グラスからローレルの指を引き剝がそうとした。

クールなクラブのダンスフロアで、ラスがこんな振る舞いに及ぶなんて信じられない。私が必死でここに溶けこもうとして、一生に一度だけでも冴《さ》えない女に見られないよう、懸命に頑張っていたというのに。「ショーンはそんなことしなかったわ！　さあ、放して。様子を確かめに来るなんて信じられない。出かけるたびに私が面倒を起こさずにはいられないと思ってるんでしょ」

ラスが鼻を鳴らした。「それなりの理由があるからに決まってるだろ。ここへ来てみたら、きみは酔っ払ってべつの男の腕に抱かれてた。ドラッグ入りの酒を飲まされるところだったんだぞ。一時間もすれば気絶してやつのアパートメントに連れこまれ、何人もの男に乱暴されたあげく、明日の朝には裸で目覚めることになるんだ」

ローレルはぽかんと口を開けた。恥ずかしさと怒りで顔が赤くなる。「過剰に反応しすぎよ。初めて砂場で遊ぶ二歳児にするみたいに、世話を焼かれたくないわ」

「強情だな」ラスはグラスから手を離したものの、今度は彼女の手をつかんでダンスフロアから連れだそうとした。

ローレルは踵《かかと》に体重をかけて抵抗した。「やめて、ラス。踊って酔っ払いたいと思えば、私にはそうする権利があるのよ」なぜこれほど激しく抵抗するのか、自分でもわからなかった。本当はここにいたいわけでも、今夜ずっと楽しく過ごしていたわけでもないのに。

じつを言うと、キャサリンはどこかへ行ってしまったし、少し怖かった。けれども、どうしようもなくばかで世間知らずだからベビーシッターが必要だと、ラスに思われるのは絶対にいやだった。そんなのは横暴で、思いやりに欠ける。

ところがラスは、自身のそんな振る舞いをなんとも思っていないらしい。ローレルのウエストをつかんで彼女を抱えあげた。胸がちょうど彼の鎖骨に当たる。痛い。大声でわめくローレルを無視して、暴れないようヒップに手を当てて押さえると、彼はクラブのドアを目指して大股で歩き始めた。グラスの中身の半分がラスの肩にこぼれる。いい気味だわ。

履いている靴がずんぐりとしたストラップパンプスでさえなければ、ローレルは彼を蹴りつけていただろう。だが、たとえとんでもなくむかつくことをされても、ラスを傷つけたくはなかった。それに、これ以上は見せ物になりたくない。何人もの人があっけにとられているところを見ると、すでにかなり注目を浴びているらしい。せめて少しでも威厳があるように見せたくて、ラスの肩に両肘をついて体を支えた。たくましいけれど愚かな召使いに連れていかれる、エジプトの女王みたいに見えることを願いながら。

シェーンが小さく手を振ったのが見えたかと思うと入口のドアが開き、街頭の明るい光と冷たい空気が、いっきにローレルに襲いかかった。

ジェリーは、ラスがローレルを抱えてドアのほうへ運んでいくのを目で追っていた。間違いなく大変なことになりそうだ。

「嘘でしょ！」ローレルの友達が彼の腕をぴしゃりと叩いた。「ちょっと、今の見てた？　野蛮で非人道的で、むかつくったらないわ。あいつを止める気はないの？」

ジェリーは横目でちらりと女性を見た。確かにラスはばかなまねをしたが、そこまで言わなくてもいいだろうに。彼女の憤る様子を見ているといらいらする。さまざまな色合いに染め分けたブロンドと黒色がまじった髪や、耳から鼻に洗濯ひものようにぶらさがっているチェーンを見ると、なおさらだった。

男嫌いだな。こういうタイプはよく知っている。「しばらく待って問題を解決する時間を与えてから追いかけていくつもりなんだ」

少なくとも、ビールを一杯飲むくらいの時間はかかるだろう。ジェリーはエプロンをつけたウエイトレスのひとりに合図して、バドワイザーを注文した。

「何を解決するのよ？　あいつが間抜けってこと？」

おいおい、エヴァンズを間抜けと呼ぶやつは誰もいないぞ。俺以外は。「彼女の面倒はちゃんと見るよ。彼女がここで困ったことになってたのは明らかだ」

女性が隣で息をのんだ。「ローレルは大人の女よ。自分の面倒くらい自分で見られるの。

困難から救うためにさらうのは彼の仕事じゃないわ。まったく、時代遅れも甚だしい」

ジェリーはうめいた。バドワイザーはあきらめてすぐにここを出るべきだろうか。「ちぇっ、まいったなあ。きみはがちがちのフェミニストなんだ。そうだろ？」

「あんたは、男女平等に怯えてる、心の狭い男のひとりみたいね」激怒した彼女が体を震わせると、身につけているジュエリーがぶつかって音をたてた。

ジェリーはウエイトレスからありがたくビールを受けとり、六ドルもすることは考えないようにした。とにかく、こいつが必要だ。最近は口にする言葉がことごとく間違っているらしい。少なくとも、相手が女性の場合はそうだった。

キリスト教で復活祭の前に断食や懺悔《ざんげ》を行う四旬節《レント》よろしく、女断ちしようかな。でも、今はまだ一月の終わりだ。まあ、今年は早めに始めてもいいだろう。

「俺は男女平等を尊重してる。カップルは対等なパートナーであるべきだとか、そういう浮かれた戯言にも賛成している。だけど男と女のあいだに違いがないとは言えないはずだ。体の違いのことじゃないぞ」

「だからこそ、あたしたち女はそういう違いに目を向けるように、子供たちを文化的に洗脳してきたんだわ」

恨めしそうにジェリーはドアを見つめ、ビールの半分を飲んだ。「まあ、きみの言うとおりなんだろう」

女性が目の前にのりだしてきたために、尖らせた黒い髪の先が彼の目を突いた。「そういうのはやめて。あたしを適当にあしらわないで」

困った女だ。ジェリーは一歩あとずさった。「適当にあしらったりしてないよ。どちらにも勝ち目のない議論を避けようとしてるだけだ。お互い意見を変える気はないんだから。相手を好きになる気もないわけだし」少なくとも俺は、絶対に彼女を好きになれないだろう。「さて、ラスが応援を必要としてないか、見に行ったほうがよさそうだ」

立ちあがったジェリーは最後にもうひと口ビールを飲み、財布をぽんぽんと叩いて無事を確かめた。

「あたしも行く」

ため息がもれる。最高だ。俺はゴシック・ガールにつかまって、いつ解放してもらえるかは彼女にしかわからない。エヴァンズに大きな貸しができたぞ。めちゃくちゃ大きな貸しだ。

16

ラスはローレルを抱えて通りを歩きながら、懸命に頭をすっきりさせようとした。

空気がよどんでタバコの煙が充満したクラブにいたあとでは冷たい空気が心地よかった。ローレルを無事に連れだせてほっとするあまり、膝が震えていることに気づく。あのろくでなしが彼女の飲み物に錠剤を入れるのを見たときは、これまで感じたことのない恐怖で胸がいっぱいになった。怒りが激しすぎたので、必死で自制心をかき集めなければ、ダンスフロアであの男を殴り倒していただろう。

ローレルはいつまでもラスのものではないかもしれないが、ベッドをともにしている現在は彼に責任がある。彼女に害が及ぶと考えただけでも、ラスは気分が悪くなった。

ローレルが背中を叩いた。彼女がラスと異なる意見を持っているのは明らかだ。「おろして！　ラス！　私をどこへ連れていく気なの？」

わざわざ答えるつもりはない。どうせこの位置からでは彼の唇を読むことはできないのだから。車を停めたところまで来ると、ラスはロックを外し、慎重にローレルを立たせた。

よろめいた彼女は、まだあのいまいましいグラスを胸に抱きしめている。ラスはグラスを奪いとって、中身をすべて道路に空けた。ローレルが慌てて空のグラスをひったくった。「あなたにそんな権利は……」ラスの胸に指を突きつけながら、彼女が言い始めた。爪は、いつものお気に入りのピンクとはまったく異なる濃い紫色に塗られている。

「俺には権利がある」いらいらして彼はさえぎった。「きみは約束したじゃないか、ローレル。俺たちが会っているあいだはほかの男とつき合うな、と言ったはずだ。俺以外はだめだと」

どうしてこんなことを口走ってしまったんだ？　ちくしょう、俺は嫉妬しているのか？注目を集めたがるあんなくだらない酔っ払いに、ローレルが興味を持っていると本気で考えたわけじゃない。だが、もしそうなったらと思うといやだった。ほかの男の手が彼女に触れると思うだけでも許せなかった。実際、あいつは触れていたんだぞ。ローレルのウエストに手を置いて、剝きだしの肌を触っていた。

「ほかの人となんか……」彼女の怒りはいくらかおさまったようだ。「いいわ、わかった、そう見えたのかもしれない。でも違うの。みんなただ、私によくしてくれてただけなのよ」

ふん。「あいつらがきみに親切にしてたのは、その超ミニのスカートをたくしあげたかったからだ」いまだにラスは自分の目にしているものが信じられなかった。ローレルらしくないし、彼女には必要ない。だけどものすごくセクシーだ。このみだらな布切れを、いっきに剝ぎとってしまいたい。

ローレルが真っ赤になった。「そうかもしれない。でも、だからといって、こんなふうに私を引きずりだす権利はあなたにないわ。自分でなんとかできたのに」

ラスは我慢できずに鼻で笑った。「おいおい、頼むよ、ウサギちゃん。かんべんしてくれ」

ローレルの瞳がふたたび燃えあがり、ラスは彼女が怒りを復活させてしまったことに気づいた。その彼女が口を開く。しかしそれよりラスは、歯がカチカチ鳴るほどローレルが震えていることのほうが気になった。コートを着ていないばかりか、彼女の腹部は剝きだしなのだ。

「車の中に入るんだ」ラスはドアを開け、ローレルを軽く押して促した。

「もうっ！」結局、彼女は中に入り、運転席を越えて助手席に移った。「寒かったから乗っただけよ。そうでなければ、放っておいてって言ってたわ」

続いてラスも車に乗った。「わかった」

「あなたにすごく腹を立てているの」ローレルがダッシュボードにグラスを置き、腕をさすりながら言った。

ラスはジャケットを脱いで彼女に渡し、暖房を入れるためにエンジンをかけた。「わかってる。でも、俺もきみに腹を立ててるんだ。自分を危険にさらすようなまねをしたきみに」

「それなら、ふたりとも怒っているのね」ローレルは彼のジャケットを毛布のようにして体の前にかけた。

「ああ。そうだ」この件に関して譲歩するつもりはまったくない。俺は間違っていないんだ、くそっ。世間を知らないローレルは、こみ合ったクラブでの楽しみ方を心得ていない。そこがいちばん重要な点だ。確かに、彼女がほかの男といちゃつきたがっても、俺の知ったことではないのかもしれない。将来を約束したわけではないし、ダンスをしてふざけるのは男を家に連れて帰るのとは違う。

ラスはローレルに、ふたりの関係は純粋に楽しむためだけのもので、真剣なつき合いは求めていないと宣言した。本当にそのつもりだった。ところが、自分以外の男には見ることさえ許さず、彼女を部屋に閉じこめておきたいという気持ちを、どうしてもぬぐい去れないでいる。

認めたくないが、今はとても冷静とはいえなかった。

「それで、ふたりとも怒っているのなら、これからどうするの？」ローレルがラスを睨んだ。自分のしたいことなら、ラスにはわかっていた。「お互いに謝って、キスして仲直りするのは？」

かなりいい提案なのに、ローレルに鼻であしらわれた。「そんなに単純じゃないのよ、ラス。信頼にかかわる問題なんだから」

「俺はきみを信頼してる、ローレル。だが、きみのことになると、ほかのやつは誰も信用できなくなるんだ」好むと好まざるとにかかわらず、それが彼の正直な気持ちだった。

ローレルの表情が和らいだ。手から力が抜けたのか、ジャケットが滑り落ちる。素直に話したおかげでわかってもらえたのかもしれない。「ラス……」しかしその目には、物わかりの悪い相手に懇願するような色が浮かんでいた。

ラスは手を伸ばしてローレルのおさげに触れ、前後に揺らした。彼女の唇をたどり、香りを吸いこむ。車の中が温まってきてガラスが曇り始めた。ローレルを怒らせたまま家に連れて帰りたくない。なだめるように彼女の額にキスをした。

ローレルがため息をつく。「あの人、私がホットだって言ってたわ」

全身の筋肉がふたたび張りつめた。ちくしょう、俺にそんなことを言う必要があるのか？ラスはタンクトップの上から彼女の胸に手を当てた。手荒くて独占欲もあらわな動作だが、彼は自分でもどうすることもできなかった。

ローレルが体を寄せて手を受け入れるのを見て、腹部に力が入る。彼女は信じられないほどすばらしい。

「今のきみもホットだ。すごく、めちゃくちゃに、死ぬほどホットだよ。でなきゃどうして俺がこんなに嫉妬すると思う？」

「あなた、嫉妬してるの？」

こういうことは毎日認めるものじゃない。ローレルが喜んでくれるといいんだが。「ああ。ほかの誰もきみに触れさせたくない」

「嫉妬する理由なんてないのよ」彼女はラスの手に自分の手を重ねた。

「そうなのか？」ふたり一緒に手を動かして胸を撫で、乳首をかすめる。

車内が突如として、熱帯並みに暑くなったように感じられた。

「ええ」

「きみは俺のものなのか？」

ローレルが息を詰まらせた。「あなたのものよ」

ああ、ちくしょう。ラスは乳首をつまみ、彼女が歓びの叫び声をあげるのを聞くと、タンクトップをたくしあげてブラを引きさげた。ローレルがブラをつけているのを見て嬉しくなる。肌に張りつくようなタンクトップを着たがる女性なら、ブラをつけようとは思わないだろう。だが、これがローレルなのだ。

自分で望んでいるほど奔放にはなりきれていない。それでも、ラスにとっては完璧だ。優しくて親切でお行儀がいいが、いったん服を脱ぐと恥じらいをかなぐり捨てて情熱的な恋人になる。

ラスは動きやすいようにシートをうしろにさげた。爪を立てたローレルが彼の髪に手を入れて身をのりだしてくる。彼女のスカートと、急速に反応しつつあるラスの下腹部とのあいだで、ジャケットがくしゃくしゃになった。

自分がどんなふうに感じているか示したくて、ラスは激しくキスした。自分以外の男がローレルの中に入るなんて耐えられない。甘い言葉もロマンスもなく、将来を約束する資格もないが、今この瞬間、彼は彼女を求めていた。ふたりの関係をすばらしいものにしたかった。

ところがローレルの手がシャツを引き寄せ始めると、ラスはここが車の中だということを思いだした。窓のないビルとSUVのあいだに停めており、街灯が割れているせいで陰になっているとはいえ、駐車場にいることに変わりはない。

「ローレル」ラスは息をあえがせながらキスをやめ、薔薇色の乳首から指を引き剝がした。「こんなことをするべきじゃない。きみは酔ってるんだ」

憤慨して彼女は顔をあげたものの、おさげ髪でタンクトップを肩までたくしあげている姿ではあまり効果がなかった。「酔ってないわ。グラス一杯のワインと、あのお酒をほんの数口飲んだだけなのよ。クリスマスにはワインを三杯飲んだことがあるけど、それでも酔っ払わなかったわ」

「きみの家へ行くべきだ。そうだろ？」ほら、俺は言うべきことを言ったぞ。決めるのはローレルだ。

ラス自身は車の中でも異存はないが、彼女の気持ちを確かめておきたかった。

「そんなに長く待てないわ」そう言うと、ローレルは腰をあげて黒いタイツを引っぱりおろした。

彼女を見つめながら、ラスは支離滅裂な言葉をつぶやいた。ファスナーをおろして自らを解放する。準備はできた。

ローレルが目を見開いた。「あなたのほうはずいぶん簡単みたいね」

確かに。彼女はまだ、体を屈めて靴の留め金と格闘している。長く待ちたくないのはラスも同じだった。すばやくコンドームをつけるとローレルに手を伸ばし、ギアの上を持ちあげて移動させ、膝の上におろした。

タイツが足首に絡まっているので、ローレルの脚はぎりぎり必要なだけしか開けない。だが、ラスが脚のあいだのなめらかな潤いを感じ、手を伸ばして彼女を撫でるには充分だった。ローレルはタイツと一緒にパンティも脱いだに違いない。小さなかわいい女狐《めぎつね》め。

「いい感じだ。今夜あのクラブで、ずっと濡れたまま歩きまわってたのか、ローレル？」

ラスの肩にしがみついている彼女の胸が、じらすようにちょうど彼の口のすぐそばにあった。ローレルがなまめかしい笑みを浮かべた。「違うわ。あなたが私を連れだしてここまで引きずってきたときからよ」

ラスはぐいと腰を突きだしたが、ローレルは身をよじって彼の膝から離れてしまった。

「きみはタトゥーを入れた新しい友達から引き離されて、怒ってるものとばかり思っていたよ」

「嬉しくはなかったわ。でも、あなたはすごくセクシーだった」ローレルがラスの唇を指でたどったかと思うと、前に身をのりだして唇を合わせせた。

腰をあげて、熱く燃える彼女の中に押し入ることしか考えられない。けれどもラスはローレルから動いてほしかった。強烈な爆発を引き起こすとわかっているふたりの結びつきへ、最後の一歩を踏みだすのは彼女であってほしかった。

「きみのその服と同じだな」彼は唇を離したローレルに言った。「気に入らないが、すごくセクシーだ。おさげ髪も含めて全部」

「スカートはどう？」

ラスは視線をさげた。短いスカートがローレルの下半身をかろうじて覆っている。すでに足首までタイツをおろしているので太腿に彼女のヒップのぬくもりが直接伝わり、中心が彼の根もとに押しつけられている感触が興奮をかきたてた。ラスが感じるすべてが、ちっぽけなチェックの布切れの下に隠されているのだ。「じつは、スカートは気に入ってるんだ。俺だけのためにはいてほしいな。たびたび」

ローレルは笑った。息のまじった笑い声が、侵入してきたラスの親指に撫でられてあえぎ声に変わる。

酔っ払っていないのは確かだった。それなのにほろ酔い気分のように頭がくらくらした。そのせいで、車の中でセックスすることについての不安がどこかへ行ってしまった。だが、ラスにもたれかかってコットンのTシャツに胸をこすられながらも、ローレルは浮かんだ疑問を口にせずにいられなかった。「誰かに見られたら、あなたが困ったことにならない？」

なんといっても彼は警官で、公然猥褻《わいせつ》を取り締まる立場にあるのだから。

ラスがタンクトップを引きさげてローレルの胸を覆った。「俺たちがいったい何をしてるって？　きみは俺の膝に座ってるだけじゃないか。何も問題ないよ」

言われてみればそうね。

ローレルは腰をあげてラスとひとつになり、ぎゅっと目を閉じたまま、彼に満たされ押し広げられるのを感じた。鋭く息を吸うとラスの肩をつかんで頭をのけぞらせ、無理やりまぶたをこじ開ける。「あなたの膝に座ってるだけよ。たいしたことない。そうでしょ？」

歯をくいしばったので唇は動かなかったが、ラスが〝そうだ〟と言ったのは間違いない。

ローレルは落ち着かなかった。どうしたらいいのかしら？　わずかに腰をあげ、また落としてみる。タイツのせいで動きが制限されるうえにギアが邪魔だった。車でラップダンスを踊った経験はもちろんない。

それでも、じっとしたまま奥深くで彼を感じているだけでも気持ちがよかった。そんなに心配する必要はなかったわね。

ラスのほうはじっと座っているだけでは我慢できなくなったらしい。下から激しく突きあげた。彼女はそうされるのが好きだと知っているのだ。ローレルは急いで彼に合わせ、彼のすべてを受け止めた。

ラスがキスをする。有無を言わさぬ舌が襲いかかり、彼の髭に顎をこすられ、歯がぶつかって音をたてた。

ローレルはできるだけ脚を広げてラスにすり寄ると、服を着たまま愛を交わす彼の甘い汗の香りを吸いこんだ。自分の体が制御できなくなり、唇を噛みながらバランスをとるために窓ガラスにてのひらをつく。ラスが突きあげるたびにどんどん高みに舞いあがり、まともに息ができなくなる。

「ラス、お願い……」何を懇願しているのかわからなかった。すでに彼はすべてを与えてくれているのだから。ローレルの体はうずき、燃えあがり、ラスの膝の上で身もだえしたかと思うと、とうとうなんの前触れもなく落下を始めた。

淵《ふち》から落ちかけたその歓喜の一瞬に、突然時が止まる。続いていっきに波が押し寄せ、ローレルをのみこんで甘美な爆発を引き起こした。ラスは腰を支える手に力をこめ、うしろへ倒れそうになる彼女を引きとめながら動き続けた。ようやく快感の波が引いたと思ったとたん、ラスも爆発に加わった。その顔に浮かぶ表情が、余韻にひたる彼女をふたたび燃えあがらせる。

ローレルがぐったりと彼の胸にもたれかかると、ラスが彼女の額にキスをした。頭をあげてそっと腕に触れる。「きみは、もっとたびたび俺の膝にのるべきだな」

汗で湿った前髪を払いのけ、ローレルは笑った。「任せて」

ジェリーはシーツの下の体を調べた。

うん、やっぱり何も着てないぞ。

ちらっと隣を見て、ひとりではないと確認する。夢を見ていたのでもなかった。それが最後の望みだったのに。

ちぇっ。彼は目をこすり、余計な身動きをしないように気をつけた。愚かな行為なら山ほどあるが、その中でもこれはリストのいちばん上に来るだろう。

ゴシック・ガールと寝てしまった。

パムとよりを戻すチャンスが消えてしまったばかりか、隣でシーツを握りしめ、半分胸をのぞかせているこの女のことを好きですらないのだ。確かに、まあ、いい胸だが、なんといってもゴシック・ガールだぞ。まいったな。

これもすべてラスのせいだ。あのいまいましいクラブを出たジェリーはラスの姿がどこにもないことに気づいた。跡形もなく消えていた。帰る手段もないジェリーを残して。そのとき、この女が、彼女のアパートメントまで歩いていったら電話でタクシーを呼べると言いだし、どういうわけか彼は了承してしまったのだ。

白熱した議論、テキーラのボトル、そして俺はここにいる。

彼女の名前すら覚えていないと思うと良心が痛んだ。女のあとばかり追いかけている二〇歳の青二才でなければ、こんな愚かなことはしないはずだ。

ともかく、いつもはしない。愚かな行為の動かぬ証拠を目の前にして、大きなことは言えないが。

頭がズキズキする。舌が二倍にふくれているのではないかと思いながら唾をのみこんだ。隣で眠っている彼女がもぞもぞと動いた。シーツがめくれて胸が両方ともあらわになると、片方の胸の上にクローバーのタトゥーが見えた。

そのクローバーを舐めたことを思いだし、ジェリーは脚のあいだにまぎれもない興奮の始まりを感じた。やめろ。頭と下半身に命令する。あれは間違いだったんだ。二度と繰り返すつもりはない。

ところが記憶の残りがどっとよみがえり、官能の波が押し寄せてきた。この女性とのセックスは信じられないほどすごかった。独創的で、いつまでも終わりがなく、大胆で。

ああ、くそっ、だめだ、だめだ、だめだ。何かの間違いに決まってる。アルコールのせいで記憶がぼやけているんだ。

人生で最高のセックスの相手が、この女だなんてあり得ない。

ゆっくりと女の目が開いた。だんだん焦点が合ってきたかと思うと、ふいに大きく見開かれた。黒いナイトスタンドを手探りし、眼鏡をかける。とたんにシーツを胸に引き寄せ、金切り声をあげ始めた。

「ここで何をしてるのよ?」

それはかなり難しい質問だ。

「きみと同じこと。飲みすぎて、激しいセックスをしたあとで目を覚ました」こういう問題は言葉に気を遣っても意味がない。とくに、部屋を見まわして自分の服がどこにも見当たらないときには。

彼女が慌てて両耳を手で覆った。「やめて！ そんなこと口にしないで!」

ジェリーは少し楽しむことにした。少なくとも、屈辱を感じているのは彼だけではないらしい。うめいている彼女には、昨夜のような傲慢《ごうまん》で自信たっぷりな雰囲気はなく、見ていて結構楽しかった。つんつん尖っていた髪はしおれ、メイクも夜のあいだにこすれ落ちてしまったようで、ごく普通の女性に見えた。いや、頑固で手厳しい女性にしては、かなりかわいい。

「きみが話したくないなら話す必要もないさ」ジェリーはさっとシーツをはねあげ、彼女の前に全裸をさらけだした。「服を見つける手伝いだけしてほしいんだ。そうすればタクシーを呼ぶか、バスに乗って帰る」

また彼女が金切り声をあげた。「いやだ、嘘でしょ！　覆ってよ」両手に顔をうずめてうなっている。「こんなばかなことをしたのは初めてだわ。一度もないのよ。知らない男とは寝ない。誰かとつき合っているときでも、酔っ払ってセックスしない。野蛮な性差別主義者のいやなやつとは、絶対に絶対に寝たりしないのに」

「それが、きみがそんなにピリピリしてる理由なんだな」

彼女が枕でジェリーを殴り、おかげでシーツが落ちてまた胸が見えた。「警察を呼ぶ前にあたしのベッドから出てよ」

ジェリーは声をあげて笑った。本気でおもしろくなってきたぞ。「きみに教えるのは気が進まないが、俺は警官なんだ。ジェリー・アンダーズ刑事。嘘だと思うなら相棒に電話してみるといい。だけど、べつに法は破ってない」立ちあがろうとすると疲れきった筋肉が悲鳴をあげて、思わず眉をひそめた。

くそっ、彼女はいったい俺に何をしたんだ？　ふと、向こうにあるドレッサーに彼女がしがみつき、立ったまましたことを思いだした。「心配しなくていい。ズボンを見つけたらすぐに帰るから」興奮したものをズボンに突っこんだらすぐにでも。

少し落ち着きをとり戻したらしく、彼女はシーツをきっちり体に巻きつけてから立ちあがった。「もうひとつの部屋にあるかも。あたしが戻ってくる前に消えて」もぞもぞしながらバスルームに入り、バタンと音をたててドアを閉める。

ジェリーはふん、と鼻を鳴らした。「変人め」だが、本気でそう思っているわけではなかった。服を探して床を探っていると、コンドームの破れた包みが四つ、プラスチックのカップがひとつ、それにライムが見つかった。全部合わせると最悪の組み合わせだ。

ベッドの下でジーンズを見つけ、どうしても見当たらないブリーフをあきらめて脚を突っこんだ。ナイトスタンドには小銭と口紅と運転免許証、それに空っぽの小さなバッグがあった。まるで何かを探して中身を空けたみたいだ。おそらく四つのコンドームだろう。

名前だけでも知っておこうと、さっと運転免許証に目を通す。キャサリン・レニー。二八歳か。

ジェリーは靴下なしで靴を履き、スエットシャツを着た。そろそろ出ていく時間だ。

「もう帰るよ」閉じられたバスルームのドアに向かって声をかけた。ドアには首のないぷよぷよしたかたまりの絵がかかっていた。首を傾けて眺めてみる。犬かな？

「楽しい夜をありがとう、キャサリン。もしかしたら、またこんな機会があるかも」

「くたばれ」彼女が言った。くぐもっていたが、聞き間違えようがない。

ジェリーはくすくす笑った。威勢のいい女だ。そういうところは結構好きかもしれない。

17

「それで、あんたたち、今夜はひと晩中Ｈ・Ｈする予定？　それとも何か食べに行く？」ショーンがドア枠にもたれ、ラスの見るところ半分はおもしろがり、半分はうんざりした様子でふたりをうかがっている。

ラスは身をよじって彼から離れようとするローレルを自由にしてやり、キッチンカウンターに寄りかかった。「そのＨ・Ｈっていうのはいったいなんのことだ？」

「〝ホットで激しく《HOT HEAVY》〟に決まってるだろ」ショーンが手話で〝ホット〟と表してから、ローレルのほうを向いた。「〝激しく〟はどうやるの？」

頬をピンク色に染めながらローレルがやってみせた。恥ずかしがりながらも喜んでいるようだ。ラスが彼女と会うようになってからの三週間で、彼女はショーンとも仲よくなっていた。ショーンは次から次に手話を教えてくれと言ってローレルを困らせているが、彼女は教えることを楽しんでいるだけでなく、ショーンが宿題に取り組む姿勢にもいい影響を及ぼしている。ラスは弟の数学の担任教師から、ショーンがめざましい成長を遂げて喜んでいることや、何が彼をこれほど変えたのか不思議に思うと書いた手紙をもらった。

しかし、正直なところ、ショーンが学校の勉強に身を入れ始めたのを喜ぶ一方で、変化を起こしたのがラス自身ではなくローレルだということに苛立ちを感じてしまうのも事実だった。彼女がいなければ、間違いなくショーンは今でもDやFの成績をとり続け、ラスは情けない気分になっていただろう。

当面その心配はなさそうだが。

「宿題は終わったの?」ローレルがショーンにきいた。「私に見せて。それで、ちゃんとできていたら何か食べに行きましょう」そこまで言って初めてラスのことを思いだしたらしい。「いいかしら、ラス?」

「もちろん」反対する理由はどこにも見当たらない。それなのに、ラスはどうしてもすっきりしない気分だった。

三週間ほぼ毎日、彼はなんらかの形でローレルと会っていた。そうしたかったからだ。彼女と一緒にいると楽しかった。おそらく恋に落ちているのだと思う。けれどもラスはこういう恋人関係に慣れていないので、ときどきひどく違和感を覚えて息苦しくなることさえあった。

ほとんどの場合はすばらしく、気分がよかった。一緒に食事をして、ショーンと三人で、あるいはふたりだけで出かけることもあった。映画やボウリングに行ったり、ジャズの生演奏を聴きに行ったこともある。激しいセックスに没頭する熱い夜を幾度も経験したが、ベッドにお菓子の国をつくって戯れたあの夜以来、朝までともに過ごしたことは一度もなかった。

でも、それはショーンがいるからだ。ほかに理由はない。何もかも完璧だった。それなのにどこか、よくわからないけれど、どこかがしっくりこないのだ。

お互い、三週間たった今でもふたりが会っているとは予想していなかった。一緒に買い物に出かけ、食事をして、ラスのキッチンを改装しているとは、思ってもいなかった。しかし当初の思惑と違ってきていることについて、ふたりとも話題にするのを避けていた。

ラスが黙っているのは、なんと言えばいいかわからないからだ。自分たちの関係がどこへ行き着けばいいと思っているのかわからず、果たしてどこかへ行き着く可能性があるのかすらわからない。

ショーンが宿題をとりに行ったので、ラスはローレルと検討していた木材のサンプルを片づけ始めた。いったいどういう経緯でそうなったのか、彼はいつのまにかキッチンを改装することになり、キャビネットやカウンタートップ、ビニール製の床材などの選択を、ローレルが手伝ってくれていた。あるいは、ほとんど彼女が選んでいるといってもよかった。ラスはただ、イエスとかノーとか答えるだけでいいのだ。

問題は、彼がクリーヴランド警察の刑事、ラス・エヴァンズだということだった。ローレルならどんな素材だろうと気に入ったものを選べるだろうが、ラスは野心もそこそこに、ささやかな家に住む身だ。人生に多くは求めない。住む家があり、弟が責任ある幸せな人間に育ち、犯罪者を刑務所に放りこむことができれば、それでよかった。

そんな暮らしにローレルがなじむとは思えない。幸せになれるはずがなかった。

「どうかしたの?」耳のうしろに髪をかけながら、彼女がきいた。

ラスはローレルを見つめた。信じられないほどかわいい。やっぱり俺は彼女にふさわしくない。せっかく一緒に過ごしているのに、疑問を抱くこと自体が愚かじゃないか。現状のすばらしさをありがたく感じて、いちいち悩むのはやめるべきだ。

「いや。なんでもないよ」


「これ」バッグを入れておくロッカーや昼食用のテーブルがある奥の部屋で、キャサリンがローレルに袋を突きだした。

キャサリンは、タバコを吸いながら雑誌を読んでいる新入りのジョンをちらりとうかがい、落ち着かない様子で前髪を引っぱった。

「なんなの?」ビニールの買い物袋を受けとったもののわけがわからず、ローレルは眉をひそめてキャサリンを見た。だが、彼女は目を合わせようとしない。

フードのついた黒いスエットシャツのファスナーを開けては閉め、唇のあいだから舌のピアスを出したり入れたりしている。「ラスに渡してくれればいいの。彼ならどうすればいいかわかるわ」

「いったい何が入ってるの?」ローレルは困惑して尋ねた。「ドラッグとかじゃないわよね、キャット?」冗談を言いながら袋を振ってみるが、やっぱりわけがわからない。いつも冷静で自分をコントロールしているキャサリンが、すっかり動揺しているみたいなのだ。

「ドラッグじゃないわよ！　ドラッグなんてどこで買うかも知らないのに。こういうことはまったく初めてなの」

「わかったわ。それで、なんなの？」好奇心に負けて結び目をほどき始める。

「だめ！」キャサリンがローレルの手首を叩いた。

ジョンが何事かと顔をあげてこちらを見ている。

ローレルは遠慮していられなくなり、キャサリンの手を振り払った。さっき一瞬だけ見えた中身が本当にそうなのか確かめたくてのぞきこむ。やっぱり。「下着じゃないの！　それにソックス」

ひどく腹が立ってきて、キャサリンを睨んだ。どうしてキャットがラスに下着を渡したいの？　男性用の下着を。

「シーッ！　大きな声を出さないで。もう」キャサリンは爪を噛み、ローレルをジョンから離れたドアのほうへ引っぱっていった。「ごめん、ローレル。とにかくひどいことなのよ」

「まさか寝たんじゃないでしょうね？　私の、その……ラスと」呼び名はどうでもいい。ローレルは床が傾いてぐるぐるまわるような感覚に襲われ、吐き気がしてきた。

「違う！　そんなばかな、違う、違う。もちろん違うわよ。彼は絶対に……私は絶対……」キャサリンがローレルの腕をつかんで揺さぶった。「もっと悪いことなの。ジェリーと寝ちゃったのよ」

「ジェリー？　ラスの相棒のジェリー・アンダーズ？」唖然《あぜん》としてローレルは繰り返した。きっと唇を読み間違えたんだわ。キャットとジェリー？　ふたりはスティレットヒールとコンフォートシューズくらい違う。釣り合うわけがないわ。

「そう、ジェリー。あたしたちがクラブに行った夜、ラスがジェリーを残して先に車で帰っちゃったでしょ。だからうちの電話を貸してあげることになって。次に覚えてるのは、あたしたちがテキーラをがぶ飲みしたことと、起きたら何も着てなかったってことなの。彼の隣で」キャサリンが身震いした。

ローレルは思わず口を手で覆った。ぎょっとすると同時に、ヒステリックに笑いだしたい気分だ。「あら、まあ」

「あたしはもう決まりが悪くて最悪だった。それで彼を追いだしたの。二日後に掃除機をかけてたら、ごみ箱のうしろから下着が出てきて、ベッドの下でソックスが見つかった。だけど、どうしていいかわからなくて。捨てるのはやっぱり失礼でしょ。そうかといって、持ってるわけにもいかないし。これを見てるといらいらしてくるのよ。あたしをばかにしてるみたい。自分の愚かさを思いださずにいられないの」キャサリンが眼鏡をずりあげた。「だって、下着よ。うえっ」

ローレルは袋の口を結び直した。ジェリーのブリーフは見たくない。「で、彼は電話をかけてくるとかしなかったの？」

「いいえ。連絡なんかなくていいの。あたしと同じように、向こうもひどい間違いだったと気づいてるはずだもの。誰にも知られたくない」

「ジェリーは本当にいい人よ、キャット。彼なら言いふらしたりしないって信用できるわ」

ローレル自身はジェリーをよく知っているわけではなかったが、ラスが命を預けるほど信頼しているのだから、信じていいはずだと確信していた。

キャサリンが下着を返す相手がラスでなくて、本当によかった。彼がほかの女性と寝たかもしれないと考えるだけで、心臓が止まりかけたのだから。

ふたりとも将来のことは口にせず、ローレルはラスとの現在を大切にとらえていた。そういう関係であっても、彼がほかの女性に目を向ける気がないことは確信が持てていたのだ。それなのに一瞬ラスを疑ってしまい、おかげでひどい気分を味わうはめになった。

「ドアベルが鳴ってる。もう行かなきゃ」

背を向けて部屋から出ていったキャサリンは、すぐに戻ってきた。ロッカーの扉を開けていたローレルが肩を叩かれて振り向くと、顔を青くしたキャサリンがそこにいたのだ。「彼が来てる、ローレル！　今ここに。ラスともうひとりがお店に来てるの」

キャサリンには応対する気がまったくないようなので、ローレルは自分が出ていかなければならないことを悟った。もうひとりが誰なのかは尋ねるまでもなく、〈ラフィ・タフィ〉の陳列棚にジェリーが屈んでいるのを見ても、彼女は驚かなかった。ラスは片手いっぱいに〈ピクシー・スティックス〉を持ち、〈キャンディ・リング〉を吟味していた。

ローレルは欲望が体を震わせるのを感じて、歩くスピードを落とした。ラスが彼女の胸からパウダーを舐める光景を思いだし、息が詰まって腹部にきゅっと力が入った。そのときラスが顔をあげ、ふたりの目が合った。彼の顔にゆっくり浮かんだ笑みに、ローレルは思わず唾をのみこんだ。

ラスが思わせぶりに〈キャンディ・リング〉をくるくるまわしている。ローレルは頬が熱くなった。あのキャンディをどうするつもりか知らないけれど、彼には何かアイディアがあるらしい。頭を傾け、彼女の許可を求めるようにうなずいてキャンディを示した。

ローレルは手話で〝イエス〟と表した。胸をドキドキさせ、乳首が反応して心の中を知られる前に背を向ける。

胸の頂はすでに張りつめていた。でも、ラスやお店にいる人たち全員にそれを教える必要はない。

ローレルはジェリーに近づいて彼の腕に触れた。「こんにちは、ジェリー」

「やあ、ローレル」びっくりした様子でジェリーが顔をあげた。「ラスはきみがランチに出られるかどうか知りたがってた。断っておくけど、俺も一緒に行くから覚悟してくれよ。腹がぺこぺこなんだ」

「もちろん、一緒に行きたいわ」彼女はビニール袋を差しだした。こんな役目を果たさなくてはならないなんて、ものすごく決まりが悪い。「キャサリンがこれをあなたにって」

「本当に？」ジェリーがタフィから手を離して袋を受けとった。「何かな？」

「たぶん、あなたが、その……彼女の家に忘れていったものよ」ローレルは言葉に詰まりながらあとずさった。お願いだから、ここでは中を見ないで。

ジェリーが袋を開けた。彼は笑いだし、ローレルに顔を向けてにやりとした。「ありがとう。彼女、キャサリンはいる？　話したいことがあるんだ」

「ええと……」〝いるけど、あなたから隠れているの〟とは言いにくい。

「隠れてるんだな。そうだろ？」ジェリーはおもしろがっているように見えた。

「あの……」

「我慢ならない男に、四回も絶頂を味わわされたと認めたくないんだろう」

ローレルは目を丸くした。「四回？」口を閉じる前に言葉が出てしまった。キャサリンがおろおろしていたのも無理ないわ。刺激的なセックスほど心を揺さぶるものはないのだから。

「ああ、四回」ジェリーの顔は男としてのプライドで光り輝いている。

ふと彼の視線が左に移り、ローレルはキャサリンが近づいてきたことに気づいた。彼女が何か言ったらしく、ジェリーの顔が先ほどとは打って変わったしかめっ面になった。「きみがそう言うなら」

それを聞いたキャサリンがジェリーの腕を叩いた。徹底的に話し合わせたほうがいいと思ったローレルは、彼らのそばから離れてうしろにさがった。流血沙汰《ざた》にならなければいいけれど。最後に勝つのは誰だろう。

私ならキャサリンが勝つほうに賭けるわ。

ラスがそばに来た。「今夜は何がしたい？」

ローレルはにっこりして、手話で〝セックス〟と伝えた。ラスが目を見開くのを見て声をあげて笑う。

「ローレル！」彼はきょろきょろとあたりをうかがった。まさか、全国ネットで放送したわけじゃないのに。ラスが、目を離していられないと言わんばかりに彼女の両手をつかんだ。笑いが止まらなくなったローレルは、すばやく彼にキスをした。「きいたのはあなたよ」

「映画を見たいとか、そういうことを言うかと思ったんだ」

わかってたわ。でも、普通に答えるより、彼にショックを与えるほうがもっと楽しい。それに、ラスは確かにショックを受けていたけど、興奮もしていた。ブラウンの瞳が深いチョコレート色になったのは、どうしようもなく私を欲しがっている証拠だ。

「映画も見ればいいわ。どちらを先にするか、あなたに選ばせてあげる」

ラスの眉があがった。「親切なんだな」

「私はすごくいい子だから」そして、とてもみだらな気分になっている。仕事がなければ、証拠を見せてあげられるのに。

ラスは無視しようと決めたらしく、ローレルにキスをするとすぐに離れ、キャサリンとジェリーに注意を向けた。「彼女がジェリーの銃を抜いてあいつに突きつける前に、仲裁したほうがいいんじゃないか？」

ローレルが振り向くと、ちょうどキャサリンが下着の入ったビニール袋でジェリーを叩いているところだった。「まあ！　警察官に対する暴行罪に問われない？」キャサリンのことは大好きなので、彼女が刑務所に入れられる場面は見たくない。

にやついているところを見ると、ラスは心配していないらしい。「どちらかというと、痴話喧嘩の部類に入るんじゃないかな。だけど彼女をあれほど怒らせるなんて、あいつはいったい何をしたんだ？」

「四回も絶頂を味わわせたんですって」

「なるほど、それなら誰だって頭が変になるだろうな」

18

ラスはローレルの家のドライブウェイに車を寄せた。コートのポケットに予備の歯ブラシが入っている。ショーンは、レイクウッドに住んでいたころの友人からホッケーの試合に誘われ、今夜は泊めてもらうことになっていた。そのおかげでラスはローレルとひと晩一緒に過ごせることになり、家には明日の朝九時までに帰っていればよかった。

彼はローレルをからかうつもりでいた。まずは映画を見て、時間がないので家に帰らなくてはならないふりをする。彼女ががっかりする様子を見たかった。どれほどローレルが求めているかを確認したら、ひと晩中好きなだけ彼女に触れられることを打ち明けるつもりだ。

車を降りてドライブウェイに立つと、ガレージに向かって歩き始めた。今朝また雪が降ったので、解けかけて汚れた雪の上を歩いて家の玄関にまわるより、キッチンのベルを鳴らそうと思ったのだ。ローレルが彼のためにガレージのシャッターをあげておいてくれた。中は整然と片づいていて、男が住んでいないのが一目瞭然だ。もし住んでいれば、工具や芝刈り機の部品などが散乱しているはずだった。

ラスはローレルに一度、誰が家のメンテナンスをしているのか尋ねたことがあった。彼女はきょとんとした顔をして、必要に応じて誰か人を雇っていると答えた。大きくて古い家だから、その誰かは頻繁に通ってこなければならないはずだ。ドライブウェイの雪が業者によって雪かきされていることにも彼は気づいていた。

ローレルが自分とは違う境遇で育ったことが、ラスを苛立たせた。心の奥で何度も、この関係を永遠のものにするところを思い描いていたからだ。こうしてドライブウェイを歩き、湖のにおいを吸いこんで煉瓦造りの壁を眺めていると、考えが甘かったと思い知らされる。ここを離れてマッチ箱のような彼の家で、だらしがない弟と一緒に住んでくれとローレルに頼めるわけがなかった。

ラスにはちゃんとした仕事があり、給料もまずまずで、持ち家とちょっとした貯金もある。彼にとっては充分いい暮らしだが、ローレルは満足できるだろうか？

ドライブウェイの端で足を止めて、裏庭を見渡した。奥にはパティオがあった。煉瓦造りの静かな場所で、今は雪に覆われている。カバーのかかった大きなかたまりは、芝刈りの備品か何かなのだろう。裏庭で暗闇を見つめ、半分凍りかけた湖を眺めていると、居心地のいいローレルの部屋にいるように落ち着いた気分になれた。彼女の家のほかの場所はどうもラスには合わなかった。数週間前にローレルが家の中をすべて案内してくれたときも、花瓶やらなんやらを落としてしまわないよう、ずっと両手をポケットに入れていたものだ。

吐く息が顔の前で白く曇る。まるでタバコの煙のようだ。そんな思いが頭をよぎったとたん、ラスは本物のタバコのにおいがすることに気づいた。身を切るような夜の冷気の中に、間違いなくタバコの燃えるにおいが漂っているのだ。彼は眉をひそめて振り返り、パティオに立って家のほうをうかがった。

そこからローレルのキッチンの窓が見えた。大きな窓で、前にテーブルがある。たちまち疑念がわいてきた。警官としての九年間で研ぎ澄まされた本能が、何かがおかしいと告げている。ただ、その正体がわからない。

そのとき、ストレッチ素材の黒いパンツをはいたローレルが窓の向こうに現れた。ヒップの曲線をぴったり包みこむパンツで、ラスのお気に入りのやつだ。彼女はペーパーバックの本とミルク入りグラスを持っていて、椅子に座りながらグラスに口をつけた。

窓に近づいたラスは、室内の明かりのせいでローレルからはこちらが見えないことに気づいた。何者かがこんなふうに彼女の様子をうかがうのは簡単だ。何も知らずにローレルはミルクを飲みながらキッチンを動きまわり、ここにいるのは自分ひとりだと信じきっている。

ラスは好きなだけ彼女に近づけるのだから、こうしてこそこそ見つめる理由がなかった。呼び方はなんであれ、ふたりはデートをしている。彼女はラスのことを知り、好意を寄せて、信頼してくれていた。彼女の中に入るのを許してくれるほどに。

けれど、もし彼女に近づけないとしたら？

ラスはさっと中庭に目を走らせ、それから窓の下の地面を見た。すでに抱いていた疑念が確信に変わる。

そこにタバコの吸殻があったのだ。傲慢な名刺がわりであり、絶対に捕まらないという自信の表れだ。濡れた足跡と、タバコの吸殻が一一本あった。一一本も。激しい怒りがこみあげてラスの顔が赤くなった。見さげはてた野郎は、一一本もタバコを吸うほど長いあいだ、ここでローレルを見つめていたのだ。

ふと、右のほうで何か動くものが見えた。ラスはためらわず、木々の集まっている方角へ走り始めた。夜ではあったが、月と、明かりを反射する雪のおかげで、交差する道路へ向かって木々のあいだを走り抜ける男の姿が見えた。

ディーンだ。被害者の女性たちから聞いて作成した人相書きどおり、髪はブロンドで細い肩をしている。

見る前からラスには、それがディーンだとわかっていた。感じたのだ。

さらにラスはスピードをあげた。冷気が肺に押し寄せ、息をするのがつらかったが、なんとしてもディーンを捕まえたかった。地面に引き倒し、こぶしを打ちつけてやりたかった。ずうずうしくもローレルを、彼のローレルをのぞき見るなんて。

足をとられて滑るので雪の中を走るのは難しかった。しかしディーンに勝る体格のおかげで、ラスはだんだんと距離を縮めていった。だが、そのとき、車のロックが外れる電子音が響いた。ラスが必死で木々のあいだを抜けてようやく通りへ出たときには、すでにディーンは青いホンダ・シビックを発車させていた。

「くそっ！」横滑りして急停止すると、ラスは体をふたつに折って息を整えた。ナンバープレートは見たけれど、車はおそらくディーンのものではないはずだ。

一瞬、自分の車に乗って追いかけようかと考えたが、それには距離を開けられすぎていた。何が起こっているのかまったく知らないローレルを、ひとり家に残しておくのも心配だ。

林のあいだを小走りで戻りながら、ラスは携帯をとりだしてジェリーにかけた。

「もしもし？」

「俺だ。ローレルのところにいるんだが、ディーンが裏庭でうろついているのを見つけた。あいつ、ローレルの様子をうかがっていやがったんだ、ジェリー」怒りで自分の声が震えるのがわかり、ラスは額をこすった。ディーンを殺してやりたい。じっくりと確実に。でも、まずは落ち着いて状況を把握しなくては。

「なんだって？　やつのいつもの手口とは違うな」

「そうなんだ。むかつくよ」ラスはローレルの家の裏庭に向かう途中で木の枝を蹴りつけた。

「ああ、わかる」

「ナンバープレートを見たんだ。家宅侵入罪で逮捕してやる」今のところディーンを勾留《こうりゅう》する理由はそれしかなかったけれど、苛立ちのはけ口くらいにはなるだろう。

「それは無理だ、エヴァンズ。せいぜい五〇ドルの罰金で、やつは釈放される。おまけに、われわれが追っていることを知られてしまうんだぞ」

ジェリーに冷静になられると無性に腹が立つ。

「どうにもならないんだよ、相棒。このまま成り行きを見守るしかない。ほかにも事件はあるんだ」

「あいつは個人的な目的でやってるんだ、ジェリー」ラスは言った。以前は、ディーンが女性の心を奪っておいて粉々に砕く人間のくずだから逮捕したかった。今では、やつが冷たい計算ずくの非情な目でローレルを見ているのが我慢ならず、なんとしてでも捕まえたいと思っていた。

「やつは知らないんだぞ。ローレルがおまえの恋人だとは。それに俺たちが捜査を開始したとき、まだ彼女はかかわっていなかった」

ラスはガレージの前で立ち止まり、左右をさっと見渡して変わったところがないかどうか調べた。「やつがどこまで知ってるか俺にはわからない。そこが怖いんだ」

「心配するな。あいつはただの詐欺師で臆病者だ。これまで一度も被害者を傷つけていない」

「ああ、やつがローレルを傷つけることはあり得ない。刑務所にぶちこんでやるまで、俺が彼女から目を離さないからな。ローレルはうちへ連れていく」

ジェリーが鼻を鳴らした。「なあ、俺はもう行かなくちゃならないんだが、おまえのその提案に彼女がどう反応したか、明日また教えてくれよ」

ボタンを押して通話を切りながら、ラスはいぶかしんだ。なんだってやつはあんなことを言うんだ？　ローレルは道理をわきまえている。俺が彼女の身の安全を心配しているとわかるはずだ。それに、一週間か二週間くらい快適な暮らしを離れなくちゃならないとしても、それも人生じゃないか。

死ぬよりましに決まってる。

ローレルは呆然《ぼうぜん》としてラスを見た。紙に書いてもらえばよかった。きっと唇を読み間違えたんだわ。本気で彼がそんなことを言うはずないもの。

「荷物をまとめるんだ。きみは俺のところへ移る」

ほら。また言ったわ。ローレルはミルクのグラスを握りしめ、何か言おうとして口を開けた。だが、言葉が出てこない。

ラスはすでに階段のほうへ向かっていた。

ローレルは慌てて彼の腕をつかんだ。「どうしてなの？　それにそういうことって、普通は女性にお願いするものじゃない？」

ラスが彼女の髪を手ですいた。心配そうに眉間《みけん》に深い皺を寄せ、こわばった口もとには決意がみなぎっている。これが、ローレルの人生における最高にロマンティックな瞬間でないのは明らかだった。

「ディーンがキッチンの窓の外に座ってきみを見ていた」

ほらね、全然ロマンティックじゃないわ。「なんですって？　今夜？」困惑したローレルは大きな出窓に視線を走らせた。暗闇と、ガラスに反射する自分の姿しか見えない。

「そうだ、今夜だ。それだけじゃない、これまで何回見ていたのかわからないんだ。あのろくでなしめ」

ラスの顎が痙攣《けいれん》しているのは、激しい怒りを慎重に抑えているせいだ。ローレルはゆっくりグラスを置いた。心臓がびくんと跳ねて、喉もとまでせりあがってきた。

「どうしてわかったの？」家の中で動きまわる姿を誰かに見られていたと思うと吐き気がする。だが、それがトレヴァー・ディーンだと言われ、どこかほっとしたのも確かだ。誘惑を騙しの手法に用いる詐欺師なら怖くない。

ラス以外の男性に誘惑されてもなびくわけがないのだから、その点では安全だといえる。それが名前も顔もわからない男だったら、窓から侵入してきて彼女を縛り、レイプするかもしれない。そのほうが恐ろしかった。

「見たんだよ！　タバコのにおいがしたから裏にまわってみたら、窓の外に吸殻が落ちていた。そしてやつがいたんだ。木のあいだを走って、哀れな臆病者そのものの姿で逃げていったよ」

「おかしいわね。私はずっとディーンと連絡をとろうとしてたのよ。また会う約束をするときのために。でも、彼は無視していたわ」

「それは、もう親しげにメールをする必要がなかったからだ。やつはずっときみの窓の下に座ってたんだ！」

ローレルにはわけがわからなかった。だが、犯罪者の心理に詳しいわけでもない。もしかしたらディーンは、彼から何日も連絡がなかったせいで彼女が送った、懇願するようなメールが気に入ったのかもしれない。「ディーンを逮捕できるの？」

「家宅侵入罪だけだ。二時間ほどで釈放せざるを得ない」ラスが壁にこぶしを打ちつけた。

「ちくしょう、頭がおかしくなりそうだ！　明日、きみに護身術を教えるよ。さあ、荷物を詰めて、フェリスまで連れてくるんだ。あいつのキャリーケースはあるのか？」

ラスがフェリスまで自宅に連れていこうとしてくれているのは嬉しい驚きだが、一方でローレルは釈然としなかった。明確な期間もわからないまま、慌てて彼の家に飛びこむのが特別すてきな考えとは思えないのだ。何よりもまず、滞在期間が問題だった。警察がディーンを有罪に持ちこめる証拠をつかむまで数カ月かかるかもしれないし、かからないかもしれない。彼女が永遠に一緒に住むことをラスが期待しているとは、とても考えられなかった。

そうなると、次の問題が発生する。ローレルはラスと一緒に住みたいのだ。毎日彼の隣で目覚め、朝食をつくり、ショーンに〈トゥインキー〉や〈ドリトス〉以外のものを食べさせ、あの茶色いカーペットを引き剝がしたい。永遠にラスと一緒にいたかった。なぜなら、彼を愛しているから。

けれども、ローレルの望みのどれひとつとして、ラスは彼女に求めていなかった。彼はただ彼女の身を守るために、自分の家へ来てほしがっている。それは、ローレルをわずかばかりの常識さえ持ち合わせていない人間だと、ラスが見なしているからだ。

「ショーンはどうするの？　私があなたたちと一緒に住むのはよくないんじゃないかしら」

ラスが手を振って反論した。「あいつにはちゃんと理由を説明すればいい。もうすぐ一四歳になるんだ。俺たちが一緒に寝るのを理解できない年じゃない」

「彼が知っているのと、私たちが見せびらかすのはべつの問題よ」

ローレルが理不尽なことを言っているとばかりに、ラスが眉をひそめた。「俺にソファで寝てほしいのか？」

彼女は慎重に言葉を選ぼうとした。気持ちを伝えたいのにはっきり説明できない。ただ、保護という名目でラスの家に駆けこんで、自信や自立心をなくしたあげく、ふたりの関係を誤った方向に進めてしまうのはいやだった。

「違うわ。自分の家にいたいだけ。あなたはあなたの家で暮らして、今までどおりの方法で会いたいだけよ」

「それは、俺の家がぼろだからか？　自分が金持ちじゃないのはわかってる。洒落た家具もない。だけど危険が迫っているときには、そんなこと関係ないんだ」

ローレルはびっくりした。「ぼろなんかじゃないわ。それに、くつろぐのに洒落た家具なんか必要ないの！　私は甘やかされたプリンセスじゃないのよ、ラス・エヴァンズ。あなたの提案に怒ってるのは、あなたが私をそんなふうに見なしているからだわ」

「きみはいい暮らしに慣れている。認めろよ」

こんなのフェアじゃない。ローレルは、ラスに底の浅い人間だと思われていることがつらかった。「誰でも、いいものが好きだわ。だけど私の働いているのはキャンディ・ストアよ。今まで一度もお高くとまったことなんかないわ。そんなに私を軽視しているあなたが、私を一緒に住まわせたがる理由がわからない」

「かんべんしてくれよ」あきれたようにラスが目をまわした。「そんなこと言うんじゃない。きみがお高くとまってるなんて思ってないよ。いいか、きみは俺とつき合っている。そうだろ？　きみみたいな子には、俺が差しだすものでは充分じゃないと思っただけなんだ。きみのことが心配なんだよ。危険とは無縁で、安全でいてほしい。だから俺のところへ来てほしいんだ」

愛しているからじゃないのね。離れているのが耐えられないからじゃないんだわ。私を守りたいから。こんなに献身的なおまわりさんに気遣われていたら、嬉しく感じてもいいはずなのに。

それなのに実際はめちゃくちゃ腹が立って、彼をつねりたくなっている。「どんな危険なの？　どこかの男の人が窓の外から私を見てたと言ったわね。わかったわ、投光照明をとりつけて、いつも警報装置を作動させておくようにする。キッチンの窓にはブラインドをつけるわ。ディーンにお金を渡すつもりはない。彼のせいで自分の家から逃げだすつもりもないの」

「ばかなことを考えるな。きみが自分の身を守れるわけがない！」ラスは手を突きだして憤然と振りまわした。「この家は広大だ！　フェリスにできることがあるとしたら、せいぜい食べすぎからきみを守ることくらいしかないじゃないか。頭を使えよ、ローレル。あの男は家の中に入っていたかもしれないんだぞ。聞こえないきみは気づきもしないだろう！」

驚きのあまり、反撃の言葉すら出てこなかった。こらえようとする前に、ローレルの目に涙がこみあげてきた。彼女の耳が聞こえないことを、ラスが障害として扱ったことはこれまで一度もなかったのに、今になってこんなふうに、自分の意見を無理やり通すために持ちだすなんて。痛みに全身を切り裂かれ、ローレルは口を押さえて彼に背を向けた。

ラスはローレルが息をのみ、まるで彼に殴られたようにひるんでうしろを向くのを見ていた。あふれた涙が彼女の頬を転がり落ちる。

ちくしょう、なんてことだ。はらわたがよじれ、パニックと後悔と恐怖が胸にこみあげてきた。ラスは手を伸ばした。「ローレル。そんなつもりじゃなかったんだ。ただ……実際の話、聞こえないきみが自分の身を守るのは、ほかの人より難しいから」

「あなたの言いたいことはわかるわ」

ラスは、無神経で気が利かず、彼女の望みをちっとも理解しない自分を、ローレルが叫んだりわめいたりして責めるのを待った。けれども彼女はそうしなかった。ただがっくりとうなだれて肩を落とし、自らを守るように体に腕をまわしている。顔にかかる髪も悲しそうな瞳を隠しきれていなかった。

ラスがこれほどの恐怖を感じるのは、両親の墓の前で司祭が無意味な慰めの言葉をかけてくるあいだ、じっと立ちつくしていたとき以来だった。

「ローレル、ベイビー、俺はきみに安全でいてほしいだけなんだ」ラスがとった彼女の手は、弱々しくて反応が鈍かった。押し寄せてくるパニックを彼はくい止めようとした。それほどたいしたことじゃないはずだ。明らかな事実を口に出しただけで、深い意味はなかった。ローレルは耳が聞こえない。彼女にどう思われようと、ラスにとってそのことは問題ではないのだ。「わかったと言ってくれ」

「わかっているの」ローレルがラスと目を合わせた。頬が青ざめ、唇が震えている。「でも、あなたが理解していないことがあるわ、ラス。耳が聞こえないのを利用して、私をコントロールすることはできないのよ」

「いったいなんの話をしてるんだ？」ラスはローレルの顔から髪を払い、彼女の手を握る手に力をこめた。俺が彼女をコントロールしたがるわけがないだろう？　女性を思いどおりに操るのはディーンの得意分野だ。俺はディーンや、自分の愚かさのせいで彼女を失いたくないだけだ。「俺がどうやってきみをコントロールするんだ？」

「あなたは私にとって何がベストか、自分ならわかると思いこんでいる。これまでの人生で、私のまわりの人たちはみんな同じことをしようとしたわ。私は抵抗しなかった。だって自分が何を望んでいて、どこに属しているのか、わからなかったからよ」

ローレルはラスの顔に手を伸ばした。繊細な指が顎をたどる。「あなたは自分が何者か知っているでしょ。どんなふうに生きようとしてきたかもわかってる。でも私の場合は、話せる聾者として健聴者の中で生きるか、聴覚障害者としてASLや聾文化に没頭するか、常に選択を迫られてきたわ。たいていは境目にいて、どちらの側にも顔を出していたの。だからいつまでも部外者で、どちらの社会にもなじめなかった」

「きみの言うとおりだ。俺は何もわかっていなかった。理解できるわけないよな」ラスはローレルの背中を撫でた。今の彼にわかるのはひとつだけだ。この女性を愛している。優しい心と甘い微笑みと、現在の彼女を形づくってきたすべてを愛している。

「両親は私の教育のことではいつも意見が合わなかった。結局、私はすべてをちょっとずつ学んだの。両親にとって私は、ふたりを結びつけるものであり、心配の種でもあった。私はふたりが喜ぶことならなんでもしたわ。そうすれば、私を問題と見なす人がいなくなると思ったから。でもね、私は聞こえないことが問題だとは思っていない。両親にもあなたにも、そんなふうに感じてほしくないの」

ラスはさらに手に力をこめた。「ローレル、俺は問題だと感じたことは一度もない」彼が感じているのは彼女への深い尊敬と、どうしたらいいかわからなくなるくらい、思いがけず強い愛情だった。「きみに目を向けるとき、俺に見えているのは問題なんかじゃない。美しくて、驚くほど知的で、俺の心をかきたてる女性だ。俺にわかっているのは、きみがどこかに属するとすれば、それはここ、俺のそばだということだけだ」

ローレルのなめらかな頬で、涙が筋になって乾いていた。ラスは唇でその筋をぬぐった。

彼女が震える。「歴史的に見て、マーサズ・ヴィニヤード島の人たちは聴覚障害者の確率がかなり高いの。遺伝的な障害よ。だけど、そこに住む人たちは完全にひとつの社会を形成している。聾者も健聴者も、島に住む全員が手話で話をするから」ローレルは深いため息をついた。「私には、地上の楽園に思えたわ」

彼女の思いがラスの胸を打った。こんなふうに、他人との関係でもがき苦しむローレルを見るのは初めてだった。ラスは、自信にあふれ、幸せそうでおとなしい彼女しか見ていなかったのだ。「俺が何か間違ったことをしたら教えてくれ、ローレル。直すから。俺は人と関係を結ぶのが得意じゃない。きみに地上の楽園も用意してあげられない。だが、必死で努力することはできる」

ローレルがラスの顔をのぞきこんで彼の頬を両手で包んだ。「あなたはいい人だわ。本当にいい人。間違いだろうとそうでなかろうと、私に自分で選ばせてほしい。それがあなたに望むことなの」

「わかった」それなら俺のそばを離れないでくれ。俺に背を向けて去っていかないでくれ。彼女と出会ったことが、人生で最高の出来事だと思える今は。

「この家は……」頬をぬぐいながら、ローレルがラスから離れた。「書類上は私の所有だけど、私のものじゃないの。言いたいことをわかってくれる?」

たとえ、彼を困らせるために暗号で話していると思ったとしても、彼女の言いたいことは理解できる。この家はローレルのものではないのだ。俺のぼろ家以上に、彼女はここになじまない。「きみはまだ自分の居場所を見つけていないんだ。そうだろう、ウサギちゃん? 仕事、お母さんのこと、この家……すべては本当の居場所を見つけるまでの、小休止みたいなものなんだ」

「そのとおりなの」

ラスはローレルのそばへ行って彼女を腕に抱きしめたかったが、間違ったことをするのが怖かった。彼女に触れて壊してしまわないかと心配だった。ラスは自分の居場所を知っていた。それは彼の家に、警察署に、町の通りにある。ところが、望もうと望むまいと、ローレルのそばでは自分の居場所に自信が持てなかった。

さいわい、彼女が決めてくれた。ローレルは急いでふたりの隙間を埋め、ラスの首に両手をかけた。

彼は目を閉じて彼女に腕をまわし、ぐっと引き寄せた。放したくない。「すまなかった」ラスはローレルの耳にささやき、これまでにしたすべての愚かな行動と、これからするであろうすべての過ちを謝った。

ローレルが体を震わせ、手をラスの背中に、腰にまわした。その手がジーンズのスナップを外す。「ラス、私を愛して。お願い」

それなら俺にもできる。

19

「きみと愛し合う、ローレル。だが、ここではだめだ」

ラスは警官の顔に戻って、親指で窓を示した。

ローレルはふたりのあいだにトレヴァー・ディーンの問題を介在させたくなかった。彼女が望むのはラスに触れ、彼に触れられて、欲望にわれを忘れること。慰めと、ラスが一緒にいれば間違いないという感覚に満たされることだ。ローレルがラスの前で感情を剝きだしにして、彼がおそらく初めて覚えた気持ちをもう少しで口にしそうになったとき、嘘や偽りや欲はふたりにはまったく関係なかった。

彼女は無言でラスの手をとり、階段をのぼり始めた。踊り場で彼に手を離され、振り向くとラスがシャツを脱ぐところだった。彼は目の前で階段をのぼるローレルのヒップを見つめていたらしく、歯をくいしばり、視線を下に向けていた。シャツを床に落とし、彼女の頭をつかんで髪に手を入れると引き寄せてキスをする。

ローレルはラスのキスが好きだった。彼女の口だけに集中し、好奇心旺盛《おうせい》な舌と所有欲剝きだしの唇で、すべてを奪いつくそうとするかのようなキスが。欲望と情熱と差し迫った渇望がのぞき、抱き合うたびに、理解と親密さの新しい段階へ導いてくれる。

思いを口にしてこうして触れ合ったあとでは、ふたりのどちらも、真剣なつき合いなどしていないと言い張ることはできないだろう。

頭を引いたローレルは、ラスのシャツと一緒にセーターを階段から落とした。彼はにこりともせず、ただ身をのりだして彼女の腹部に唇を押しつけ、舌で胸の下までたどった。ローレルは、意志の力を振り絞って次の階段をあがり始めた。ラスが見つめているのを知りながら、わざと背中を向け続ける。

どうしても、ベッドとコンドームまでたどり着かなければならなかった。ラグで擦り傷をつくったり、予期せぬ妊娠をしないためにも。

続く一分間は、まさにそうなる可能性があった。

階段をのぼりながらラスの両手はローレルのヒップを包んでバランスを崩させかけただけでなく、彼女の体に火をつけた。大きくて遠慮を知らない彼の手は、ボタンの前では不器用になり、箸遣いもまったくお話にならないけれど、ローレルに触れるとなると、わがもの顔で完璧に熟練したわざを見せつける。

ローレルの部屋の前まで来て足を止めたラスは、靴を脱ぎ、ジーンズも引きおろした。そして待った。彼女も同じように靴とジーンズを脱ぐと、よろける体を壁に手をついて支えた。まるで、パンパンにふくらんで破裂しそうなヘリウムガスの風船が入っているみたいに胸が苦しい。

ソックスを脱いだローレルは、裏返しになったジーンズのかたまりの中にそれを置いた。それからふたたびラスに手を伸ばす。そのまま彼を導き、ベッドまでの冷たい床を歩いた。ふと、リードするのは初めてだと気づく。ラスはローレルに従い、彼女が示すとおりベッドの端に腰かけた。

ローレルはこれを望んでいた。ラスが欲しい。私が感じているすべてを、彼にも見て感じてもらいたい。彼を愛していることを知ってほしかった。

ラスの前で膝をついた。

彼が目を閉じた。口がわずかに開く。

ブリーフを脱がせ、ラスを見つめた。引き締まった太腿の、ヒップとの境目のくぼみに小さなほくろがある。彼女はそこにさっとキスをした。

ラスはローレルには触れず、両手をベッドにつけている。好きにさせてくれるのが嬉しかった。これは、すべて自分ひとりでやり遂げたい。

彼を手にすると、熱い皮膚の上で唇を閉じた。親密さに味があるとすれば、きっとこんな味なのだろう。

部屋に明かりはなく、鎧戸の隙間からもれ入ってくるかすかな月の光だけがあたりを照らしていた。ローレルは手と唇で繰り返し何度も、どうしようもなく息が切れるまで彼を愛した。掛け布団に胸がこすれて痛い。彼女はぎゅっと目を閉じた。やがてラスがローレルの脇の下に手を差しこんで、自分の体に沿って引きあげた。唇が熱い唇と出合う。

彼がコンドームを渡してくれた。ラスは仰向けに横たわり、すべてを彼女にゆだねてくれている。包みを開けるのに手間どったローレルはいったん休憩をとってブラを外し、パンティを脱いだ。ためらいは一切なかった。陰になってラスの顔が見えなくとも、確かに彼の視線を感じる。わずかに腰を浮かせてコンドームをつけると、手の下でラスが脈打つのがわかった。

彼を導き、ひとつになる。

胸がラスの胸に押しつぶされて平たくなった。ローレルは彼の頭の両脇に手をつき、体を揺らして動き始めた。ラスはそんな彼女の腰にてのひらを当て、じらすようにヒップとのあいだを往復させた。唇は合わさったままだった。キスというより、ともに支え合い、ともに呼吸をしながらふたりはそこに存在していた。

ラスが腰を持ちあげ始めた。互いの体を擦れ合わせると、ローレルの全身に快感の波が押し寄せた。大海原の暖かい波が大胆に、優しく、彼女を打ち砕く。心と魂が、小さなうめき声の中に流された。

ラスはローレルを抱きしめたままじっとしていたが、やがて深く彼女を突きあげた。自らを解き放ちながらローレルの唇を嚙み、噴きだす熱い息は彼女の耳をかすめた。

汗ばみ、目を閉じて、ローレルはラスの胸の上に横たわり、彼の肩に頰を寄せていた。心臓の激しい鼓動が響いてくる。ぼんやりと、ラスの指が背中をかすめるのを感じた。

同じ動きを繰り返され、それは彼の形づくる文字だとわかった。一度に一文字ずつ、ぴったり合わさり、まだつながったままの彼女の背中に書いていく。ローレルが求めていたのはこの言葉だった。彼女の心を揺さぶる言葉。

〝愛している〟

一文字、一文字書かれたその文字は、ローレルが知る必要のあったすべてを、この暗闇の中で彼女に伝えた。

ラスは、触れ合ったローレルの体が張りつめ、息が震えて、彼の脇に置いた指がぴくっと動くのを感じた。彼女の重みがブランケットのように体を温めてくれる。どうしても自分の気持ちを伝えなければならなかった。この部屋の外で何が起ころうとも、彼女を愛していると、知ってもらわなければならなかった。心のすべてと、ラスにできるかぎりのすべてをこめて。

ローレルが愛させてくれるかぎりは。

彼女の頭が持ちあがった。暗がりの中では、白く輝く顎のラインと柔らかな色味を帯びた下唇しか見えない。

けれど、ローレルが普段ときどきするように声に出さないで〝私も愛してる〟と言ったとき、ラスの耳には確かに、どんなものよりも美しい彼女の声が届いた。

ラスの目を覚まさせたのは、鎧戸からもれてくる日の光ではなかった。胸に這いのぼってきたフェリスでもない。

それは、甲高く緊迫した口調で話す女性の声だった。ローレルとは違う。ラスは寝ぼけて朦朧《もうろう》とした頭で考えた。どうしてほかの女性の声がするんだ?

彼は無理やり目をこじ開けた。

開いた戸口に、ラスのジーンズを持った中年の女性が立っている。彼女の喉からもれる音は、まるで下手な女優が、撃たれる演技で死に際に出すうめき声のようだった。

ミセス・ウィルキンズに違いない。ローレルの母親の。

考えられるかぎりで最悪のタイミングじゃないか。

ラスは首をめぐらせてローレルの姿を確かめた。彼女は何も知らずに髪を乱し、枕で頰をへこませながら幸せそうに眠っていた。見えているのは彼女の頰だけではなかった。シーツの片側から剝きだしのヒップが飛びだしている。ラスの目には魅力的に映ったものの、ローレルの母親がこの光景にわくわくするとはとても思えない。

「ミセス・ウィルキンズ?」彼は尋ねた。気の毒なその女性が言葉を失っているのは明らかだった。

「ええ、そうよ」ローレルの母親が手をはためかせて喉もとを押さえると、大きな石のついたアンティークの指輪と、完璧に手入れされた爪が見えた。「それで、あなたは?」

怒っているというよりは、今にも気絶しそうに見える。だが、勇敢にも彼女はなんとか礼儀正しさを保っていた。お互いの立場を考えれば、ぎこちない雰囲気は仕方がないだろう。とくにラスは何も着ていない。「ラス・エヴァンズです。ローレルの友達の」

なんとも控えめな表現だった。当のローレルは母親の前でヒップを丸出しにしているのだから。シーツをかけ直してやりたいが、万が一にも母親が気づいていない場合を考えて、わざわざ注意を引くようなまねは避けたかった。

「これはきっとあなたのね」ミセス・ウィルキンズがジーンズを差しだして咳払いをした。「それじゃあ、お返しするわ。まさか、ローレルにお客様がいるとは思わなくて。やっぱり、前もって電話をかけて予定より早く戻ることになったと伝えるべきだったわね」

彼女はラスのジーンズを折りたたんで、安楽椅子の本の山の上に置いた。それからうしろを振り向くことなく部屋を出ると、そっとドアを閉めた。

「まいったな」ラスは目をこすった。誰かの母親に見つかったのは高校生のとき以来だ。ローレルを起こすかどうか悩んだ結果、今のところは寝かせておこうと決めた。

家のセキュリティの件で、ミセス・ウィルキンズと話したかった。よく知っている人間でないかぎり、たとえ修理業者でも家に入れないということを念押ししておきたい。

五分後、ラスはフェリスに声をかけてから、階段をおり始めた。猫は彼の声に反応してすぐにソファから飛びおりた。最近ラスはフェリスに運動をさせていた。鳴いて彼の脚を尻尾でぴしゃりと打つ様子を見ると、喜んでいるわけではないようだが。ラスとフェリスにはちょっとした日課があった。長い廊下を使って行う障害物競走みたいなもので、ラスがジーンズのうしろポケットから引きずるひもを、フェリスが家具のあいだを跳びながらつかまえようとするのだ。

ピラティスとまではいかないが、少なくとも猫には運動になる。続けているうちに、ラスとフェリスはしぶしぶながらお互いに敬意を抱くようになっていた。ローレルが目を覚ます前に彼女の母親と話しておきたかったので、今朝はやめておくつもりだったが、フェリスには通じないらしい。

「わかったよ、おいで、坊主」ラスは自分の脚を叩いて口笛を吹き、準備が整ったことをフェリスに知らせた。ゆっくりとひもをポケットから出し、フェリスがつかまえようとするたびに、右に左に身をかわしていく。

ラスは声をあげて笑った。「もっと速くなきゃ無理だぞ」そう言うと、ひもに跳びかかってくるフェリスをうしろに従えて廊下を走った。

彼が急停止すると、続いてバランスをとろうとしたフェリスがうしろ足で床をひっかくいやな音が響いた。ラスは眉をひそめた。まずかったかな。彼はフェリスに好きなだけひもを叩いたり噛ませたりしながら、駆け足で階段をおりた。手すりの上を行ったり来たり跳びはねるフェリスの動きは、腹の肉があれほどぶらぶら揺れていなければ、優雅といってもいいくらいだった。

ようやく一階におりたラスとフェリスは、走りながら角を曲がり、もう少しでローレルの母親とぶつかるところだった。

「まあ、びっくりしたわ。いったい何をしているの?」ミセス・ウィルキンズがきいた。

ラスは背筋を伸ばした。「ちょっと遊んでたんですよ」彼が手をおろすと、そのチャンスを利用してフェリスがひもに飛びついた。

「象の一群が階段をおりてくるのかと思ったわ」ダイヤモンドのイヤリングをもてあそびながら、ミセス・ウィルキンズが小さな笑い声をあげた。

「すみません」まったく上品な男だな、俺は。象の一群か、ラス・エヴァンズか。どちらも変わりない。

「かまわないのよ。ただ、この家がにぎやかなのに慣れていないだけなの」ミセス・ウィルキンズは興味深げに下を見おろした。「それに、フェリスがこんなに速く動くのを初めて見たわ。彼に何をしたの？　一生ツナをあげると約束したのかしら？」

ラスがひもを持ちあげて見せると、たちまちフェリスが飛びついてきた。思わず笑い声をあげる。「違いますよ。われわれはお互いの関係を、ローレルとの場合とは違う方向へ向けることにしただけなんです。哀れっぽく鳴かれても言うことを聞いてやらなかったら、そのうち遊ぶのが楽しいと気づいたみたいです」

「体重は減ったのかしら？」ミセス・ウィルキンズは驚いたらしく、もっと近くで見ようと猫のほうに身をのりだした。

「たぶん。結構走ってますから」

「そう」彼女はまた笑った。不安とおかしさの入りまじった笑いに聞こえる。「キッチンへいらっしゃい。コーヒーはいかが？」

ラスは〈スターバックス〉での出来事を思いだした。「ブラックですか？　それともクリームみたいな泡がのってるやつですか？」彼はミセス・ウィルキンズのあとからキッチンに入った。

「ブラックよ。一日の始まりにはこれしかないわ」

よし。ミセス・ウィルキンズに一点。「いただきます」

ローレルの母親はほっそりした黒いパンツをはき、グレーのセーターを着ていた。魅力的な女性で、ブロンドの髪を顎の長さに切り揃えている。あと三〇年したら、ローレルもこんな感じになるのだろう。

「あの」キャビネットからシナモン・ブラウンのマグカップをふたつとりだしたミセス・ウィルキンズに、ラスは話しかけた。「あんなところをお見せしてすみません。失礼をするつもりじゃなかったんですが、帰っていらしてるとは知らなくて」

喉の詰まったような笑い声があがった。「そうみたいね。お名前はなんといったかしら？もう一度うかがえる？　あまりにも動揺してたから聞き逃してしまったわ」

「ラスです。クリーヴランド警察のラス・エヴァンズ刑事です」

唇をすぼめながら、ミセス・ウィルキンズがコーヒーを注いだ。ラスは仕事上たくさんの人間を観察してきたが、そんな彼ですら、彼女が何を考えているのかわからなかった。

ミセス・ウィルキンズはラスにマグカップを渡しながら、突然にっこりした。「お会いできて嬉しいわ、ラス。私はベヴァリー・ウィルキンズよ。ベヴと呼んでちょうだい。裸を見た仲ですもの」

ラスの笑いはどちらかといえば苦笑いだった。くそっ、俺は赤面してるのか？　それに、全裸だったわけじゃないだろ。シーツがかかっていたはずだ。本当にそうだろうか？　少なくとも、ミセス・ウィルキンズは好意的に受け止めてくれているようだ。娘のこういう場面に毎日でくわしているわけではなかろうに。

「恥ずかしがらないでちょうだいな。確かに私も戸惑っているけれど。ローレルはもう大人だわ。どちらかといえば、私は、動揺しているというより驚いているの。あの子にはいつも外へ出かけて少しくらいデートしなさいと言ってたんだけど、まったく興味がなさそうだったから。でも、そうじゃなかったみたいね」

ラスはコーヒーをいっきに半分飲んだ。いったいなんと返事をすればいいんだろう？　彼はカウンターにもたれかかった。

ベヴも反対側からカウンターに寄りかかる。「もしよければ、どうやってローレルと知り合ったのか教えてもらえるかしら？　フェリスと仲よくなっているところをみると、しばらくつき合っているんでしょうね」

ラスはベヴを心配させないように注意しながら、ディーンの事件とローレルのかかわりを手短に説明した。

だが、うまくいかなかったらしい。ベヴの顔から血の気が引き、マグカップを握る指の関節が白くなった。「まあ、そんな。知っているでしょうけど、ローレルはいつでもすぐに人を信用してしまうの」

「心配はいりません。われわれが目を配っていますから」完璧ではないが、努力している。それに、ラスは誰もローレルに危害を加えさせるつもりはなかった。それだけは間違いない。

「彼女には手を触れさせません。お約束します」

ディーンが窓の下をうろついていたことは話さなかった。ローレルの言うこともっともだと思ったので、これ以上彼女の母親を怖がらせたくなかったのだ。

ベヴが首をかしげて尋ねた。「娘のこと、あなたはどれくらい真剣なの?」気詰まりな質問ではあるが、もし反対の立場だったら、ラスも同じ質問をしただろう。

「かなり」

ベヴはキッチン中を側転してまわりたい衝動とたたかっていた。ローレルにふさわしいかどうか判断できるほどこの男性を知っているわけではないが、娘が誰かとつき合っているというだけで、わくわくしてくるのだ。

それに、お相手が警察官だというのがまたいい。堅苦しいビジネスマンとつき合う娘の姿が、ベヴには想像できなかった。あの子には気どらない男性がいいわ。男らしい人。この人ならまさにその条件を満たしている。ベヴはコーヒーを置き、さっき目にしたラスのたくましい胸を頭から追い払おうとした。娘のボーイフレンドをそういう目でじろじろ見るのは不適切だわ。今日まではそんな機会もなかったけど。

目の前のこの男性は間違いなく魅力的ね。ローレルはやっぱり私の娘だわ。いい趣味をしている。

「つき合い始めてだいたいひと月になります。いつもは、その、泊まらないんですが」

まあ、このかわいい人は顔を真っ赤にしているわ。ベヴはマグカップを持ちあげて口もとの笑みを隠した。

「うちには、俺が責任をもって養育しなきゃいけない一三歳の弟がいるんです。だから家に帰らなくちゃいけない」

キュートで法を遵守していて、しかも責任感まである。ますますいいわね。

ローレルがインターネットで時間を浪費したり、知らない男性とチャットしたりすることには賛成できないものの、さいわい悪質な事件にはいたらなかった。詐欺師と実際に会ったわけでも、心を奪われてしまったわけでもない。しかもこんなにセクシーなおまわりさんと出会えたのだから。

「姉は人工股関節の手術からすっかり回復したの。だから私はずっと家にいることになるわ。私たちは大人として、少し慎重に行動するべきでしょうね」

ラスはうなずいた。「聞いてください。家にいるときやネット上での安全について、ローレルに話してもらえませんか？ 彼女が一人前の大人の女性だということはわかっていますが、知らない人にドアを開けたり、ネットで個人情報を教えたりしてはいけないことを、忘れないでいてほしいんです。家では警報装置を作動させて、常識を働かせるようにと」

彼はまだ私に話していないことがあるんじゃないかしら？ ベヴはそう感じたものの、うなずいて言った。「ええ、もちろん、話すことはできるのよ。でも、あの子は言うことを聞かないの。私が世の中を疑いすぎだと思っているのよ。決して愚かな子じゃないわ。夜中に暗い道をひとりで歩いたりはしないし。だけど、どうも普通とは違うやり方で人を信用してしまうの。たとえば、私は相手が信頼に値するとわかってから信じるけど、あの子の場合は信頼を裏切られるまで信じるのよ」

長年娘の心配を続けてベヴの髪はすっかり白髪になり、今では四週間ごとに染めている。それでも心の奥ではローレルが自分より善良な人間であると認めていて、娘を見るたびに、優しく知的な女性に育ったことが誇らしくて胸がいっぱいになるのだ。そのおかげで白髪が増えるのだが。

自分のマグカップを見つめながらラスが言った。「そういうところが、ローレルのすばらしいところでもあるんです」

「わかっているわ。でもね、ときどき思うの。あの子は声を聞くんじゃなくて、相手が口にする言葉を唇の動きを見るだけで判断するでしょう。だからあんなに信じやすいのかもしれないって。残酷で醜い憎しみがこめられた言葉を、一度も聞いたことがないんですもの」

「残酷さは耳で聞くのと同じくらい、目でも皮膚でも感じられますよ。今のローレルがあるのはあなたが彼女をちゃんと育てたからだ。それに、もともと彼女が善良だからです。ローレルほど純粋な人間は滅多にいない。仕事でたくさん人を見てきてそう思うんです」

ベヴはラスの顔を見つめた。引き締まって彫りが深く、こみあげる感情に張りつめている。彼の顔には、ウォーターフォード・クリスタルの花瓶越しに見るのと同じくらいはっきりと、彼女の娘への愛情が透けて見えた。

私はもう役割を終えたのね。もっと頻繁に家を離れるようにしなくては。

「ラス、もしかしてこれはコーヒーの香り？　起こしてくれたらよかったのに」眠そうな目で、ローブをまとっただけのローレルがのんびりとキッチンに入ってきた。

次の瞬間、悲鳴が響き渡った。

20

「嘘でしょ！　お母さん！」驚きのあまりローレルは口をぽかんと開けた。母が、普段の一日とまったく変わらない様子で平然とコーヒーを飲んでいる。突然帰ってきて娘をびっくりさせていることなど、どこ吹く風といった感じだ。

　しかも、娘がベッドをともにした男性と一緒に。何げなくカウンターにもたれているラスはシャツが皺だらけで髪もくしゃくしゃだが、とてもくつろいで見えた。どちらがどちらを先に見つけたのかしら。首から上がかっと熱くなるのを感じて、ローレルはローブの前をきつく合わせた。

「おはよう、ローレル。驚かせてごめんなさい。スーザンの術後の経過がとてもよかったから、予定より早く帰ってきたのよ」

　母がキッチンを横切ってきて、ローレルの頬にキスをした。彼女も無意識にキスを返す。

「まあ、すてき。スーザンおばさんがどんどん回復していて嬉しいわ」

　だけど、前もって連絡くらいしてくれたらもっと嬉しかったのに。

「ラスにはもう会った？」もちろん会ってるわよね。ふたりでコーヒーを飲みながらおしゃべりしてたんですもの。

「ええ。今のところ、自分の目に入ったものは気に入っているわ」母がにっこりした。「かなり見ちゃったけど」

どういう意味かしら？　ローレルは気分が悪くなってきた。

ラスがそばに来た。「大丈夫かい、ハニー？」

いいえ、そんなわけないでしょ。恥ずかしくて死にそうなのに、追い討ちをかけるように母親の前で愛情表現するなんて、ちっとも助けになってないわ。頭のてっぺんに軽くキスするのもそうよ。

「大丈夫。何か飲み物が必要なだけ」それと着るものが。

ラスが、自分が使ったマグカップにコーヒーを注いで渡してくれた。「もう行くよ。ショーンが帰ってくる前に家にいなきゃならないから」

「そうよね」ローレルはうなずいた。彼の広い肩が盾がわりになって、好奇心いっぱいの母の目からこの身を隠してくれるのがありがたい。

「八時に迎えに来ようか？」

ローレルはためらった。でも、ためらう理由があるかしら？　秘密はもれてしまったのよ。母はもう、私たちがつき合っているとわかっているはずだわ。「ええ、お願い」

「知らない人と話してはだめだ。ひとりでどこかへ出かけてもいけない」

「それに、見知らぬ人からキャンディはもらわない。わかってるわよ」あきれたローレルはラスを睨んだ。

「本気で言ってるんだ」ラスが彼女の頭を軽く揺さぶった。「まじめな話なんだよ」

「ええ、わかるわ」ほかの人に言われればただうるさいだけなのに、こんなにすてきな人が言うなんて反則よ。

突然、ラスが真剣な表情になって言った。「愛してる」おかげで、なおさら彼に苛立っていられなくなった。

まるで陸《おか》にあがった魚のように、心臓がびくんと跳ねる。「私も愛してる」

そしてラスは帰り、ローレルは母親の前にひとり残された。

母は自分用に切り分けたメロンをテーブルについて食べながら、『ベターホームズ・アンド・ガーデンズ』誌をぱらぱらめくっていた。「さて」ローレルに口もとが見えるように顔をあげる。「私がいないあいだ、ずいぶん忙しかったようね」

ローレルは母の向かいの椅子に座り、髪をねじって丸くまとめた。「怒ってる？」

「怒る？」母が心の底から驚いた顔をした。「いったい何に？」

「その……」ラスと寝たこと。それしかないでしょ。

「ローレル・アン。あなたはもう大人よ。誰かとつき合っているなら、それはすてきなことだと思うわ」

ローレルは困惑した。「お母さんは気に入らないんだと思ってたのに。私が男の人に興味を示すたびに、思いとどまらせようとしてたでしょ」

「それはあなたが高校生のとき、たかり屋の負け犬みたいな人ばかり、家に連れてきたからよ。みんな迷い犬みたいだったわ、ローレル。あなたは食事をさせて、生活をよくしてあげたかっただけ。そんなことをしても相手は負け犬なのにね。単純明白よ。だけど、ちゃんと定職についていて、あなたを大事にしてくれる人なら文句は言わないわ。実際、喜んでいるのよ」「まあ」

ああ、そうだったの。六年も禁欲生活をしたあとでわかるなんて。でも、わかったからといって、何かが違っていたとは思えない。以前の私は自分から男の人を探す勇気を持ち合わせていなかった。退屈で寂しい人生が耐えられなくなってようやく、腰をあげてラスと、つまり本当はラスじゃなかったラスと、チャットする決心がついた。

「誤解させていたならごめんなさいね。あなたによく吟味してほしかっただけなの。でも、今は本当に嬉しいわ。ラス・エヴァンズがあなたを幸せにしてくれるのなら、私も幸せよ」母がフォークを置いた。「ねえ、ローレル、私はあなたを育てるのにたくさん間違いを犯してきたわ」

「そんなことないわ！」びっくりしたローレルがテーブルにマグカップを放りだし、中のコーヒーが跳ねてまわりにこぼれた。

「いいえ、そうなのよ。あなたが聴力をほとんど失うとわかったとき、私はあなたが人生に失望してしまうんじゃないかと恐れたの。怯えて、混乱して、医療の専門家がすすめることはなんでも耳を傾けたわ。その人たちに、話し方を覚えるのがあなたのためだと言われたのよ。当時はそれが主流だったのね。彼らは専門家なんだから、何が最高か知っているはずだと自分に言い聞かせたわ」

ローレルはうなずいた。母の気持ちはよくわかる。

「そして、言葉を学ぶのにASLは邪魔になると言われた。あなたが話せないと、私は自分の娘と意思を通じ合わせることもできなくなると思ってショックだった。だからそのまま続けたの。だけど常に疑問を感じていたし心配だったから、一〇歳になるとASLを習わせるようにしたわ。話し方のレッスンも継続して、学校も普通クラスに入れた。結局私たち親のせいで、あなたを混乱させてしまったと思うの。しかも、私の緊張や恐怖があなたに作用してしまった。必要以上に慎重で内気な子供にしてしまったのよ」

母の顔に浮かぶ後悔が、ローレルの胸を詰まらせた。「お母さん、お母さんは愛情と確かな価値観をもとに、すばらしい方法で私を育ててくれたわ。慎重すぎるとしてもそれは私の問題であって、お母さんのせいじゃない。それに少しくらい心配性でも、私は幸せなの。人生にはもっと多くを求めているけど、今はそれが何か確信を持てないだけ」彼女は母の手をぎゅっと握りしめた。「でも、なんであれ、絶対に手に入れるつもりよ」

母が反対の手も重ねて力をこめた。「あなたならできるとわかっているわ。あなたのことが誇らしいの。お父さんもきっとそう思ったはずよ」

あと五分もすればラスが迎えにやってくるが、ローレルはもう三日もメールをチェックしていなかった。受信トレイをクリックすると、一七通届いていた。ほとんどは迷惑メールだ。精力増強をすすめたり、ナイジェリア政府から不正流用した資金でひと儲《もう》けを誘ったり、在宅の仕事を紹介するといったメールは無視し、それらをひと通り削除し終わったところで、ふと一通の件名に目が留まった。〝馬並みになりたい？〟

ローレルは眉をひそめた。女が馬並みの恋人を求めていると、本気で信じる男性がいるのかしら？　かんべんしてほしいわ。

ミシェルからは、赤ん坊の様子を知らせるメールが届いていた。それにキャサリンからも。キャサリンのメールを開いたとたん、ローレルは椅子から転げ落ちそうになった。

またジェリーと寝ちゃった。今度はしらふよ。

それだけだ。でも、言わんとすることはよくわかる。驚きだった。

ふたりがお互いをどう思っているのか、ローレルには理解できなかった。彼らはまったく正反対で、互いに対して苛立っているように見える。だが、欲望に関してだけは意見がまとまっているらしい。

まだ驚きがおさまらない。ローレルは早くラスに教えたかった。そして友人がどんなことにかかわっているのか知るために、ジェリーからもっと詳しい真相を聞きだしてほしかった。

受信トレイのいちばん下に来て、もう一通残っていたことに気づいた。不達メール通知だ。

クリックしてみると、彼女が最後にディーンに送ったメールだった。アドレスが存在しないとして戻ってきたのだ。

ローレルは指の爪を噛んだ。三日前までそのアドレスは存在していた。ほぼ三カ月間も、そのアドレスにメールを送っていたのだから確かだ。サーバーの突発的な障害かもしれない。

もう一度メールを送り直しておいて、ドレッサーの鏡で髪を整え、リップグロスを塗った。画面を見てみると、やはり今のメッセージに対する不達メール通知が届いていた。

ディーンはメールアドレスを変えたんだわ。おかしいわね。

これが一週間前なら、事件が彼の手をすり抜けていったことを知って、ラスは肩をすくめたかもしれない。けれど、今ならかなり興味を持つはずだ。ローレルの家のキッチンの窓の下で、ディーンの姿を見たのだから。

ローレルの体がぶるっと震えた。ラスには威勢のいいことを言ったものの、実際は想像するだけでもひどく恐ろしかった。前の晩はラスに寄り添っていたのでまったく怖さを感じなかったが、今は母とふたりきりだと思うと、どうしても不安になる。

しかし、ディーンがメールアドレスを解約したということは、この町を出てべつの土地へ向かい、新たな被害者を探すつもりだとも考えられる。

ラスが裏庭で見た人物が、ディーンではないという可能性もあった。その場合は最悪だ。少なくともディーンならどういう人間かわかっていた。けちな詐欺師ではあっても、暴力的なレイプ犯じゃない。

不安を追いやり、ローレルはキャサリンに返事を出そうとコンピュータに向かった。感嘆符をたくさん入れるつもりだ。そのとき、インターネットの接続が切れた。

ああ、もう。なんの前触れもなく切れると本当に腹が立つわ。再接続を試みて、モデムがダイヤルするあいだしばらく待った。やはりつながらない。いらいらしながら、ウイルスに感染してしまったのかもしれないと考え、ウイルス駆除ソフトも試してみた。月曜になったら電話会社に抗議しよう。突然、接続不良になることで有名な会社だが、インターネットにつなぐ高速回線が使いたければ、ほかに選択肢がないのだ。

キャサリンに頼んで電話してもらおうかしら。彼女のほうが母よりずっと、権利を主張するのがうまい。それにコンピュータの仕組みもわかっている。

そのとき、デスクのライトが光った。ラスが到着したのだ。ローレルは電話会社への不満をいったん忘れ、週明けに対処しようと決めた。

キスしたくてたまらない、すてきな警官がすぐそこまで来ているのだから。

「五回」

「五回？」ローレルは信じられない思いでキャサリンを見た。「五回ですって？　一日に？」

二回、三回、ううん、私はそこまででいい。それくらいが理想だ。だけど五回？　ひと晩で五回もラスにオーガズムに導かれたら、私ならふにゃふにゃの骨抜きになってるわ。

だが、キャサリンはちっとも嬉しそうに見えなかった。

〈ダムダム・ポップス〉キャンディを舐めながらうなずき、彼女はカウンターにもたれた。ポンと音をたてて棒つきキャンディを口から出す。「正気とは思えない。そうでしょ？　運命のセックスパートナーを見つけたと思ったら、とんでもないやつだったってこと？　あたしがどんな悪いことをしたのよ？　でも、したとしか思えないのよね。何もかも、ひどいカルマのせいだわ」

カルマというより、ホルモンのせいじゃないかしら？　そう思ったもののローレルは何も言わず、店内を見渡して会話を誰にも聞かれていないことを確かめた。さいわい午後の二時で、それほど混んでいない。

「ちなみに、何があってそうなったの？　確か先週、あなたは下着の入った袋でジェリーを叩いてたわよね」

「その夜に彼があたしのアパートメントに来たの。ベルが鳴ったんで出て、うっかり彼を部屋に入れちゃった。そしたら、ソファの上で一回目よ」キャサリンが、今は真っ黒に染めている髪を振った。「わけがわからないの。自分のことが理解できない。あたしはまったくの偽善者よ！」

棒つきキャンディがものすごい勢いで口の中を出入りしている。キャサリンが大騒ぎしているにもかかわらず、ローレルには何もかもがおかしく思えてきた。「ジェリーと寝るのがどうして偽善になるの？」

「ああいうタイプの男は卑劣な性差別主義者なの。あの下品なジョークには耐えられない。

それなのに、彼から片時も手を離していられないのよ」

ジョンが陳列棚の角をまわってやってきた。キャサリンが、口から出したキャンディを彼のほうに向けた。「もしあたしが異常じゃなくて、欲情した最低の偽善者でもなかったら、きっとジョンに惹かれてるわ。だけどそうじゃないの」

ジョンがおもしろそうな顔になった。「ほんの少しも惹かれない？」

「ええ」キャサリンが肩をすくめる。「ごめんね」

「いいんだよ。僕もきみには惹かれないからね」彼は口笛を吹くように口をすぼめながら、何かを探してカウンターに屈みこんだ。

「ジェリーに惹かれてるわけでもないの」キャサリンは続けた。「少なくとも、彼という人物には。おかしくなるのは彼に触れられたときだけよ。もしかしたら、どの男にも同じ反応を示すのかも。きっと今があたしの性的なピークか何かなのよ」

ローレルには納得しかねる説だった。

キャサリンが、履いている黒いキャンバス地の靴の先でジョンをつついた。「ねえ、ジョン、性的な意味であたしにさわって、何が起こるか試してみない？」

ローレルは、キャサリンの言葉にショックを受けながらも噴きだしてしまった。かわいそうなジョンは慌てて体を起こし、両手をあげて一メートルあとずさった。

「いやあ、それはどうかな、キャット。僕らは一緒に働かなきゃならないんだし」

キャサリンがため息をついた。「きっとあんたの言うとおりね。それに、あたしもあんまり気がのらなかったと思う」

ジョンの表情は滑稽《こっけい》だった。恐怖とひどい不快感のあいだで揺れているみたいな顔だ。

「僕にだって、きみの気に入るようにできたはずだ」

キャサリンがあきれて目を見開いた。「あらあら、あんたのプライドを傷つけちゃったのね。男って、ほんとみんな一緒なんだから」

「もしかしたら、ジェリーはあなたが思うよりいい人なのかもしれないわよ」ローレルは口をはさんだ。「だから彼に惹かれたんじゃないかしら」

「僕だっていい人だよ」ジョンが言った。

ローレルは笑った。キャサリンもおもしろそうな顔をしている。「わかってるわ」

「ところで、ふたりともいい人みたいだから、ちょっとお願いしたいことがあるんだけど」店に来客がなく急ぎの仕事がない隙に、ローレルは頼んでおきたかった。「どちらかが私のかわりに電話会社に連絡して、インターネットにまた接続できなくなった理由を突き止めてくれないかしら?」

「僕はいい人だから、もっといい解決法を提案しよう」ジョンが、カウンターからとったセロファンの包み紙をもてあそびながら言った。「きみの家へ行って直してあげるよ。そうすれば修理サービスに一〇〇ドルも払う必要がないだろ」

「やり方を知ってるの？　でも、どこが悪いのかもわからないのよ」

ジョンが肩をすくめた。「風か氷のせいで屋外のケーブルが外れたんじゃないかな。僕は三度もそんな目に遭った。きみの家はもしかして湖に面してない？」

「そうなの」彼の言うような単純な原因だといいんだけど、とローレルは思った。だが言われてみれば、よくある故障のように思えてきた。「あなたさえかまわなければ」あれこれいじって結局直らなかった場合、一時間か二時間、ジョンに無駄な時間を過ごさせてしまうのが申し訳なかった。けれども、ピザか何かを買って埋め合わせできるかもしれない。

「ちっともかまわないよ」ジョンがにっこりした。「キャサリンを性的に満足させるよりずっと簡単そうだ」

キャサリンが彼の胸をバシンと叩いた。「あんたには一生そんなチャンスはないわよ」

21

トレヴァーは興味津々でローレルのベッドルームを見まわした。

高価な調度品が控えめなスタイルで揃えられ、こぎれいに配置されているが、少し乱雑なところもある。すべて彼が想像していたローレルそのものだった。砂糖のように甘い。

これは俺の有利に働きそうだな。

そろそろ狙いどきだ。

彼はデスクの引き出しを開けて中を探った。ペーパーバックに補聴器、ヘアークリップや、ハンドローションなどの細々としたものがあった。

部屋も家も静かで、トレヴァーは階下で何か物音がしないか耳を澄ませながらローレルのコンピュータに向かい、キーボードを自分のほうへ向けた。すでに彼女がログインしていたので、メールの中身をのぞくのは簡単だった。すぐに、領収書にクレジットカードの番号が記載されている、オンライン・ブックストアからの注文確認メールを見つけた。

「ありがとうよ、ビューティフル」その番号を自分の小型情報端末《パーム・パイロット》に入力した。

ほかのメールにおもしろそうなものはなかった。先日の夜、彼を追いかけてきた男の正体を示すものもない。あの男はきっとローレルの恋人に違いないと、トレヴァーは確信していた。彼はデスクの探索に戻り、引き出しの奥からフォルダーを見つけた。それを開いたとたん、これこそ探していたものだとたちまち気がついた。請求書や証明書類、それにこの家の権利証の写しが入っていたのだ。

五分後には、必要な情報をすべて転記していた。社会保障番号、銀行口座番号、それと運転免許証の番号は納税記録から手に入った。成果に満足して笑みが浮かぶ。「記録を全部まとめているとは、ずいぶんいい子だな、ローレル。こんなふうにしなくちゃならないのが残念だ」

今までとはまったく違う方法でローレルを手に入れたかったのだが、彼女の金でよしとすることにした。結局のところ、実際的なもののほうがいい。

手っとり早く寝る相手が欲しければ当面のあいだはジルがいるし、ローレルの金でカリブ海へ行き、地元の女の子を口説いてベッドに誘いこめばよかった。

そこでまた考える。手っとり早いセックスの問題ではない。トレヴァーはローレルに惹かれ、論理的な理由を超えて彼女が欲しいのだ。だが、それには不必要な危険が伴う。やめておくべきだろう。

耳の聞こえない娘に対する妙な関心より、金のほうが長続きする。

トレヴァーには、芽を出しかけたローレルの恋愛が失敗に終わるまで、悠長に待っている時間も忍耐力もなかった。彼は骨の髄まで冷酷な人間だ。実入りが充分なら、面倒なことにはかかわりたくない。

階段のほうから足音が聞こえ、トレヴァーは急いでフォルダーをもとに戻して引き出しを閉めた。メールの画面を閉じ、インターネットに接続する。

「ジョン?」ローレルが、手にグラスをふたつ持って部屋に入ってきた。「喉が渇いてない? コーラを持ってきたの」

「ありがとう」トレヴァーは立ちあがり、パーム・パイロットをしまったことを確認するために、ポケットを軽く叩いた。

「どうしようもなさそう?」グラスをひとつ彼に渡すと、ローレルがコンピュータの画面をのぞきこんだ。「あら、つながってるじゃない! いったいどうやったの?」

前の晩に裏庭をぶらついていたときに抜いたコードをもとに戻しただけさ。「家の裏手のボックスが開いてコードが緩んだみたいだね。きっと風のせいだよ。直しておいた。ちょうど今、問題がないかネットにつないで確かめていたところなんだ」

それと、コンピュータとデスクを探る時間を稼いでいたんだ。

「すごいわ!」ローレルがキーボードに屈みこんで、本当に直ったか確認するように、何箇所かクリックした。

トレヴァーは彼女のヒップの曲線を冷静な目で見た。ベッドに引きこむ時間がないのが残念だ。

ローレルが微笑みかけた。「親切に直してくれて、ありがとう。おかげで助かったわ」

「たいしたことないよ」トレヴァーはグラスに口をつけてから下に置いた。「さあ、もう行かなきゃ」彼にはやるべきことがあった。金を盗み、バスのチケットを買う。長距離バスに乗らざるを得ないのは残念だが、近ごろでは、飛行機の移動はなかなか融通が利かないのだ。危険は冒したくなかった。

「本当にありがとう。明日会えるかしら？」

「いや、明日は休みなんだ。木曜日まで店には行かないよ」

「木曜は私が休みなの。それなら、今度会うのは土曜日ね」

「そうだね」トレヴァーはローレルの期待どおり、聖歌隊の少年のように誠実そうな笑みを浮かべてみせた。

「階下まで送らせて、ジョン。今日は本当に助かったわ」もう一度ローレルがにっこりして、先に立ってドアに向かった。

「全然かまわないんだよ」

ローレルはショーンの中学校の校門でインターコムのボタンを押し、爪を噛んだ。なぜ学校が〈スウィート・スタッフ〉に電話をしてきて、彼女のショーンが困ったことになっていると言ってきたのか見当もつかない。そもそもショーンのようないい子が喧嘩をすること自体、信じられなかった。一〇代の反抗というものが、ローレルにはまったくわからないのだ。今までにしたいちばん過激なことといえば、中学生のときにレイバー・デイ（労働者の日。九月の第一月曜日にあるアメリカ・カナダの休日。夏の終わりを示し、その翌日からは白い服を着ないという古い習慣・しきたりがある）の次の日にもかかわらず白い服を着たことくらいだった。何しろ彼女は、アトキンス・ダイエットの信奉者が炭水化物を避けるがごとく、ほかの生徒との衝突を避けていたのだ。

ショーンの場合は両親の死を受け入れようともがいている最中で、ラスとの関係もまだ落ち着いていない。ローレルは、ラスが結果にばかり注目するのをやめて、ショーンの問題行動の原因に目を向けるべきだと強く感じていた。学校で殴り合いをするのはまさしくその問題行動といえる。

彼女はドアに手を置いたまま、ブザーが鳴って入口が開いたかどうか、数秒おきに引いて確かめていた。やっとドアが開き、校長のオフィスへ向かって暗い廊下を進んだ。

校長の秘書に案内されてオフィスの外の待ち合いスペースに入ると、そこにショーンがいた。投げやりな態度で椅子にどっかり座っている。唇に乾いた血がつき、左目のまわりには黒いあざができていた。

「ショーン！」

顔をあげた彼が手話で〝やあ〟と挨拶してきた。視線がローレルを通りすぎてうしろの秘書に向かう。「ローレルの背中に話しかけてもだめだよ、ミセス・ロックマン。耳が聞こえないんだ」

ローレルが振り向くと、困惑した秘書が真っ赤になっていた。「まあ、すみません、ミセス・エヴァンズ、気がつかなくて……。いらしたことを校長に伝えてくると言っただけなんです」

〝ミセス・エヴァンズ〟のあとは、動揺してひと言も読みとれなかった。ローレルは驚いてショーンを見た。

彼がにやっとして肩をすくめた。〝ごめん〟と手話で綴る。

〝当たり前でしょ〟ローレルも手話で返した。ショーンに理解できたかどうかはわからないが、言わないではいられなかった。

我慢しきれずに手を伸ばし、ショーンの目の下の腫れた皮膚に触れる。「痛むの?」

「いいや」そう言いながらも、彼は触れられてひるんだ。

ローレルがショーンの隣に腰かけた。「何があったの?」

彼は喉仏を上下させ、椅子の肘掛けにこぶしを打ちつけた。それでも黙ったままだ。彼女は眉をあげてショーンを見た。

ショーンが椅子にまっすぐ座り直した。「あいつら、いじめてたんだよ。ダレンっていうダウン症の子なんだ。ひどいことをしてたんだよ、ローレル。俺はやめろって注意したんだ。そしたらひとりが俺に失《う》せろと言って、ダレンを突き飛ばした。だから突き返してやったのさ」彼はまた肩をすくめた。「ひとり地面に倒して、もうひとりは鼻を折ってやった。そのあとであいつらが俺を壁に押さえつけたんだ。三人がかりなんてフェアじゃないよ」

ローレルは唾をのみこんだ。あら、まあ。いったいどうしたらいいの? 彼女の心は、ショーンは正しいことをしたと叫んでいる。とくに彼女には、他人と違うからといっていじめられるのがどんなものか、よくわかるのだ。でも、やっぱり喧嘩はよくない。ショーンに求められているのは成績をあげ、友達をつくり、学校になじむよう努力することであって、喧嘩はその目標を達成する助けになってはくれない。

対立を暴力で解決しようとするのは間違っている。だけど、自分を守るすべのない子のために立ちあがるのが悪いことだとは、私には言えないわ。

ローレルは即答を避けた。「それで、どうしてお兄さんじゃなくて私が呼ばれたのかしら？　それに私のラストネームがエヴァンズになっているのはなぜ？」

ショーンの頬が赤くなった。「兄貴が激怒するのはわかってたから。どうせなら家で怒られるほうがましだよ。だから、ローレルと兄貴が結婚したって話したんだ。絶対来てくれるとわかってた」

血のついた唇が持ちあがり笑みをつくった。ショーンは自分の正しさが証明されて満足そうだ。彼の視線がさっと左に動いた。「中に入れってさ」

ショーンが立ちあがる。困ったときに助けを求められたことがローレルは嬉しかった。だが、それを顔に出すわけにはいかない。彼女は自分よりたっぷり七センチは背の高いショーンの背中に手を置き、前に進むよう促した。ラスが弟に対して感じている微妙な立場を、初めて本当に理解できたような気がする。兄弟が、お互いにもしものときはラスが保護者になることもあり得るのだと認識する前に、彼らの両親は亡くなってしまった。すべてを自分で決定するにはショーンはまだ幼すぎるのに。

明らかに、誰かがルールを決めて導く必要があった。しかし、ショーンはラスの権威を尊重していない。

ラスにショーンの親がわりを務める資格がないというなら、ローレルも同罪だ。

校長はこぎれいな身なりの四〇代の男性で、花柄のネクタイを締めていた。彼は微笑んでローレルに手を差しだした。「こんなに早く来てくださってありがとうございます、ミセス・エヴァンズ。私が校長のヘンリーです」

ミセス・エヴァンズと呼ばれるのは心地よかったけれど、校長と握手をしながら、ローレルは本当のことを言おうと決心していた。だが、そこでうっかりショーンのほうを見てしまった。

〝言わないで。お願い〟

ローレルは、ショーンが手話の覚えが早いことをうらめしく思い始めていた。〝わかった。いいわ〟これほど自分がたやすく説得されてしまう弱い人間であることも、残念だ。

ふたりをじっと見ている校長の視線を感じ、ローレルは無理に微笑んだ。「ショーンがお話を中断して申し訳ありません、ミスター・ヘンリー。今わかったんですが、彼は障害を持つ生徒が三人の少年に襲われていたのをかばったんだそうです」

ミスター・ヘンリーが目を丸くした。彼は長いあいだショーンを見つめた。ショーンは前屈みに椅子に座り、指で膝をトントン叩いている。「ショーンが私に話してくれたこととは違いますね」

ローレルは不安になってきたが、それでも自らの立場を崩さなかった。ショーンが直接自分に話してくれたことを信じるべきだ。「彼はどんなことを話したんですか?」

「じつを言うと、何も。話すのを拒んだんですよ」

自信が戻ってきた。ショーンはラスに似ている。自分のよい行いに注目を集めたがらないのだ。「そうですか。私には、三人の少年がダウン症の生徒をいじめていたと話してくれました。なんていう名前だったかしら、ショーン?」

ショーンは指で〝ダレン〟と綴ったが、まだ校長のほうを見ようとはしない。

「ダレンという生徒です。少年たちがその子を突いたので、ショーンがあいだに入ったんです。たとえどんな状況であれ、学校で喧嘩をするのがよくないことはわかります。ショーンの兄も、彼が罰を受けるべきだと言うでしょう。ですが、彼が喧嘩をけしかけたのではなく、ほかの生徒を守るためだったということを、何とぞ考慮に入れていただきたいのです」

ミスター・ヘンリーは椅子の背にもたれ、ペンでぼんやりとデスクを叩いていた。「ダレンをオフィスに呼んで、覚えていることを尋ねたほうがよさそうですね。ショーンを信じたいですよ。それに、ほかの三人が天使とはいいがたい子たちなのもわかっています。しかし、ショーンも問題と無縁な生徒とはいえません。そうだね、ショーン?」

ショーンはただ肩をすくめただけだった。

「授業をサボる、悪態をつく、落第点をとる……。彼の有利に解釈するのは難しいのが実情です」

ショーンが挑戦的な目で校長を睨んだ。「もういい。どう罰せられようとかまわないよ」

「ショーン!」ローレルは愕然としてショーンの肩に手をかけた。

だが、彼はまたしても肩をすくめただけだった。「弁護してくれてありがとう、ローレル。でも絶対信じちゃくれないよ。どうせ俺がここに来る前から、心の中では決めてたに違いないんだ」

ローレルもショーンの言うとおりかもしれないと思ったが、正直なところ、校長の言い分も理解できた。どんなに想像力をたくましくしても、ショーンは理想的な生徒ではなかったのだ。彼が進歩しつつあるのは確かだが、一年分の悪い成績と態度を埋め合わせるにはまだ充分ではない。

「いいですか、先ほども言ったように、私はダレンに話をきくつもりです。ほかの三人にはすでに二日間の停学を申し渡しました。ショーンにも同じ処分を科すつもりでした。ですが、ダレンの話がショーンの話と一致すれば、停学ではなく校内謹慎処分にしましょう」

「もう帰ってもいいかな?」ショーンがきいた。

「きみのお兄さんがいらっしゃるまではだめだ」ミスター・ヘンリーが言った。

それを聞いてショーンが居住まいを正した。「どうして呼んだの?」

ラスの妻のふりをしてここに座っていることを考えれば、嬉しくないのは彼女も同じだ。

「緊急時の保護者として委任状に書いてあるのは、お兄さんとおばあさんの名前だけだからね。学校まで迎えに来てもらえるほど近くにいるのはお兄さんだけだ」ミスター・ヘンリーがローレルに向き直った。「申し訳ありませんが、ミスター・エヴァンズの許可がありませんので、あなたにショーンを連れて帰っていただくことはできないのです」

「いいんです。わかりますから」

ミスター・ヘンリーとショーンがローレルの背後に目を向けた。ミスター・ヘンリーの顔に笑みが浮かび、ショーンはさらに不機嫌になった。それだけでなく、彼の顔にはかすかな恐怖もよぎった。ローレルが深く息を吸いこんでから振り返ると、ラスが部屋に入ってくるところだった。肩をこわばらせ、車のキーを握りしめている。

ローレルの姿を見つけたとたん、ラスが凍りついた。「ローレル、いったいここで何をしてるんだ？」

それこそが目下の問題なのよ。

ラスの視線がミスター・ヘンリーに移り、ローレルは顔の向きを変えた折に校長の発言の終わりを読むことができた。「……ために、あなたには連絡がつかないと思って、かわりにあなたの奥さんに電話をかけるよう、ショーンがわれわれに頼んだのです」

ラスが目を細めた。ショーンとローレルの様子を慎重にうかがっている。それから彼女の右側の椅子に座った。ローレルは彼の唇の動きを読むために横を向こうとはしなかった。ラスの言うことを知りたいのかどうか、確信が持てなかったのだ。

そのかわり彼女はショーンの腕を軽く叩き、安心させるように微笑んだ。彼はお返しに、口の端を片側だけわずかにあげてみせた。指でてのひらに〝間抜け〟と綴り、親指で校長を示す。

〝やめて〝ローレルは叱った。けれどもショーンはラスの権威を尊重しないのと同じように、ローレルの権威もなんとも思っていないらしく、にやっと笑うばかりだ。

ローレルはミスター・ヘンリーのほうを向いた。

「もうひとりの生徒から事情を聞きしだい、ご連絡してわれわれの決定をお伝えします」

校長が立ちあがり、ラスもそれにならった。握手をすると、ラスはローレルの腕を軽く叩いて合図した。「さあ、行こう」

ミスター・ヘンリーが声をかけた。「ああ、そうだ、せっかくですから、委任状に奥さんのお名前を追加されてはどうです？」

ラスが首を振った。「いいえ」

あまりに短い答えにミスター・ヘンリーが目をぱちくりさせた。

ローレルは、ラスが〝いいえ〝以外の返事をするとは思っていなかった。私は奥さんではないし、将来そうなる予定もないのだ。それでもなぜか、そのとりつく島もない答えに胸が痛んだ。あわただしく挨拶すると、ラスはローレルたちをオフィスの外へ促し、駐車場へ向かって大股で歩きだした。

正門にたどり着くまでのあいだ、ショーンはコートを着ながら、足を引きずってゆっくりと歩いた。これから大目玉をくらうのがわかっているのだ。ローレルも同じ気分だった。ラスは本当に、心の底から怒っている。

「車に乗れ」駐車場まで来ると、ラスが言った。

「なんで？」

「俺が乗れと言ってるからだ！」

ラスが山なりに投げたキーをつかんで、ショーンは足を踏み鳴らしながら車に乗りこんだ。

「ラス、ねえ、落ち着いて」ローレルは口を開いた。この数週間で改善してきたショーンとの関係を、ラス自身がめちゃくちゃに壊してしまいそうで心配だった。

「落ち着きたくなんかない！　それからきみも、あいつを甘やかすのはやめてくれないか」

ローレルはびっくりして言葉を失った。

「ショーンがきみを呼んだ理由ははっきりしている。あいつがどんな戯言を話したか知らないが、きみなら信じてくれると知ってたんだ。きみを呼べば、罰を受けないで帰れると考えたんだよ。言いくるめる自信があったんだ」

怒りがローレルの全身に広がった。熱く激しい怒りではなく、氷のように冷たく苦い怒りだ。ちょうど足もとで、アスファルトに降り積もった雪を巻きあげている風のような怒りだった。「私はどうしようもないばかじゃないのよ、ラス。何が真実で何が嘘かはわかるわ。ショーンにはあなたの怒りや罰じゃなくて、もっとべつのものが必要なの。彼はあなたの理解を必要としているのよ」

「いったい何を理解しろというんだ？」ラスが両手をあげた。「わがままな若造が自分の人生を台無しにしているのを、俺に理解してほしいのか？」

「違うわ！」行状にばかり気をとられ、何が原因なのかラスは見えなくなってしまっている。「ショーンはあなたに理解してもらいたがっているの。学校が大嫌いで、友達もいなくて、レイクウッドに戻りたいことをわかってほしいのよ」

「わかっているとも。だけど俺にはどうしようもない。あいつが慣れていくしかないんだ。せめて努力ぐらいするべきだろ」ラスが額をこすった。

ローレルはその手をとった。彼の体に緊張が走るのがわかる。ラスは手を握り返してこなかったが、彼女は傷ついてはいけないと自分に言い聞かせた。

「前の学校に戻れるかもしれないわ。うちの住所をショーンの自宅として申請すれば、きっとまたエマーソン校に通えると思うの」ショーンが失ったのは両親だけでなく、家や友達もなのだということをラスが理解するまで、兄弟は厄介な袋小路にはまったまま前へ進めないだろう。

「今はそれでいいかもしれない。毎日学校まで送り迎えしなきゃならないのは面倒だが。だけど、一時的な解決法にすぎないんだ。俺たちがもう会わなくなったらどうなる、ローレル？　ショーンはまだこれから四年半も学校に通わなくちゃならないんだぞ。だから、今の場所に慣れるほうがあいつのためなんだ」

ふたりに未来がないのは決まりきった結論で、ラスにとってはちょっとした面倒以外の何ものでもないと、無頓着《むとんちゃく》にも彼は口にできるのだ。その事実が、体をびりびりに引き裂かれて駐車場中にまき散らされるくらいつらかった。

苦悩が声にもれていたに違いない。ラスが突然、ひどく悔いる表情になった。「すまない、まずい言い方だった」

「そうね。だけど、あなたの真意を聞けたわ」ローレルはラスの手を放すと、涙がこみあげてきた目から髪の毛を払った。「言いたいことは伝わったわ。ショーンの人生にかかわるな。私とのことはただの珍しい体験。そうなんでしょ?」

ラスが、まるでローレルにぶたれたような顔をした。「そうじゃないって、わかってるだろ。愛してるんだ」

「でも、長く続くと思うほどじゃないんでしょ? ショーンのことで私を信頼できるほどじゃないのよね?」

「俺はただ、現実的に……」ラスの言葉が途切れた。彼は顎をこすった。いらいらしていて、頑固で、それなのにとても魅力的だ。

ローレルは、自分が哀れでつまらないことを口にしてしまう前に帰るべきだとわかっていた。「お願いがあるの、ラス。腰をすえてじっくりショーンと話してみて。彼が話すことに耳を傾けてあげて。あなたには思いもかけない内容かもしれないわ」

そう言うと彼女は背を向け、手探りで車のキーを探しながら歩きだした。目に涙をため、ラスが追いかけてこないことを祈りながら。そして、追いかけてきてほしいと願いながら。

ラスは来なかった。

22

「くそっ!」去っていくローレルの背中に向かってラスは悪態をついた。言いたいことがうまく伝わらない。

ショーンに対して抱えている不満を、ローレルにぶつけるつもりは決してなかった。彼女が手を貸そうとしているだけだということはよくわかっている。だがそのおかげで、ラスは自分がたったひとりの一三歳の子供さえうまく扱えないと思い知らされ、無力感にさいなまれるのだ。

それにショーンがまずローレルに助けを求めたと知り、傷ついてもいた。ショーンとローレルは友情を育《はぐく》み、一緒に宿題をして、手話のレッスンもしている。ラスはとり残された気分だった。ショーンが彼に向けるのは生意気な言葉と態度だけだ。

ショーンを前の学校に戻すためにローレルの住所を使えばいいという提案を聞いて、ラスはショックを受けた。彼の収入ではエッジウォーター・ドライブで暮らす余裕などない。それだけでなく、ローレルと結婚するのがどういうことか、はっきり突きつけられた。囲われ者も同然の、妻の財産に頼って暮らす男になりさがるということだ。

ローレルは指をぱちんと鳴らすだけで、ショーンの望みをすべて叶えられるというのに、実の兄の彼にはそれができない。弟に、友達も行きたい学校も与えてやれず、両親を生き返らせることもできない。ショーンとローレルのあいだにいとも簡単に生まれた愛情さえ、与えてやれないのだ。

ショーンには、気遣っていることを示そうとするたびにはねつけられる。

乱暴に車のドアを開けたラスは、すでにエンジンがかかっているのに気づいた。タイヤの跡がつきそうなほど急発進させると、ショーンが非難するような目を向けてきた。

「ローレルを泣かせた」

「違う」彼女は腹を立てて動揺していたが、泣いてはいなかった。

「兄貴は俺にわめけばいいんだ。罰を与えるとか、なんでもすればいい。だけどローレルに八つ当たりするなんてひどいよ。彼女に連絡したのは俺だ。俺が悪いのに」

「ローレルと俺の関係はおまえの知ったことじゃない」ラスは車をバックさせながら、今日一日を巻き戻してやり直せたらどんなにいいだろう、と思った。仕事は最悪だった。五件も六件も事件を抱えているのに、どれも成果がなかった。そのうえ弟に言うことを聞かせようとして失敗したばかりか、ローレルを傷つけてしまった。

家までの五分間、ショーンは黙りこんでいた。ラスのほうを見ようともせず、家に着くとすぐさまキッチンへ向かって冷蔵庫を開けた。

ショーンの無言の非難はひどく苛立たしい。少なくとも、反省しているふりぐらいしたらどうだ？

「それで、学校では実際のところ何があったんだ？」

「ミスター・ヘンリーが話しただろ」

「校長先生はおまえの話が本当かどうか、確信が持てないようだった」

「じゃあ、何が問題なの？　俺が話したら兄貴は信じる？」ショーンがチョコレートプリンのカップを手に体を起こした。「話を聞いてくれるとは思えないよ。話しかけてもくれないじゃないか」

いったいどういう意味だ？「聞いてるし、話もしてる」

「そんなことあるもんか！　ローレルの話をしようとするとさえぎるし、学校が嫌いだって言ってるのにちっとも聞こうとしてくれない。最悪なのは、母さんと父さんが初めからいなかったみたいに振る舞うことだよ！」

なんだって？　ちょっと待ってくれ。「それは違う」

「違わないよ。じゃあ、いつふたりの話をした？　俺がしようとするたびにいつも、〝過去にとらわれず、前に進まなきゃいけない〟って言うじゃないか。ちくしょう、くそくらえだ！　俺は母さんに会いたいんだ」ショーンの声がかすれ、顎ががっくりと胸に落ちた。ラスは考えるまでもなくそばに近づいていた。「ごめん、ショーン、悪かった」弟に腕をまわして胸に引き寄せる。「母さんが恋しいのはわかってる。俺も同じなんだ。おまえが最低の気分を味わっているのも、俺にむかついているのもわかってる。俺は何もかもうまくいってると思いこみたかったんだ。俺たちは大丈夫だって」

ショーンのすすり泣きはおさまり、しだいに落ち着きをとり戻してきた。少しでもこの苦しみをとり去ってやりたい。ラスはそう願わずにいられなかった。「俺はコミュニケーションが下手なんだ」

「知ってるよ、そんなこと」ショーンがラスから離れて目をぬぐった。

「少し時間をくれないか。どうすればいいかわからないんだ。わからないから手探りで進むしかなかった。おまえに言われて初めて、父さんと母さんの話をしてないことに気がついた。ふたりを失った事実に対処する、俺なりのやり方だったんだと思う」

「だけど、俺はそんなのいやだ」鼻をすすり、ショーンがプリンのふたをめくって舐めた。「ひと言の相談もなく家を売ったのも腹が立った。どうしてあんなことをしたんだよ?」

向き合いたくなかったからだ。家そのものにも、家がもたらす感情にも、向き合うのがつらかった。「当時はそれが理にかなっていると思ったんだ。俺にはあの家は大きすぎて維持できないし、おまえには新しい環境が必要だとな」

「それでもきいてくれるべきだった。俺はもう小さい子供じゃないし、家だって半分は俺のものだったんだぜ」

今になって初めて、ラスは、ショーンの側から見たらどんなふうに映っていたのか理解した。彼は両親を失っただけでなく、それまでの人生のすべてを失った。家やそのまわりの場所や人々、それに学校も。ラスはショーンの悲しみをとり去ってやれないばかりか、彼が生きていく唯一の助けになるもの――安定すら奪ってしまったのだ。

「おまえが正しいのかもしれない」

「初めてだな。兄貴がそんなこと言うなんて」

「俺はこれからも間違いを犯すだろう、ショーン」

それを聞いたショーンが弱々しい笑い声をあげた。「当たり前だろ」

「だけど、俺たちは一緒にいる。何が悪いのかおまえが教えてくれなきゃ、おまえの助けになることも、間違いを正すこともできないんだ」ラスは、ショーンが自分を信用してくれることを懸命に祈りながら反応を待った。ふたりが今後もっといい関係を築いていけるように。

「ミスター・ヘンリーが……校長が話したことは本当なんだ。俺はいじめられてた子の味方をしただけなんだよ」

ショーンを信じるべきだ。ラスはうなずいた。「わかった」

「それから、その兄弟のコミュニケーションがどうとかもいいけど、ローレルのところへ行って、ひどい態度をとったことを謝るべきだよ。なんだったら兄貴がそうしてるあいだ、俺は隣のおむつの国に行っててもいい」引き出しを開けたショーンはスプーンをとりだし、満足そうにチョコレートプリンに突っこんだ。大変な一日でも食欲は落ちないらしい。「途中で花かなんか買ってったら？」

「助言までしてくれてありがとうよ」ラスは顔をしかめながら言った。

ショーンがにやりとする。「じゃあ、もうひとつ。兄貴は彼女と結婚するべきだ」

「おい、今度はキューピッドか。どうしてそう思うんだ？」

「そりゃあ、ローレルが賢くて優しくて、マジでかわいいからだよ。それに兄貴に我慢できる唯一の人間だ」

ラスは声をあげて笑った。くそっ、やっぱりショーンは正しかったのかもしれないな。

「一七のとき、母さんに妊娠したと告げられて、俺は恥ずかしかった。つまり、その、自分の母親がセックスしてるって、みんなに言ってまわるようなもんだろ？　だけどそのとき母さんが言ったんだ。父さんと母さんは一五年間ずっとふたり目の子供を授かろうとしてきた。それは、俺をものすごく愛してるからだって」

「信じられないや」スプーンをきれいに舐め、ショーンがにやにやした。

ラスは冷蔵庫にもたれ、努めて明るい口調で続けた。「そのあと母さんがすごく嬉しそうだったんで、俺も嬉しくなった。それからおまえが生まれて、病院に会いに行ったら母さんが泣いていた。俺は思ったよ。〝ちくしょう、母さんが泣くのも無理はない。こんな醜い赤ん坊は初めて見た〟ってね」

ショーンが鼻を鳴らした。

「だっておまえは全身青みがかった赤色で、ドーナツにかかってる砂糖のような白いものがいたるところにくっついてたんだぞ」

「うへっ」

「目は潤んで、頭は変な形に尖ってた。だけど母さんは幸せだから泣いてたんだ。心から望んでいたものを――もうひとりの息子を授かったから」ラスはまだ大人になりかけの、幼い弟を見つめて微笑んだ。「しばらくしたら、おまえはそれほど醜くなくなった」

ショーンがラスの腕をドンと叩いた。「悪いけど、兄貴に同じことは言ってやれないよ」

そのときラスは、もう大丈夫だ、と思った。ふたりでのり越えていける。彼は冷蔵庫から体を離し、リビングルームへ向かった。

「どこへ行くの？」

「屋根裏へ行って、収納箱の中を探してくる。母さんのアルバムを見たい気分なんだ。おまえも一緒に来るか？」

「うん」

ジェリーは仰向けに転がって必死で息を整えようとした。こんなことをするにはもう年をとりすぎているのかもしれないな。キャサリンに殺されそうだ。

彼女の指は早くも次の攻撃を開始すべく、彼の脚をくすぐりながら上を目指している。だがそこにはすでに、ぴくりとするエネルギーさえ残っていなかった。キャサリンががっかりする前に、ジェリーは彼女の手をつかんだ。

「まだ無理だ。あと五分くれ」くそっ、彼女は飽きるということを知らない。ジェリーはキャサリンのそういうところが好きだった。パムとでは、いつも駆け引きに終始した。パムはセックスを利用して彼をコントロールしようとし、常に彼女の思うがままだった。

キャサリンはといえば、ただジェリーを求めてくる。それだけだ。お互いの目が合って三〇秒後には着ているものを剝ぎとっていた。どうしてそうなるのかわからないが、もちろんジェリーに文句を言うつもりは毛頭なかった。

キャサリンが彼の肩に歯を立てた。「三分。それだけしか待たない」

「わかった」ジェリーはため息をつくふりをして、彼女のヒップをパシッと叩いた。キャサリンはみごとな体の持ち主だ。いろいろと風変わりな飾りつけ――タトゥーやピアス――をしているが。これも彼には理解できないことのひとつだった。ところが彼女の体の五箇所に描かれたタトゥーを舌でたどるたび、興奮してしまうのも事実なのだ。

それに実際、裸で立っているキャサリンを見ると、すらりとした白い体の中でタトゥーに覆われている部分はごくわずかだった。最近になって彼女は耳から顔にかけてつけていたチェーンを外した。これはいいことだ。だがそのかわりなのだろうか、今度は髪を全部黒く染めてしまった。今ではジェリーも、彼女のもともとの髪が黒ではないのを知っている。

彼はダークブロンドのヘアに覆われたキャサリンの下腹部に手を伸ばし、ゆっくりと撫でた。「ここも染めるべきじゃないかな？　そしたら髪とマッチするだろ？」

そんなジェリーの肩を彼女が強く嚙んだ。「ジェリー、おしゃべりをやめてくれたらもっといいんだけど」

「なんだって？　俺はまじめに言ってるんだぞ。じつに論理的な疑問じゃないか」彼にしてみれば、上と下が合わないとかなり不自然に思えるのだ。

「しーっ」キャサリンがジェリーの口に指を当てた。「もう黙ってて」

ほんの少しジェリーはいらついた。「なんだよ、おしゃべりすら許されないのか？　きみには俺の体だけあればいいのか？」その体はふたたび大きくなり始めていた。少しはものを考えろよ、どうしようもないやつめ。

キャサリンの乳房がジェリーの胸の前で揺れ、脚は彼の脚に絡まっている。ランプの明かりがベッドルームに柔らかな光を投げかけ、ステレオからは彼女がかけたセクシーなブルース調の音楽が流れていた。

俺はこういう雰囲気に弱いんだ。

「そういうあんたはどうなの？　男は何千年も前から、セックスのために女を利用してきたのよ」

ああ、しまった。フェミニストの攻撃が始まるぞ。「じゃあ、きみの望みはなんだ、キャット？　俺をセックスの奴隷にしたいのか？」

ジェリーはそれが冗談とは言いきれない気がしていた。もちろん本気で文句を言っているわけではないが、男にも感情というものがある。

「違うわ。まあ、いつかお遊びでやってみてもいいけど」眼鏡をとったときはいつもそうするように、キャサリンが目を細めて彼を見た。「ただ、あたしを平等に扱ってほしいだけ。男を相手にするように、話してほしいの」

なんだって？　彼女はずっと何も聞いてなかったのか？　「話してる」

「そうなの？」キャサリンが驚いたように胸ごとうしろにさがった。

ジェリーは手を伸ばして彼女の乳首をさっとかすめた。戻ってきてほしい。「ああ。男と違って、女性は注意深く扱うようにと教えられて育った。あとでひどい目に遭わずにすむように、女性が言うことすることを注意深く観察しろと。年がら年中怒られてばかりにならないようにね」

興味を引かれたらしく、キャサリンはまた彼のそばに戻ってきた。おかげで胸に手が届くようになった。「だけど、きみといるとありのままを口にしてしまう。思ったことをなんでもそのまま言ってしまうんだ。それに欲望を抑えられない。いつもはこんなことないのに。激しいセックスは相手を怖がらせると常々思ってたんだ」

「あたしは怖くない」嬉しそうにキャサリンが言った。手が彼の頭のあたりをうろうろし始める。頭といっても、考えるときに使うほうではないやつのだ。

「気づいてた」

「それじゃ、あんたはあたしに正直に接してるのね？　完全に対等ってわけ？」

そんなふうに考えたことはなかったが、嘘じゃない。「ああ、そうだ。たとえば、きみの外見が最悪だと思えばそう言う。きみが本気で怒らないのがわかるんだ。だけどほかの女性には、絶対にそんなことを言おうとは思わない」

ふざけているように話していたが、それはジェリーの本心だった。キャサリンはほとんどいつも、なんだかわからないものを顔中につけて、とても正気とは思えない格好をしている。

なぜこれほど完璧に上品な顔を、ジュエリーをつけて台無しにする必要があるのか、彼にはさっぱりわからなかった。

彼女がジェリーの股間に這わせた手に、興奮させるにはふわさしくないほど力をこめた。

「おい、気をつけてくれよ。落ち着いて」

キャサリンは笑って手を緩めた。一瞬ジェリーに重傷を負わせてやろうかと思ったのだ。〝外見が最悪〟ですって？　だがそのとき、ありのままを言ってほしい、正直でいてほしい、と頼んだのが自分であることに気づいた。あたしには腹を立てずに耳を傾ける義務がある。

それにボディアートをどう思っていようと、惹かれる気持ちの邪魔にはならないらしい。

「あたしのピアスが嫌いなの？」

「顔についてるのは好きじゃない。気がそがれるんだ。眉や鼻はいいとしても、唇はちょっと。まあ、そういうのがついててもきみはかわいいけど。説明するのは難しいな」

今でもジェリーのどこに惹かれるのかわからないことがあったが、とにかく彼は笑わせてくれる。キャサリンのいつものタイプの、気難しいアーティスト連中とはまったく違うのだ。以前なら、ジェリーに惹かれるとは思いもしなかっただろう。

相手の男性の好みではないからという理由だけで唇のピアスを外すつもりはなかったが、キャサリンはジェリーをちょっとからかってみたくなった。もともとタトゥーやピアスに何か主張があるわけではなく、いったん始めた以上やめる理由もないので続けているようなものだったのだ。初めは楽しかった。人ごみの中で目立つし、注目を集めるのがおもしろかった。しかし最近は、そういうことをする年齢ではなくなってきたと思い始めていた。二四歳ならクールに見えるかもしれないけれど、もう三〇歳に向かって突き進んでいるのだ。

長いあいだつけているので、ピアスのない自分の姿は想像しづらかった。頭が少し軽くなるかもしれない。

「こうしたらどう？　顔のピアスを全部外して、かわりにべつの場所にひとつだけつけるの」

「ただ外すだけ？　そこら中に穴が開いたままにならないかな？」ジェリーが、彼女の唇についた三つのピアスを指で軽く弾いた。

「穴はそのうちふさがるわよ。初めからなかったみたいに」

「へえ。でも、新しくつける場所があるのかな？　きみはその、ベイブ、ありとあらゆる場所につけてるから」

「全部じゃないわ」キャサリンは彼の耳に舌を這わせ、可能性のある場所をささやいた。

ジェリーがうめく。「嘘だろ。そんなことできるのか？」

「もちろんよ」彼の舌が金のリングをかすめるところを思い描いただけで、体が熱くなってきた。

「キャサリン、きみのことが本気で好きになってきた」

ジェリーに仰向けに押し倒されて、キャサリンは吐息まじりのうめき声をもらした。

「あんたもそれほど悪くないわよ」

23

わかっているべきだった。ジルは考えた。いいえ、初めからわかっていた。ピート・トレヴァーのような男性が、私みたいな女に夢中になるわけがない。ひとつふたつは特徴があるものの、全体的にはとくにどうということのない、平凡な女。平均的な美しさもお金も教養も持ち合わせず、世の中で道を切り開いていけないような女に。普通で、寛大で、善良ではあるけれど、見栄えのいい人たちの注意を引くことなど、あり得ない女だ。

ピートはそういう見栄えのいい人たちのひとりだ。彼が自分のものになるとは、ジルは一度も本気で信じていなかった。

そして、やっぱりジルのものにはならなかった。

どうして彼のあとをつけ始めたのかわからない。もしかしたら、いつもひょっこり現れてはいなくなることや、やけにコンピュータを隠したがること、彼女のところに引っ越してきたときになんの家具も、タオルすら持っていなかった事実に、疑問を抱いたからかもしれない。ピートはそのたびにいろいろと理由を並べたて、ジルもそれをもっともだと思った。しかしそのうちに彼女は、信じられないほどすばらしいものは信じてはいけないのかもしれないと思うようになった。

ピート・トレヴァーが私を愛するなんて、現実味がない。

だから彼女はピートのあとをつけ始めた。

駐車場に来ると、ジルは音をたててシボレー・キャヴァリエを停めた。助手席のスーツケースに目を向けて涙をこらえる。

ピートがじつは彼が言うようなコンピュータ・コンサルタントではなく、キャンディ・ストアの店員だと初めて知ったとき、ジルは困惑したものの、すぐに、彼は仕事を失ったのだろうと考えた。生計を立てるために働いている今の職場を恥ずかしく思って、言いだせないでいるのだろうと。

ところがある夜、ピートがぐっすり眠ってしまったあとで、ジルは苦労して彼のメールをのぞき見た。そしてローレルという女からの、会いたいと懇願するメールを何通か見つけた。文面からは、その女とピートがつき合っていたらしいことがうかがえたが、関係は明らかに終わっているようだった。女はメールの中で、自分が彼を怒らせてしまったのか、何か悪いことをしたのかと尋ね、今度はいつ会えるかときいていた。

おそらく前の恋人が出したメールを削除せずに持っていただけなのだろうと、ジルはほとんど信じかけた。けれど、心配そうに訴えかけ、へりくだって懇願するその口調のどこかが彼女自身の姿とぴったり重なり、恥ずかしさと屈辱を覚えた。そして、気が進まないながらもまたピートを尾行し、今度は、彼がエッジウォーター・ドライブにある大きな家の裏口で幾晩も過ごしていることを突き止めた。登記を調べたところ、その家はローレルという名の女性のものだとわかった。

ジルの臆病な部分は、ピートが仕事から帰ってくるのを待って、突き止めた事実をすべて突きつけて対決することを望んでいた。だが、自分でもほとんど忘れかけていた強気な面が、そんなことをすれば悲惨な結果を招くと主張する。ピートを家に入れて話をすれば、一時間後にはすっかり丸めこまれ、彼の言い分をなんでも信じているに違いなかった。

いいえ、やっぱりこのほうがいいのよ。尊厳をとり戻そう。ジルはスーツケースを持つとドアを開け、引きずって車からおろした。

トレヴァーはこの状況を楽しんでいた。コンピュータの接続を直したお礼にとローレルが彼にランチをおごってくれ、ふたりは職場である店の奥の部屋でサブマリン・サンドイッチを食べながら、たわいもない話をしていた。すでに三〇万ドルも盗んでいるのに、彼女はランチをご馳走《ちそう》してくれているのだ。

おかしくて笑いが止まらない。

キャンディ・ストアでの勤務が終わったら——ありがたいことに今日が最後だが——すぐにシカゴ行きのバスに乗るつもりだ。そこから南を目指す。もう二度と雪やミミズの形のグミを見なくてすむなら、それほど遠くでなくてもかまわない。

トレヴァーはコンピュータを除いたすべてをジルのところに残していた。服のことは気にならなかった。ジルがとっておけばいい。今朝彼女のクレジットカードから盗んだ五〇〇ドルで、新しいものを買うつもりだ。

「きみの新しい恋人は元気かい?」彼はローレルにきいた。もう関係はないけれど、それでも興味があった。

偽善者のローレルが顔を赤らめる。「ええ、じつは、昨日ちょっと口論になったの。夜になってうちに寄ってくれればと思ってたんだけど、来なかったわ」

おやおや、かわいそうに。ほんの一瞬、この地に留まってローレルを慰めたいという衝動に駆られたが、今が去りどきだということはわかっていた。ほんの数日、長くても数週間もすれば、家を担保に多額の金が引きだされたことに彼女が気づくはずだ。

「彼には冷静になる時間が必要なのかもしれないな。名前はなんていったっけ?」トレヴァーはラズベリー・アイスティーをひと口飲み、店のほうをうかがった。キャサリンがひとりで店番をしているのだが、土曜日なので来客が増えたら手伝いに行けるように、ドアを開けてあった。

知っている声が聞こえたと思ったのだけれど、気のせいだろう。

「ラス。ラス・エヴァンズよ。私たちの口論に名前はあんまり関係なさそうだけど」

トレヴァーは、はっと頭をめぐらせてローレルを見つめた。ラス・エヴァンズ。俺が使っていた名前か? クリーヴランド警察の警官の? いったいどういうことだ?

いまだ呆然として、自分が名前を借用していた警官とローレルがつき合っているという情報をトレヴァーが嚙み砕いているあいだに、戸口にキャサリンが現れた。「ジョン？　ちょっとお店へ来てくれない？　すごく興奮した女の人がやってきて、恋人がここで働いてるから出せって言い張るのよ。男の人はあんただけだって言ったら癇癪起こしちゃって」

トレヴァーは立ちあがった。だが、彼が口を開く前に、キャサリンのうしろからジルが姿を現した。

「やっぱりいた！　ここだってわかってたのよ！」

ちくしょう。ばれたか。悪態をのみこみ、トレヴァーはジルの様子をじっとうかがった。ポニーテールから髪がこぼれ、肌にはしみが浮かんで目が血走っている。洗濯のときになくしたのか、シャツのボタンがひとつなかった。

なぜジルに気づかれたのか、彼女がここで何をしているのか考えながらも、騒ぎがこれ以上大きくならないようにトレヴァーは画策し始めた。気遣わしげな視線をジルに投げかける。「ジル、スイートハート、どうしたんだ？　なぜそんなに怒ってる？」

ところが恩知らずのあばずれが、彼に向かってスーツケースを投げつけた。スーツケースはローレルの腕に当たり、トレヴァーはそれを宙で受け止めた。「ジル、頼むよ。ローレルに当たったじゃないか。落ち着いてくれ」

今まで座っていた椅子にスーツケースを置きながら、逆上するまいと自分を抑えた。せっかく俺が選んでやり、注目して気遣いを示して、すばらしいセックスまで与え、けちなところにも文句を言わなかったのに、この女は何もかも台無しにしようとしている。

「ローレルですって？」ジルがローレルに向き直った。ローレルは腕をこすりながら、少しずつドアに近づいていた。ジルの顔に激しい怒りがこみあげるのがわかった。「あんたがローレル？」

トレヴァーは目を細めた。いったいどうしてローレルという名前を知っているんだ？　普段の彼なら女に嫉妬されるのを楽しんだが、今はタイミングが悪すぎた。

「この売女《ばいた》！」ジルがローレルに唾を吐いた。そうかと思うと急に泣きだし、彼女の腕をとろうとしたトレヴァーの手をひっぱたいた。「私にさわらないで、嘘つきのろくでなし」

嘘つきと呼ばれることに問題はないが、どうしてもジルを外へ出したかった。ここに長くいればいるほどすべてが明るみに出る可能性が高くなる。彼はなだめるような口調で、困惑した恋人を演じた。「その問題は家で話し合わないか？　頼むよ。ここは僕の職場なのに、きみは騒ぎを起こしてる。僕にはこの仕事が必要なんだ、ジル。お金がいるんだよ」

「私のところへは戻ってこないで。あんたを追いだすわ。鍵を返してちょうだい」

「ハニー、本当はそんなことしたくないんだろ？　何が問題だろうと、ふたりで解決できるよ」トレヴァーはこれほど怒ったジルを見るのは初めてだった。クレジットカードから今朝盗んだ金のことはまだ知らないはずなのに。

ローレルが部屋を出ていこうとしている。彼女は自分が出たあとでドアが閉まるように、ドアストッパーを足で外した。ジルがローレルに聞かせたくないことを口走る可能性があったので、トレヴァーにとってそのほうがありがたかった。

ところがローレルのしていることに気づいたジルが、ドアへ向かって突進した。「出ていく必要ないわ、ローレル。私が行くから。そうすれば、彼を独り占めできるでしょ！」

「ジョン！」ローレルが目を見開いてトレヴァーを見た。

しまった。彼は何もわからないふりをして肩をすくめた。

だが、ジルがトレヴァーを罵り始めた。「ジョンですって？　どうして彼女はあなたをジョンって呼ぶの？　あなたの名前はピート・トレヴァーのはずよ。それとも、それも嘘だったの？」

困惑するあまり呆然としたローレルの顔を見れば、ジルが言ったことやその重要性を理解していないのがわかる。彼女は片手をノブにかけたまま、どうするべきか決めかねているように戸口に立ちつくしていた。

ジルと言い争っても意味がない。今となっては彼女から得るものは何もないのだ。トレヴァーはポケットに手を伸ばし、キーホルダーからジルの家の鍵を外して差しだした。自分が演じてきたキャラクターになって、最後にもうひと言つけ加えずにはいられない。「きみの気が変わったら、僕の携帯にかけてくれ、ジル」

その番号も明日までにつながらなくなるのだが、そんなことは関係ない。「少なくとも、意味の通じる会話ができるくらいには、僕のことを気にかけてくれていると思っていたんだけど、間違いだったようだね。さあ、僕が首になる前に帰ってくれ」

鍵を返すときにトレヴァーがわざとジルの手に触れると、彼女が一瞬ふらついた。彼を満足させるにはそれで充分だった。ジルはぱっと身を離し、ドアから店へ走りでていった。

やれやれ。常軌を逸したあばずれめ。

トレヴァーは指で髪を整え、困ったような笑みを浮かべた。「申し訳ない、ローレル」

ローレルはジョンにうなずいた。どんな形であれ、今のような会話にかかわったのが恥ずかしかった。

「こっちへ戻ってサンドイッチの残りを食べたらどうだい？　ジルがなんであんなに怒ってたのかさっぱりわからないよ。普段は優しい子なんだ」スーツケースを床におろしてトレヴァーは椅子に腰かけた。「どうしたわけか、僕は彼女の不興を買ってしまったようだ」

ジョンも恥ずかしいのか、どこか動きがぎこちなかった。

今日は最高の日とはいえないわね。まるで誰かに綿を口に押しこまれ、ねじまわしで脳に穴を開けられた気分だ。昨夜は、玄関のベルが鳴ることを願ってランプばかり見ていてあまり眠れなかった。ラスが訪ねてきて話ができることを願っていたのだ。結局来ないとわかったときは打ちのめされた。

あんなふうに彼の前から去るべきではなかった。ラスは、弟との関係に危機が生じている真っ最中だったのだから。それなのに彼と口論して、余計な負担をかけてしまった。少しうしろへ引いてラスが冷静になるまで待ち、それから私の住所を利用する提案をすればよかった。

　でも、ローレルにはできなかった。ラスから連絡がないのはそのせいだ。ベッドで丸まって泣いていたかったけれどそうもいかず、こうして無理やりジョンとたわいもない話をしている。激しく怒っている恋人のいるジョンと。

　ローレルはサンドイッチからレタスを抜いて口に入れた。「あなたに恋人がいたとは知らなかったわ」

「今はもういないようだけど」

　ジョンのことはたいして知らないが、この一カ月近く、週に何度か彼と一緒に働いてきた。そのあいだに一度か二度くらいは恋人のことが話題にのぼってもよさそうなものなのに。彼は恋人と暮らしていたらしいのだから。

　だけど、私には関係ないわ。重大なことでもない。そう思いながらも、せわしなくサンドイッチを食べているジョンを見ているとなぜか不安がつのってきた。「あなたの恋人が、私を知っているようなことを言ってたのはどうしてかしら？　あなたと私が浮気してるみたいに」

　ジョンが肩をすくめた。「彼女は嫉妬深いんだ。とてもいい子なんだけど、どういうわけか不安定なところがあってね。以前も僕をつけたことがあったから、きみの家を訪ねたところを見られたのかもしれない」

　ローレルはぎょっとした。「そんな、ジョン、言ってくれればよかったのに！　こんな事態になると知ってたら、あなたに修理を頼まなかったわ」

ジョンが椅子の背にもたれた。「気にしないで。ジルはきっと機嫌を直すよ。それに、友達を助けるのに、いちいち彼女に癇癪を起こさせてたらどうしようもない」

確かにそうだ。それでもローレルは、自分が湖に浮かぶ藻のごといやな女になった気がして仕方がなかった。「私たちふたりとも、恋人のことでは運がないみたいね」

「きみは彼が気になるんだね？　そのラスが？」

何も言わずにローレルはうなずいた。

だがジョンはタバコに火をつけ終えると、彼女をじっと見ながらまた話を蒸し返してきた。「きみは彼を愛しているんだ。そうなんだろう？　絶対そうだ。僕にはわかるよ」

頬が赤くなる。ローレルは不快感を覚えた。ジョンの質問は同僚にしては個人的すぎて、探りを入れているみたいだわ。彼が私を見つめる様子がなぜか気になる。まるで何か知っているように。本当は私が思っているほど、打ち解けた陽気ないい人ではないかのように。

ローレルは黙って、ジョンのハンサムな顔がタバコの煙に包まれるのを見つめていた。彼は空色の目の上でブロンドの髪を短く切っていた。見ているあいだにも表情が変わる、謎《なぞ》めいた目をしている。

ふと、ジルの言葉が頭によみがえった。早口で怒っていたのですべては理解できなかったが、何かジョンの名前のことを言っていた。〝ジョンですって？　どうして彼女はあなたをジョンって呼ぶの？〟

あのときはローレルも気まずくて、よく考えなかった。ジルはほかになんて言ったかしら？　〝あなたの名前はピート……〟

ピートなんとかって言ったように思ったんだけど。わかった。ピート・トレヴァーだわ。トレヴァー・ディーン。

まあ、どうしよう。

サンドイッチの包み紙の上で手がビクッとするのを止められなかった。彼に見られてしまったとわかる。

ジョンの表情がおもしろがるようなものに変わった。「何か考えついたみたいだね、ローレル？」

「あなたはトレヴァー・ディーンね」驚きのあまり思わず口走り、慌てて手で口を覆った。面と向かって言うべきじゃなかった。さっさとここを出て、ラスに知らせるんだったわ。

つい、ローレルは閉まったドアのほうを見た。ディーンの視線が追う。

ディーンが椅子を動かし、ローレルがドアにたどり着くには彼をまわりこまなければならなくなった。閉じこめられたのだ。

24

〈スウィート・スタッフ〉に電話をかけたラスは、応答したのがキャサリンでほっとした。彼女にならば、大ばか者に思われないでローレルの様子がきける。

「やあ、キャット、ラスだ。今日はローレルの出勤日かな?」彼はすでに彼女の家に行って三〇分近くうろうろしたあげく、出てきた隣の老人に何をしているのか尋ねられていた。ラスはローレルが帰るのを待っていると、正直に言わざるを得なかった。

老人はラスがストーカーかもしれないと疑い、遠近両用眼鏡をかけて入念に彼のバッジを調べたうえで、ローレルは仕事に行っているはずだと教えてくれた。土曜日はたいてい仕事なのだと。

もちろんラスはそのことを知っていた。これほどパニックに陥っていなければ、言われなくても店に行こうと思いついたに違いなかった。ところが、前日のことでローレルがすでに別れを決意したかもしれないという恐ろしい考えにとりつかれ、すっかり動揺していたのだ。

何年もずっと、ラスは、まだ準備ができていないからという理由で真剣なつき合いを避けてきた。かなり長いあいだそういうことにかかわってこなかったので、駐車場でローレルが去っていったときも、彼女に愛想をつかされたのかどうか確信が持てなかった。今もわかっていない。

一方、一三歳でガールフレンドも持ったことのないショーンは、ラスが捨てられたと確信していた。そのためラスは、ローレルとの関係は大丈夫だと確かめるために、彼女を探してばかみたいに町を走りまわっている。昨日の出来事はスピード防止帯のようなものだった。暴走したラスが、ぶつかってコースを外れてしまったのだ。

「うん、ここにいるわよ。奥でジョンとお昼を食べてるわ」

「ジョンっていったい誰だ？」たった一日で、もうそのジョンとかいうやつと奥の部屋へ行くほど親しくなっているのか？

「落ち着いてよ、タイガー。一緒に働いてる人だってば。一カ月前からいるわ。彼、頭がおかしいとしか思えない恋人がいるのよ。ここですごい光景を見ちゃった」

嫉妬がわずかに和らいだ。ラスはキャンディ・ストアの方角へ左折した。初めはキャサリンにローレルの勤務時間をきこうと思っていたのだが、今すぐ会いに行くほうがいいだろうと考え直したのだ。仕事が終わるまでまだ何時間もあるかもしれない。「どんな光景だ？」

「その恋人がジョンにスーツケースを投げつけて、彼女の家から出ていけって言ったの。どうやら彼がローレルと浮気してると疑ってたみたい。異常よ」

嫉妬がさっきより激しい痛みを伴い戻ってきて、ラスの内臓をかきまわした。「おい、誰と話してるか忘れたのか？　ローレルとほかの男の浮気が疑われていると聞いて、俺が喜ぶと思うか？」

キャサリンがフンと鼻を鳴らした。「やめてよ。ローレルなのよ。浮気するわけないじゃない。その彼女がそう思ったのは、ジョンがコンピュータを直すためにローレルの家に行ったせいなんだから」

赤信号で停まったラスは眉をひそめた。「ローレルのコンピュータ？」直感が彼に銃のホルスターを手探りさせた。だが、今日は非番なので装着していない。「ジョンの見かけは？いくつなんだ？」

「三〇歳くらいかな。ブロンドに青い目で、身だしなみはきちんとしてるわ。魅力的でいい人よ。でも変ね……。恋人がいたなんて知らなかった。そこへあのヒステリックな女が来て、彼のことをピートとかなんとかって呼んだのよ。おかしいでしょ」

ラスは交差点を睨んだ。店まではあと五分だ。彼はハンドルを握りながら、指をトントンと打ちつけた。電話は肩にはさんでいる。「その女のほうはどんな外見だ？」

むかつきと激しい怒りを感じながらキャサリンの返答を待った。

「どちらかというと地味ね。目立たない茶色の髪でちょっとぽっちゃりしてて、スエットパンツみたいなのをはいてたわ。どうして？　何かおかしなことでもあるの、ラス？」

「ジェリーに電話して、銃と手錠を持って店に来るように言うんだ。俺は五分で着く」信号が青に変わり、彼は思いきりアクセルを踏みこんだ。「いや、四分だ」

「銃ですって？　ちょっと、ラス！　いったいどうなってるの？　あたしは何をすればいいの？」

「客が入ってこないように入口をロックするんだ。それから、普段どおりに振る舞ってくれ」

「まあ、どうしよう」

ラスは両手で運転するために電話を切った。そうすれば少しでも早く到着できるとでもいうように。

「少し話をしよう、ローレル。いくつか知りたいことがあるんでね。それに町を出るまでまだ数時間ある」ディーンがそう言ってタバコを吸った。

「町を出るの？」ローレルの中で恐怖と安堵が入りまじった。あとで警察が逮捕できるように、ディーンからうまく情報を引きだせないかどうかやってみるべきだとわかっていても、うまく頭が働かない。頭の中に浮かぶのは、彼がみんなに何もかもすべて嘘の話をしていたということだけだった。ディーンはとても嘘がうまい。

けれども暴力的には見えなかった。ラスの話では、今までに誰かを傷つけたことはないようだ。だが、これまでは誰も彼の正体に気づかなかったのだ。そう考えると恐ろしくなる。

ディーンが笑った。ただ、笑った。「俺が町を出ると聞いてそんなに嬉しそうな顔をしないでほしいね。きみは俺のことが好きなんじゃないかと思っていたよ、ローレル。ここの裏口から出ていく前に教えてくれないかな？　トレヴァー・ディーンがチャット相手のラス・

エヴァンズだとどうやって知ったんだ？　それとも知らなかったのか？」

ローレルはごくりと唾をのみこみ、カーキ色のパンツをぎゅっとつかんだ。彼に話すべきかどうかわからないが、何か話さなければならない。本当のことを言うのがいちばんに思えた。「初めは知らなかったわ。でも、あなたとコーヒーショップで会う約束をしていたあの日、警察があなたを待ちかまえていたの」

ディーンが眉をあげた。「本当に？　なら、きみに待ちぼうけをくわせて正解だったな」

「どうして来なかったの？」ローレルはずっと疑問に思っていたことをきいた。

彼はサンドイッチの包み紙の上でタバコの灰を弾き、脚を組んだ。「そうだな、機密事項を明かすべきではないんだが、俺はきみを気に入ってるんだよ、ローレル。だから教えてやろう。きみとラス・エヴァンズを会わせるつもりはまったくなかった。あの名前を利用したのは、きみをもっとよく知るための手段にすぎない。詳しいことを聞きだして、きみに興味を引かれるかどうか調べるためのね。きみは合格した。だから俺はここの仕事を手に入れたんだ。きみを追いかけるために」

ローレルは吐き気を感じた。彼は私と一緒に働き、そのあいだずっと私を見ていた。いいカモとして選んだ。ラスからトレヴァー・ディーンのことをすっかり聞いていたというのに、私は一瞬たりともジョンを疑わず、自分が詐欺師のターゲットになるとは考えもしなかった。

ディーンがローレルに向かってタバコを振り、わざと責めるような口調で言った。「ローレル・ウィルキンズ、きみは山ほど問題を引き起こしてくれたよ。きみのせいで俺はルールを破り、危険な綱渡りをするはめになった。怒ってるんだ」

ローレルは冷静になろうと懸命だったが、彼に恐怖を読みとられたに違いない。

「心配するな。きみを傷つけるつもりはない。俺のスタイルじゃないんでね。きみは俺が裏口から出ていくのを邪魔しない。警察や、恋人にも連絡しない」ディーンはアイスティーの中にタバコを放りこみ、サンドイッチの包み紙を丸めると、立ちあがってごみ箱に投げ入れた。普段と変わらず整然としている。

「もちろん、警察に知らせたって、べつにかまわないよ。俺はとっくに姿を消しているだろう。だけどそんなことをしたら、罰としてきみのすべてを奪ってやる、ローレル。現金、信託資金、家、クレジットカード。きみが無一文になるまで全部だ。そうなったら、たとえ五〇ドルのローンを組むだけの信用を得るにも、何十年もかかるだろう」

ローレルは凍りついた。手がじっとりと汗ばんでくる。彼は本気だわ。今ではディーンは誰のふりもしていなかった。残酷で身勝手でうつろな目だ。お金のことはどうでもいいけれど、母にとって家は父とのつながりを感じられる最後のものだった。母は心の底からあの家を愛している。

「警察には電話しないわ、ジョン。いえ、トレヴァー。とにかく、あなたの名前がなんであろうと」

「そうは思えないね」ディーンがスーツケースをとりあげて揺すった。「服のことはあきらめてたんだ。わざわざ持ってきてくれるなんて、ジルも気が利くな」

ローレルはぞっとしてディーンを見た。「あなたにはむかつくわ」

「おい、大げさに反応するなよ。俺は人殺しでもレイプ犯でも、小児性愛者でもない。ただの泥棒だ。考えてもみろ。俺がいなければ、きみが名前を口にするたびに目をとろんとさせるほど夢中になってる、あの男とだって出会えなかったんだぞ」彼はポケットから鍵を出し、冷蔵庫の横のハンガーからコートをとった。「だから、きみには少しばかり貸しがある。それについてはもう勝手に回収させてもらったがね。縁結び代だとでも考えてくれ」

驚いてローレルは飛びあがり、その拍子にテーブルに膝をぶつけた。無意識にディーンから離れようとして、椅子を動かしていたことに初めて気づく。

「ああ、それから頼みがある。キャットに言って、俺の最後の給料をジルに送ってやってくれ。その金でファッションセンスを磨けるといいんだが」

ディーンの口調にひそむ何かが、一緒に暮らしていた女性に対してあまりに露骨で侮蔑に満ちた言い方が、ローレルの恐怖を打ち砕いて怒りを燃えあがらせた。「ろくでなし！」

ディーンが眉をあげた。「おやおや、ローレル、きみがそんなことを言うとは思わなかったな」

ローレルは立ちあがった。これ以上こんな戯言に耳を傾ける必要はないわ。ディーンが裏口から出ていったら、まっすぐ銀行へ行って資産を凍結しよう。彼は捕まらないし、すでにお金も奪われているかもしれないけど、それはどうでもいい。とにかく彼から、計算ずくの冷たい悪意から離れたい。

そのときドアが開き、ラスが中をのぞきこんだ。

ディーンがため息をつく。「くそっ。きみには本当にいらいらさせられるよ、ローレル」

彼女は出ていくつもりでディーンの横を通りすぎようとした。とたんに、速すぎて予測も反応もできない動きで腕をつかまれたと思ったら、首に腕をまわされ、ものすごい力で顔を下に向けさせられた。驚いて叫んだ。顔にかかった髪に視界をさえぎられ、喉が締めつけられて息ができない。ローレルはパニックを起こし、ディーンの腕に爪を立てて引っかいた。

足が見えた。ラスのブーツと、おそらくはキャットのものだ。そう思った瞬間、セーターを突き通して鋭い刃物の先が脇腹に押し当てられるのを感じ、じっとせざるを得なくなった。

「彼を行かせて、ラス」ローレルは言った。

どんな返事があったかわからない。感じられるのは人の動きと恐怖だけだ。突然、ローレルは、このままではディーンに鱒《ます》のようにおなかを切り裂かれるに違いないと確信した。そんなのは我慢できない。屈まされて何もわからないまま犠牲になるのはいやよ。ディーンが私をつけまわしてこっそり見つめ、私のものを奪ったことが腹立たしい。それでもまだ足りないのか、まるで運動場のいじめっ子のように私に自分が無力だと感じさせ、怯えさせようとする。

深く考える前に、ローレルの脳裏にラスがやって見せてくれた場面が浮かんだ。ディーンの腕が首のまわりにきつく絡みついていたが、彼女は痛みをこらえて息を吸いこんだ。そして彼の足を踏みつけると同時に背中に手をまわし、きちんとプレスされたディーンのズボンの前の部分をつかんだ。全身の力をこめて握りつぶすと、ディーンが驚いて飛びあがるのがわかった。ナイフが一瞬ぐっと押しこまれる感覚のあと、彼の手から力が抜けた。

最後にもう一度、股間を握る手に力をこめてから、ローレルは手を離した。逃げようとして前によろめく。腹部に受けた衝撃のせいで、まるで酔っ払いのようにふらふらする。痛みが全身に広がり始め、目に涙がこみあげてきた。キャサリンに抱きかかえられ、両手で引きずるようにして戸口まで運ばれていく。ナイフのことを思いだしてラスが心配になり、ローレルは叫びながらうしろを振り返った。ディーンをひるませてラスを守るために大声をあげる。けれどもそこで目にした光景に、思わず手で口を覆ってしまった。

ディーンはすでに床に倒され、ラスが彼を殴っていた。そのあまりに激しい怒りに、すでにぶるぶる震えていたローレルの胃が喉もとまでせりあがってきた。かたわらに立つジェリーが見守る中、ラスは何度もこぶしを振りおろした。

とても見ていられない。ぞっとしてローレルは顔をそむけた。胃の中がかきまわされるようにむかむかして、脇腹が痛い。

ラスはジェリーの手が肩に置かれるのを感じ、ディーンを殴る手を緩めた。「なんだ?」

「時間切れだ。警官を続けたいならもうやめておけ」ジェリーがディーンの腹の上に足を置いて、手錠に手を伸ばした。

まだ殴り足りないが、ジェリーの言うとおりだということはわかっている。容疑者が抵抗したための正当防衛を主張するには、もうすでにやりすぎている。だがこのろくでなしがローレルをつかむのを見て、われを忘れたのだ。

これほどに深い、身がすくむような恐怖を味わったのは初めてだった。あのときラスは、ただ息をあえがせながら、何もできずに立ちつくしていた。ローレルが、教えたとおりにディーンの股間をつかむのを見たとたん、彼は弾かれたように行動に出た。ディーンのこぶしが彼女の腹部を打ちすえるのと同時に飛びかかっていた。ラスに殴られながらも、ディーンはローレルの耳が聞こえないことで彼女を愚弄《ぐろう》し、ばかな女だと罵った。

それでラスの我慢は限界に達した。彼は完全にわれを失った。罵られたのがローレルだからというだけではない。愛する女性を非難されたらどんな男でも同じように、自分に備わっているとは思いもしなかった激しい怒りに駆られただろう。

だが、やはりジェリーは正しい。ラスはこのあたりで引きさがる必要があった。彼は手首を振り、大きく息を吸いながら下を見おろした。すっかり打ちのめしてやった胸に、ディーンが折れた歯を吐きだすのを見て満足感を覚える。

ろくでなしのくずはジェリーに任せ、ラスは目を閉じているローレルに近づき、そっと腕に触れた。「ローレル？　大丈夫か、ハニー？」

頭を振って彼女は目を開け、ラスを見あげた。震えている。「なんて言ったか見えなかったわ」

「しーっ、いいんだ」彼はローレルに腕をまわして胸に引き寄せた。頭のてっぺんに何度もキスをしながら、彼女が動けないほどきつく抱きしめる。恐怖が引くと、今度は震えが足の爪先から全身に広がり、ローレルの背中に当てた両手がぶるぶると震えた。

「頼むから、こんなふうに脅かさないでくれ」ローレルには唇の動きが見えていないことを知っていたが、かまわなかった。ラスは彼女の背中や髪を撫でながら、一瞬だけ目を閉じた。

ふたたび目を開けると、ジェリーがディーンを引っぱって立たせ、黙秘権などの権利を読みあげているところだった。

「証拠は何もないはずだ」ディーンが言った。

「黙ってろ」ラスは叫んだ。「おまえの意見なんか誰もきいてない。手伝おうか、アンダーズ?」

「大丈夫だ」ジェリーはディーンを突いて、動くように促した。

ディーンが戸口で足を止めたのを見て、最後にまた辛辣《しんらつ》な言葉を投げかけられても見なくてすむように、ラスはローレルの向きを変えさせた。「またな、キャット。ひと言言っておくけど、俺はきみを満足させられたと思うよ」

キャサリンが口もとをゆがめた。「勝手にほざいてれば」

ディーンが彼女をじろじろ見て言った。「変人め」

「おい」ジェリーが手錠をぐっと引っぱった。「俺が結婚しようと思っている女性に、変人と言っていいのは俺だけだ」

聞き間違えたかと思い、ラスはびっくりしてジェリーを見た。「彼女と結婚するのか?

いったいなんの話をしてるんだ？」

キャサリンが胸の前で腕を組み、問いかけるように眉をあげてジェリーを見た。

ジェリーが肩をすくめる。「ドラマティックな場面なんだぞ。だからふさわしい決めのせりふが必要だと思ったんだ」

おまえはばかか、とラスが言いかけたとき、キャサリンが笑いだした。ローレルが顔をあげて、ラスの腕の中から出ようと体を動かす。彼は手に力をこめて彼女を放さなかった。

「あんたって、どこか完全に間違ってるのよね」キャサリンがジェリーに近づいた。「本気で言ってるの？」

ジェリーが笑顔になる。「どちらかといえば。きみはどう思う？」

キャサリンは唇のピアスをひねった。「今考えてるところ。もうしばらくかかるかも」

「あとでやってくれないか？」ディーンがうんざりした声で口をはさんだ。「俺は出血してるんだ」

ラスはもう一度殴ってやりたくなったが、ジェリーが鼻を鳴らして言った。「わかったよ。さあ、行くぞ。あとで電話するよ、キャット」

警官としては、ジェリーについていってディーンが問題なく車に乗せられるところまで確認したかった。だが、ローレルを残していくのは気が進まない。彼女はやけに静かでじっとしているうえ、顔が蠟《ろう》みたいに白くて、手は氷のように冷たかった。ラスは、ローレルをキャットに任せてジェリーのあとを追いたい気持ちとたたかいながら、もう一度彼女の頭にキスをした。

「ちょっと、どう思う？　逮捕劇の最中にプロポーズされた気がするんだけど。おまけに〝あとで電話するよ〟だって」キャサリンが頭を振った。「あたしがどうして彼を好きになれるのか、教えてほしいわ、ラス。どうして愛してるような気がするんだろ」

「あいつはいいやつだ」最高に。ローレルの脇を撫でながら、ジェリーのいいところを言おうと口を開きかけたラスは、彼女のセーターに濡れて冷たくなった箇所があることに気づいた。

ためらわずにセーターを引き裂くと、なめらかな肌にナイフで刺された傷があった。じわじわと出てくる血が、パンツのウエストへ向かって流れ落ちている。「なんてことだ！　救急車を呼んでくれ、キャット」ラスはTシャツの裾をつかんでローレルの肌に押し当てた。「どうして何も言わなかったんだ、ウサギちゃん？」

ローレルの指がラスのシャツの胸元をつかみ、体がわずかにぐらりと揺れた。目はうつろで息が浅くなっている。「そんなにひどいとは思わなかったの。今は体中がヒリヒリして痛いわ、ラス……」

ラスの胸もヒリヒリして痛かった。彼はローレルの脇を押さえながら、痛みをとり除いてやることのできない、どうしようもなく無力な自分を呪《のろ》った。彼女に何かあれば、とても正気ではいられない。

25

ローレルを病院から連れて帰る途中、道路に開いた穴にタイヤをとられるたび、ラスは悪態をついた。二月のクリーヴランドでは避けられない現象だ。凍結防止用の塩がアスファルトを侵食し、いたるところに巨大な穴が開いている。雪が溶ける四月までは道路の補修もままならないのだ。彼はゆっくり運転することを心がけたが、家に着くのが真夜中になるのはごめんだった。車が揺れてローレルが眉をひそめるたびに、内臓をかきまわされるような不安が押し寄せ、胸が痛んだ。

ERの医者は、ローレルの傷は表面的なものなので最小限の縫合ですむと請け合った。ディーンに背中を殴られたせいで筋肉と腎臓《じんぞう》が傷ついていたが重症ではなく、回復するらしい。ただ、二、三日は硬直して痛みを感じ、フラフラするだろうとのことだった。

ローレルの母親とは病院で落ち合ったが、ラスが想像していたよりずっと落ち着いていて、かなり助けになってくれた。処置が終わるのを待つあいだ、彼のほうがよほど動揺していたのだ。ラスは治療中もローレルのそばについて通訳を務めると主張したのだが、ローレルはまるで彼が間違ったことを言ったかのように、怒った顔をして彼を追い払ってしまった。

けれど家まで車に乗せて帰ることは許してくれた。もっとも、だめだと言われても引きさがる気はなかったが。ラスは、ローレルが回復したと確信できるまでは、バスルームにさえひとりで行かせるつもりはなかった。

自宅のドライブウェイに車を停め、ようやくラスはほっとひと息ついた。

ローレルが車窓にもたれかかり、彼のほうを向いた。「どうしてあなたの家にいるの？」

「階段がないからだ。きみのお母さんも了承ずみだ。あとで必要なものを持ってきてくれる」

相談してほしかったと文句を言いたいが、ローレルは疲れすぎていた。それに傷ついていた。ナイフで軽く突かれてちょっと殴られただけなのに、みんなが彼女に、まるで戦争を生き抜いてきたかのように接するのだ。あるいは五歳児を扱うように。それが恥ずかしくて腹立たしかった。

ラスが愛してくれているのはわかってる。でも、彼は私を対等に扱ってくれない。病院のスタッフを巧みに操作し、規則を曲げさせてつき添おうとしたときには、腹が立って仕方がなかった。耳が聞こえないことを口実に使おうとしたのだ。そんなことは絶対にさせない。

だが、争う元気がなかった。今後のためには大切なことだと思っても、疲れすぎていて主張する余裕がない。今はただ目を閉じ、病院で処方された薬に身をゆだねてぼうっとしていたい。

それでも、これだけは言っておかなくては。「私の世話をする必要はないのよ。私なら大丈夫なんだから。ただベッドに入りたいだけ」

ラスが歯をくいしばりながらローレルを見つめた。「きみが大丈夫と思っているかどうか、そんなことはどうでもいい。俺にそばにいさせてくれ、ローレル、お願いだ。きみの無事な姿を目にしている必要があるんだ」

ラスに向かって言いたいことはたくさんあった。ディーンのこと、ふたりのこと、それから彼女が自立したいと思っていること。なのに、言葉が見つからない。今はひどく疲れているので、間違った言い方をして、彼を愛していないと勘違いされるのはいやだった。ラスがそばにいたがる理由は理解できた。自分が無力に感じられて、どうしても何かしていたいのだ。もし怪我をしたのが彼なら、重症だろうとそうでなかろうと、ローレルも同じように世話をしただろう。

「さあ、家に入ろう」

ラスがローレルに覆いかぶさり彼女に腕をまわしてしっかりと抱き寄せると、玄関までの小道を一緒に歩き始めた。ローレルは思うように脚が動かなくて、彼の脚と重なってよろけた。意地を張らずにラスの腕の中に滑りこみ、すべてをゆだねてしまいたい気持ちもある。けれどもその一方で、まっすぐ自分の力で立ちたいという願いも強かった。

いったいどちらの気持ちが勝っているのだろう？　両方をまぜ合わせることはできるのだろうか？

ふたたびローレルの体が傾くと、ラスがさっと彼女を抱きあげて残りの〇・五メートルを運んだ。玄関を抜けて、雪に濡れた靴やジャケットを脱ぐ時間も与えず、そのままベッドルームへ連れていく。

「座って」肩をそっとつつかれ、ローレルはベッドに座らざるを得なかった。

男らしい部屋だった。整えられていないベッドはネイビーブルーのシーツがくしゃくしゃになっていて、窓にはくすんだグレーのミニブラインドだけがかかっている。ローレルがここで夜を過ごしたことはなかった。愛し合ったこともない。ベッドは彼女のものよりマットレスが柔らかく、真ん中にくぼみができていて、窓際の壁に留めつけられていた。窓の下の三分の一をベッドがふさいでいる。クイーンサイズのベッドとドレッサー、そしてコインランドリーにあるような椅子がひとつで、部屋の中はいっぱいだ。

ランプの傘が、まるで通りすがりにぶつかったみたいに奇妙な角度に傾いていた。壁にはなんの絵もかかっていない。だが、とても清潔な部屋だった。

ラスがローレルのジャケットを脱がせた。「横になって、ハニー」

自分で脱げると言いたかったが、彼女にはもうその力が残っていなかった。ベッドに背中をつけると、思っていた以上にいきなり体がマットレスに沈み、肺の空気が奪われてめまいがした。

「どうしてここへ運んできたの、ラス？」ローレルの家は広い。三階でなくても、一階のどこかの部屋を間に合わせのベッドルームに使えたはずだ。

ラスはローレルの腕や腿に両手を走らせ、じっと彼女を見つめた。「きみがここにいる姿を見たかった。俺の家にいるきみを」

「ここへは何度も来たことがあるわよ」ローレルは唇を舐め、全身の筋肉が震えて傷がズキズキと痛み続ける感覚を無視しようとした。

「こんなふうにじゃなかった」彼が両手を広げた。「俺のベッドで、この壁に囲まれて、部屋の一部になっている姿ではなかった。俺は今みたいなきみを見たかったんだ。思い描こうとしてもうまくいかなかった」

今でもラスは信じられなかった。彼は屈んでローレルのアンクルブーツを脱がせた。俺は単純な男だ。望みも欲求も単純だ。ただローレルが欲しい。彼女がここに、俺の世界に合わせられると信じたい。

「ショーンはどこ？」

「イーストサイドの祖母の家で過ごすほうを選んだ。あいつにお願いさせるのは気分がよかったよ」

「ラス、私たちは話し合わなくちゃ……昨日のことについて。いろいろなことを」

「今はだめだ」今は話をしたくない。ただ感じていたい。ローレルに腕をまわして目を閉じ、許してもらえるかぎりじっとしていたかった。彼女の反射神経とすばやい手のおかげで大怪我にならずに危機を脱し、無事でいることを確かめて安心したかった。

ラスはローレルに手を伸ばしてパンツのボタンを外し、ファスナーをおろした。

「何をしているの？」

「きみが着がえるのを手伝っているんだ」世話係の務め以外には何もするつもりはない。そう思っていたのは二秒だけだった。

ローレルのパンツを引っぱって脱がせ、サテンに覆われた部分が彼のほうへわずかに持ちあげられるのを目にすると、高潔な決意などたちまち消えてしまった。親指がコントロールを失い、彼女の上をなぞる。熱と、柔らかい感触が伝わってきた。

手を離したラスはこぶしを握りしめた。ベッドに背を向け、引き出しから長袖で柔らかい素材の、彼でも大きすぎるクルーシャツをとりだす。ローレルのパジャマがわりになるだろう。「セーターを脱ごう。血がついてるから」

ローレルが体を起こし、セーターを引きあげ始めた。ラスは彼女の手をつかんで止めた。「腕をあげるだけでいい。ガーゼが引っぱられないように、あとは俺が脱がせるから」傷を覆っている五センチ角のガーゼがずれるのが心配だった。

セーターを脱がせたあと、固まった錆色の血に指が触れると、また怒りと恐怖がこみあげてきた。ラスはセーターを握りしめ、喉につかえるかたまりをのみこんだ。そしてローレルに向き直った瞬間、声に出して毒づいた。彼女がブラを外して肩から落としていたのだ。

「いい考えだ」ラスは言った。ローレルに対する愛は強烈で、彼女を見るだけでも胸が締めつけられる。ディーンがしたことを目にして、彼女がどれほど華奢で傷つきやすいかを知り、青ざめた肌に痛々しいガーゼを見ると、全身が痛みを訴えた。「ブラを外したほうが楽だろう」

ふたたび横になりながら、ローレルが眠そうに微笑んだ。ラスは脚を開いて立ち、彼女の脇に両手をついて、体重がかからないように気をつけながらキスをした。おのれのすべてを、心も恐怖もこめて口づけた。ローレルから積極的にキスを返してくることはなかったけれど、彼が奪うのを許してくれた。ラスは、自分でも何かわからない痛みを覚えながら身を引いた。

ジェリーに、〝いつか、おまえもどこかの女にノックアウトされるんだぞ〟と言われたことがあった。彼は正しかった。ラスはノックアウトされて、今まさにカウントされている最中だった。そして、このままずっとノックアウトされていたいと思っている。

彼はローレルの香りを吸いこみながら、唇で首筋をたどった。彼女が疲れはてているとわかっていたので触れるつもりはなかったが、どうしても自分を抑えられない。彼女は美しく、優しい心の持ち主だ。ようやくラスはローレルの冷たい肌から唇を離し、体を起こして立ちあがった。だが、言うことを聞かない指がまだ彼女の胸をかすめている。

「すごく眠いの、ラス」

ラスは両手でローレルの全身をなぞった。彼女を感じ、彼女が生きていること、彼のものであることを確かめる必要があったのだ。「わかってる。きみは眠ればいいんだよ、ローレル。俺はきみを寝かしつけているだけだから」

ローレルをくつろがせ、痛みや困惑ではなく安らぎの中で眠りにつかせたかった。そしてラス自身も、自分のこのベッドルームで彼女を味わい、触れて、ほかの誰のものでもなく、自分のものだという焼印を押したかった。ラスはローレルの眉をなぞって指をこめかみへと伝わせ、頬から唇へと到達すると、鼻の頭に軽くキスをした。

「おばかさんね」ローレルが言った。小さなため息をつき、頭が横に傾いた。

いろいろな呼び名で呼ばれたことがあったが、おばかさんというのはここ何年も聞いた覚えがない。最後にそう形容されたのは、一年生の通知表だったような気がする。今はそう呼ばれても、それほどおばかさんな気分にはならなかった。

彼はベッドのシーツを剝がし、彼女の背中とヒップに手を添えて抱えた。パンティの生地が手になめらかで、肌が温かい。目を閉じたローレルが静かに一定のリズムで呼吸する姿をじっと見つめる。パジャマがわりのシャツに着がえさせるのはやめておいた。

それからパンティを脱がせた。体の右脇の、赤と紫がまだらになったあたりで思わず手が止まる。ラスはあらゆる場所に唇をさまよわせて彼女の香りに埋もれ、しみついて離れない消毒液とガーゼのにおいも吸いこんだ。

「いい気持ち……」ローレルがつぶやいた。

シーツをかけてやると彼女の脇の下まで引きあげた。自分もシャツを脱いで、ベッドの反対側の椅子に洗濯物を押しのけて腰かけた。こわばった筋肉が抗議の声をあげるのもかまわず、そこに座ったままローレルを見つめる。

彼女はすでに眠りに落ちていた。赤みを帯びた頬に髪がかかっている。穏やかで静かな眠りだ。

それでもラスは見つめ続けた。ローレルが許すかぎり、いつまでも見るつもりだ。

エピローグ

ローレルは冷たい指でガウンの前を撫でおろし、進行状況が目に入るように、ＡＳＬの通訳者と壇上に交互に目を向けた。今日の日のために、ほぼ二年間、遅れをとり戻すべく必死で頑張ってきたのだ。何ひとつ見逃したくなかった。

体育館の床はコンクリートなので、卒業証書をもらうため卒業生たちが歩くたびに、足に振動が伝わってきた。ローレルは壇上に立つこの日をずっと待ち続け、夢に見てきた。ところがいざ卒業式を迎えると、彼女の番が来たことを知らせてくれる通訳者の合図を見逃すのではないかと心配でたまらなくなっている。

そわそわと落ち着きなく椅子に座り、あちこち頭をめぐらせ、もう一度ざっと来賓席を見渡した。卒業生にライトが向けられているため来賓席は暗く、しかもたくさんの人であふれ返っているのでラスの姿が見つからなかった。それでも彼がそこにいることはわかっている。いつもラスはそばにいて彼女を支え、愛してくれる。毎日ひとときも欠かさずローレルが彼を支え、愛しているのと同じように。

隣に座る男性がローレルの膝を軽く叩いた。彼も聴覚障害者で、ふたりは昨日のリハーサル中に会話を交わして仲よくなっていた。彼はローレルより何歳か年下で、土木工学の学位をとって卒業するらしい。

〝次はぼくらだよ〟男性が壇上を指差して微笑んだ。

ローレルは気持ちを落ち着かせるために深呼吸した。〝ありがとう〟

さあ、いよいよだわ。教師の資格を得て、夏の終わりには自分のクラスで教えるために、今から第一歩を踏みだすのよ。神経はぴりぴりしているけど、最高にいい気分だわ。

ついにやり遂げたのだ。優等の成績で。ローレルはさっと立ちあがり、輝くばかりの笑みを通訳者に向けた。

「ローレルが見つからない」ラスはもう一度卒業生を見渡した。どうして見つからないんだ？　彼女は四列目のいちばん端の、通訳者が立っているあたりに座るはずだと言っていたのに。

あの大きな柱のせいだ。ラスは、ローレルが証書を受けとるところを絶対に見逃したくなかった。彼女はここまでめちゃくちゃ頑張ってきた。サマースクールに通い、受講できるかぎりの科目を毎学期履修して、復学してほんの一年半で卒業までこぎ着けた。ローレルが勝利を手にする瞬間を、どうしてもこの目で見たい。

「名前が呼ばれたらわかるわよ」義理の母が彼の脚をぽんぽんと叩いて言った。「お願いだから落ち着いてちょうだい。汗びっしょりじゃないの」

「ねえ、赤ん坊がカメラをつかむんだよ」一六歳になり、一九〇センチ近くまで背が伸びたショーンが、キャットとジェリーの娘を膝の上で弾ませた。ショーンはラスに、よだれが糸を引いてひもから垂れているデジタルカメラを渡した。

手とカメラを黒いパンツで拭いたラスは、脚をべとべとにしながらも、弟のその姿に笑みを浮かべずにはいられなかった。ショーンは七カ月になるケイラの扱いを心得ている。まだ不安定な少年期を脱しきれていないものの、だいたいのところはよくやっていた。そして今はケイラを高く掲げ、ぽっちゃりしたおなかに息を吹きかけている。

赤ん坊がきゃっきゃと歓声をあげた。ジェリーが頭を振って言った。「頭の上に吐かれるぞ、ショーン。忠告しなかったとは言わせないからな」

「いや、この子はそんなことしない。な、そうだろ、ブサイクちゃん?」

ケイラが嬉しそうに笑っておなかをよじった。

キャットがあきれ顔で赤い髪をうしろに払った。「あんたたちのつけるあだ名ときたら、ほんと、いい気分にしてくれるわ。ローレルがウサギちゃんで、あたしが変人。で、うちの娘がブサイクちゃんだって。まったく、男のふくれあがったエゴはどうしようもないわね」

ラスは笑いながら、少しでも柱の向こうが見えるようにと体を左に傾けた。「あだ名をつけるのは愛情を感じている相手だけなんだ」

ジェリーがキャットの足もとを手探りし始めた。「おむつバッグはどこへいったんだ?」そう尋ねたそばからバッグを見つけ、すぐさま〈チェリオス〉の小箱をとりだした。

「おなかは空いてないみたいよ」娘の様子を観察したキャットが言った。

「赤ん坊じゃなくて、俺が腹が減って死にそうなんだ。式は永遠に終わりそうにないぞ」ジェリーはシリアルをひとつかみ口に放りこんだ。

キャットは、シリアルでふくらんだジェリーの頬にキスをしてにっこり笑った。「娘よりよっぽど手がかかる大きな赤ん坊なんだから」

そのとき、黒い卒業ガウンと帽子姿のローレルが壇上にあがるのが目に入り、ラスはもう少しで歓声をあげるところだった。彼は弟の脚をぴしゃりと叩いた。「彼女だ」

ちくしょう、ローレルが誇らしくてたまらない。彼女と結婚したことは、想像をはるかに超える、最高にすばらしい出来事だ。毎日が天から与えられた贈り物で、彼らはショーンと一緒に新しい家で、幸せに満ちあふれた暮らしを送っている。ローレルが困難に立ち向かい、のり越えながら目標に到達していく姿を見るのは、このうえない喜びの連続だった。

彼女はラスのすべて、そして妻だ。

「ローレル・ウィルキンズ＝エヴァンズ、文学士および理学士」

次の卒業生の名前が聞こえなくなるので、大きな声をあげるつもりはなかった。しかしローレルが証書を授与されるのを目にすると、ラスは立ちあがって手を叩き、叫ばずにはいられなかった。ローレルの母親も一緒に立ちあがった。ショーンも、キャットもジェリーも。

彼らは一斉に手を振った。

壇上のローレルが振り向き、まっすぐラスのほうを向いた。彼と目を合わせて満面の笑みを浮かべる。

片手で証書を握りしめ、もう片方の手を胸に当てた。〝愛してる〟

ラスは来賓席から笑顔で下を見おろした。〝愛してる〟

「ローレルは俺に言った」ショーンが得意げに言って兄の脇腹をつついた。

ラスは、自信に満ちた足どりで壇上からおりるローレルを見つめ続けた。

「彼女は俺たちみんなに言ったんだと思うよ、ショーン」

訳者あとがき

ユーモアあふれる作風で人気の作家、エリン・マッカーシーの長編『きっと甘い口づけ』(原題〝Mouth to Mouth〟)をお届けします。日本でも何作か発表されていますので、もうご存じの方も多いかもしれませんが、エリン・マッカーシーは、二〇〇二年にローリ・フォスターが主催するウェブ・コンテストに参加したのをきっかけにデビューし、瞬く間に人気作家となって、現在までに二〇冊以上の作品を刊行しているベストセラー作家です。

今回の作品の舞台は、作者も住んでいるオハイオ州。寒さの厳しい一月の出来事です。クリーヴランド警察の刑事ラス・エヴァンズは、女を騙して食いものにする詐欺師の事件を担当しています。彼は犯人の遺留品から、次の被害者かと思われる女性との待ち合わせを記したメモを見つけ、張りこみに向かいました。ところが犯人は現れず、おまけに被害者の女性はなぜか彼の名前を知っていたのです。

ローレル・ウィルキンズは一大決心をしていました。まわりの人たちに守られ、彼らの期待に応えていつもいい子でいる生き方にはうんざり。彼女は勇気を振り絞って、チャットで知り合った男性との待ち合わせ場所に向かい、自分が騙されていたことを知ります。けれども一度決めたことをやめるわけにはいかず、次の出会いを探すことに。そんな彼女を危なっかしく思った本物のラス・エヴァンズが心配して……。

これまでに日本で紹介された作品と同様、マッカーシー特有のくすくすっと笑わせるユーモアは健在です。さらに、問題を抱えたふたりがお互いを認め合い、やがて信頼していく様子がじっくりと描かれています。

エリン・マッカーシーの作品には、ヒーロー・ヒロイン以外も含め、人生に迷いを感じている人々が多く登場します。そしてみんな精いっぱい自分自身を探し求めようとしているのです。そういうところが、読んだあとで温かい気分にさせてくれるのかもしれません。とくに彼女の描くヒロインは、みんなかわいらしくてどこか抜けているのですが、懸命に自分の生きる道を探そうとしていて、それはヒーローと出会ったあとも揺らぐことがありません。そんなヒロインを見ていると、つい、〝頑張れ、頑張れ〟と応援したくなりませんか？

この作品でも、また、個性豊かな脇役のキャラクターたちが盛りあげてくれます。ヒーローとヒロインのそれぞれの友人たちの、どうも嚙み合わないせりふやウイットに富んだやりとりも、本作のおすすめといえるでしょう。もちろん、猫も忘れてはいけません。猫好きな方もそうでない方も、うんうんとうなずかれる場面が多いのではないでしょうか。作者のサイトによれば、エリン・マッカーシー本人も猫を（犬も！）飼っているようです。ほかの作品にもぜひ登場してくれることを望みつつ、このホットでありながらほんのりと温かく笑いに満ちた作品を、みなさまにもお楽しみいただけたらさいわいです。

二〇〇九年六月

ライムブックス

きっと甘《あま》いくちづけ

著　者　エリン・マッカーシー
訳　者　白木智子《しらきともこ》

2009年7月20日　初版第一刷発行

発行人　成瀬雅人
発行所　株式会社原書房
〒160-0022東京都新宿区新宿1-25-13
電話・代表03-3354-0685　http://www.harashobo.co.jp
振替・00150-6-151594
ブックデザイン　川島進（スタジオ・ギブ）
印刷所　中央精版印刷株式会社

落丁・乱丁本はお取り替えいたします。
定価は、カバーに表示してあります。
 ISBN978-4-562-04366-8　Printed in Japan